バクテリア・ハザード

高嶋哲夫

JN030560

集英社文庫

目次

主な登場人物

山之内明　「林野微生物研究所・第七セクター」室長。石油生成菌ペトロバグの生みの親。
相原由美子　第七セクター研究員。
林野史郎　「林野微生物研究所」会長。山之内の理解者。
林野和平　「林野微生物研究所」所長。林野史郎の息子。
ジェラルド・リクター　米四大石油メジャー陰の実力者。ロックフェラー家の実権を握る男。
ムハマッド・アル・ファラル　ＯＰＥＣ事務総長。アラブ首長国連邦石油相。
ジョン・キャンベル　「キャンベル研究所」所長。科学者であり、山之内の友人。
ジョージ・ハヤセ　殺し屋。
近藤将文　東日新聞記者。

バクテリア・ハザード

石油……

中生代から新生代にかけ、海にはプランクトンを主とする海性の動植物が大量に発生した。

そして海底には、膨大な量の動植物性プランクトンの死骸が雪のように降り積もった。

マリンスノーである。その上に、泥土や砂が堆積していく。

海は陸地となり、地殻変動によって堆積層はさらに何層にも積もっていった。

気の遠くなるような時間が過ぎた。

熱や圧力によって有機物は変化し、石油が誕生した。

石油は十九世紀半ばに発見され、二十世紀は石油の時代だった。

世界は石油を求めて戦った。

石油——それは単なるエネルギー源ではなく、重要な戦略物資なのである。

プロローグ

　サイレンが地を這《は》うように鳴り響いている。

　暗視カメラが映し出す緑色を帯びたテレビ画面に、影のような建物と人工的な夜空が浮かび上がった。その中に、もはや光の輝きを失ったサーチライトが交錯する。特派員の興奮した声が、機関銃の弾丸のように飛び出す。市民の群れが不安そうに空を見上げている。

　無数の黒い点がゆっくりとサーチライトの間をよぎっていく。

　バグダッドから南東七百キロ、ペルシャ湾沖の空母ミッドウェイから発進したＦ18ホーネット、Ｆ14トムキャットと、サウジアラビア、バーレーンの空軍基地から飛来したＦ16ファイティング・ファルコン、Ｆ15イーグルの編隊だ。

　高射砲の音が聞こえ始めた。特派員の声が一段と高くなる。

　画面が変わった。

　四角い光の枠がブラウン管いっぱいに映し出される。画面中央に浮き出た白いクロスに重なって、コンクリートの建物が見える。〈バグダッド　イラク陸軍施設〉のテロップが流れる。「目標確認！」かすかな雑音とともに、パイロットの歪《ひず》んだ声が聞こえた。「発射！」短い、吐き捨てるような声と同時に、建物は接近する。映像が消え、白い画面に変わった。レーザー誘導されたミサイルは、数十センチの誤差で標的を捉え、破壊し、殺戮《さつりく》し、消滅させる。

一九九一年、一月。

ニューヨーク、マンハッタン。

温度、湿度、空気の流れ、柔らかな光……すべて最適に保たれている。空気清浄機とエアコン、人工照明により、完璧に調整された空間。

「大統領を説得したかいがありましたな」

低い声が聞こえた。

「湾岸戦争《ガルフウォー》とはよく言ったものです」

テレビのブラウン管には、ペルシャ湾の特徴ある地形の航空写真が映し出されている。

正面の大型デスクに座っている男が無言のまま腕を伸ばし、机の端にあるパネルのスイッチを押して、テレビの音を消した。

高い天井、木目を見事に生かした重みのある壁、床は木材のチップが複雑に組み合わされ、統一された幾何学模様が作られている。壁には四十二インチテレビが組み込まれ、

CNNニュースを流していた。横には縦一メートル横二メートルの世界地図が嵌《は》め込まれている。ドアの反対側、外に面する一面は、全面が巨大な強化ガラスになっていた。そのガラスも昼間は電動式のブラインドが下ろされ、部屋に太陽の光が入ることはない。大都会の摩天楼に穿《うが》たれた、巨大な祠《ほこら》を感じさせる部屋だった。

部屋には四人の男がいた。

一人は、窓を背にして置かれたマホガニー製の大型デスクに座っている。小柄な老人で、体重は四十キロにも満たないだろう。脂を完全に抜き切った、萎《しな》びたサルのミイラを思わせた。

正面のソファーには白髪の混ざりかけた金髪に、陽《ひ》に焼けた肌の背の高い男。その横は明らかにダイエットが必要な男だった。二人とも、数千ドルはする高価な仕立てのスーツに、いかにも高そうなイタリア製の靴を履いていた。金髪の男の腕には、大型ダイヤをちりばめたブレスレットが輝いている。太った男の手首には光沢を放つロレックス。

四人目は横の椅子に座っていた。中では一番若く、もっぱら聞き役にまわっていた。黒い髪に黒い目。分厚いメガネの奥の目が、時折り何かを探るように輝いた。

「これで、今後十年は中東における我が国の地位は不動でしょう」

「いい時に騒ぎを起こしてくれました。砂漠の殺戮者は」

「しかし、大統領はよく決心しましたな」

二人の男が交互に言った。

「ホワイトハウスの腰抜けは最後まで迷っていた。説得には苦労したよ。最後は脅してやったんだ。今やらなければ近い将来アメリカは、いや世界はアラブの殺戮者に跪《ひざまず》かなければならなくなる。その時、全世界の非難を浴び、素裸でやつらの前に引き出されるのはあなただとね」

老人が嗄《しやが》れた声を出すと、低い笑い声が起こった。

「それもよかったかもしれませんな」

金髪の男が腕を伸ばし、ブランディグラスを取った。

「しかし、今となっては悔しがっていることでしょう。これが半年後ならば、彼の対立候補にはなり手がいない」

太った男が言った。

老人が灰皿に葉巻の灰を落とした。

「次の選挙は別の男でいく」

男たちの視線が老人に集中した。

濃い葉巻の匂いが漂い、老人の低い含み笑いが聞こえた。

「女癖は悪いが、ブレーンの使い方と外交手腕には長《た》けた男だ。使いようによってはアメリカを再生させる。まず、経済あっての強大な国家だ」

老人は椅子を回して、窓のほうを向いた。

確かに今回は、思っていたより数倍もうまくいった。急騰を覚悟していた石油価格も一時は上がったが、サウジアラビアを中心にしたアラブ諸国の国連支持と増産が決定されると、昨年よりも値下がりしている。今回は自分たちの情報力、機動力を、大統領ばかりでなく議会にも存分に示すことができた。

さらに、中東産油国との裏の窓口となったのも我々だ。石油輸出国機構《OPEC》と政府の両方に、我々の存在を再認識させた。なにより、アラブ諸国の団結に大きなひびを入れた。今回はうまくいった。しかし、次もうまくいくとは限らない。重要なのは、計画を早急に進めることだ――老人は、もう一度自分自身に言い聞かせた。

老人は視線をテレビ画面に移した。

音を消した大型画面にはグリーンを帯びた夜空が広がり、絶え間なく閃光《せんこう》が走っている。あの閃光の一つひとつが、レーザー誘導型2000ポンド爆弾の炸裂《さくれつ》なのだ。

「問題はクウェートがいつ平常に戻るかということです。イラクは撤退時に、すべての油田を破壊したとの報告が入っています」

太った男が老人を見上げながら言う。

「我々が存在する限り、供給が途絶えることはない。オイルを握るものが世界を制する。この図式は不滅だ」

老人は立ち上がり、窓の側《そば》に歩いた。

無数の光の波が広がり、光の連なりが夜空にそびえている。摩天楼の輝きの間にハドソン川の黒い流れが横たわっているはずだ。マンハッタンを南に走る道路を車の群れが動いていく。老人はゆっくりと視線を移していった。この光も、車も、オイルが生み出す産物だ。

自分たちの組織が世界を動かしている。自負にも似た思いが全身を駆けめぐった。老人の胸は興奮に震えた。一九七〇年代の繁栄を取り戻してみせる。これからはＯＰＥＣの思い通りにはさせない。やつらは気のふれた砂漠の野蛮人だ。我々が死ぬ思いで開発した油田を国家権力で横取りした盗人だ。かすかに、溜息《ためいき》をついた。

一族の象徴であったこのセンターも、一度は東洋の成り上がりどもの手に渡った。なんとしても、今回はメジャーの力を見せつけてやるのだ。そして、いずれ……。老人はぐっと胸を張り、彼方《かなた》を流れていく光の列を睨《にら》んだ。

「どうかね、計画の進行具合は」

老人は窓のほうを向いたまま聞いた。

「全世界に目を配らせております」

金髪の男が答える。

彼らはロックフェラーセンターにあるＧＥビル、七十階の特別室にいた。

老人はロックフェラー家の直系、ジェラルド・リクター。一八八〇年代、全米石油精製能力の九〇パーセントを支配したトラスト会社、スタンダードオイルトラストを設立した名門ロックフェラー家の実権を握る男だった。現在、リクターは米四大メジャーの中心ともいえる世界最大の石油会社エクソンの陰の実力者として、メジャーに対して多大の影響力をおよぼしている。

金髪の男はエクソン会長、ジョージ・ヘムストン、太った男はモービル社長、ラルフ・ハットンだった。メガネの男はジョン・オマー、シェブロン社長。

今、中東の砂漠で、狂気の男に支配された国と世界から結集した軍隊が戦っている。その戦場の下には、世界の石油埋蔵量の七〇パーセントにおよぶ約四千八百億バレルの石油が眠っている。

*

三人の若者の視線は、テレビに釘《くぎ》づけになっていた。

五十万の多国籍軍が、クウェートを目指して進撃を始めている。

金髪の若者が歓声を上げた。戦車が砲撃を開始したのだ。砂塵《さじん》で霞《かす》んだ道路を埋め尽くし、迷彩服の兵士の群れが進んでいく。

二日前から始まった空爆は数千カ所におよび、すでにイラクの主な軍事基地、施設、主要道路はあらかた破壊されている。クウェートに駐留する五十万のイラク軍は、孤立状態にあった。士気は低く、投降する兵もあとを絶たないとの情報もある。

口髭《くちひげ》を生やした黒髪の若者が立ち上がった。

彼は二人のイギリス人を部屋に残し、ベランダに出た。冬の寒気が身体《からだ》を締めつける。

複雑な気持ちだった。すでに数カ月前から、サウジアラビアに駐留するアメリカ、イギリス、フランスなど、国連の要請によって派遣された多国籍軍の様子は報道されていた。圧倒的な数の戦闘機、戦車、兵員輸送車、物資輸送車。陽気で、まるで物見遊山に来たかのように明るい顔をした兵士。ランニングシャツに乳房の線をくっきりと浮かばせた女性下士官が男性兵士に命令を下し、兵士たちは訓練を終えると半裸に近い姿でバスケットボールに興じている。

西欧文明を認めはするが、彼らがいるところはアラブだ。異教徒の軍隊、しかも女性とユダヤ人を含む軍隊を国内に駐留させるとは、祖国を冒瀆《ぼうとく》するものだ。アッラーなど信じないが、祖国の文化は神聖だ。それを冒す者は――。若者は唇を強く嚙《か》みしめた。

百メートルほど東に、教会の青い尖塔《せんとう》が陽の光を浴びて輝いていた。

サダム・フセインは血に飢えた独裁者だ。だがアメリカに代表される、百年も昔からアラブを蹂躙《じゅうりん》し支配し搾取し続けてきた西欧諸国に、初めて真っ向から戦いを挑んだ勇者でもある。アラブ人の中に、彼を英雄として崇拝する者がいることも理解できる。自分も心の奥ではあの男に声援を送っているのかもしれない。これは、単なる石油をめぐる戦いではない。西洋とそれに媚《こ》びる国と、アラブとの戦いなのだ。しかし我が祖国は――。

アメリカとヨーロッパに率いられた多国籍軍は、イラクに与えた以上のダメージをアラブ全体にもたらした。これでアラブは分断された。この修復は数十年は無理だろう。彼らの狙いはむしろこっちだったのか――。頭の中には、さまざまな思いが浮かんでは消えていった。

自分を呼ぶ声がする。深い溜息をついて振り返った。

彼が部屋に戻ると、テレビは砂漠の上を飛ぶ戦闘機の編隊を映し出していた。イラクを爆撃にいく多国籍軍だ。彼はそれが、祖国アラブ首長国連邦から発進したものでないことを祈った。

若者の名はムハマッド・アル・ファラル。二十五歳。端整な色白の顔に口髭を生やし、顎から頬にかけて髭の剃《そ》りあとがすがすがしかった。ビン・スルタン・オザル首長の血を引く王家の人間である。ムハマッドはパリで生まれ、イギリスに移り住み、去年六月にケンブリッジ大学を卒業した。大学では、社会学と経済学の修士号を取得している。人生の大半を外国で暮らしたが、祖国を思う精神《こころ》は誰にも負けないと信じている。明日、ロンドンを離れ、祖国に帰ることになっている。

*

ひやりとした空気が、すっかり身体に馴染《なじ》んでいた。

ほんの一時間前までいた砂漠は、四十度を超す暑さだった。今は防水のウインドブレーカーを着ていても、周囲の闇から寒気がしみ込んでくる。

すでに、入口から二キロは歩いている。傾斜を考えると、ここは地下四百メートルにはなる。洞窟の幅は横約五メートル、高さは二メートルから三メートル。途中二カ所、腰を屈《かが》めなければ通れないところもあった。しかし、内部はおおむね広く、その先も広がりつつあった。

ヘルメットに付けられたライトが、黒っぽい壁を照らし出している。両側の岩の壁が、わずかに湿り気を帯びてきている。空気にも水分が混ざっているのが感じられる。先頭の男が急に立ち止まったので、後に続いていた女がぶつかりそうになった。女がよろけると、最後尾の青年が腕を摑《つか》んで支えた。

先頭の男があたりに目をやり、二、三度鼻を鳴らした。洞窟特有のコウモリやその他の小動物のフンや尿の臭いはまったくしない。空気は冷たく、わずかに黴《かび》の臭いがした。砂漠の端にある洞窟では、あらゆる動物まで死に絶えているのか。足元にライトを向けると、数匹の小型の虫が岩の裂け目に走り込んだ。

男は胸をなでおろした。まったくの死の世界ではない。再び足早に、しかし慎重に歩き始めた。

「先生、戻ったほうがよくはありませんか」

女が歩みを速め、男に並んで言った。

いつもの弾んだような声ではなく、不安そうな響きが混ざっている。その思いは男にもあった。一週間前、彼らはアフリカ、ケニアにあるエルゴン山の洞窟近くにいた。岩塩を含むその洞窟の中には、人間の細胞を溶かし、血塗《ちまみ》れの死をもたらすウイルスの宿主がひっそりと生息していると言われている。エイズよりも恐ろしい、エボラウイルスだ。その洞窟のことが頭から離れないのだ。

「このまま行く」

男は女の言葉を無視して進んでいく。女は軽く息を吐いて男の後に続いた。

男は東京大学理学部助教授・山之内明、女は大学院博士課程の学生、近藤鮎美《あゆみ》、青年は助手の村岡健一だった。

突然、空気の揺らぎが変わった。

鮎美が低い唸《うな》り声のような声を出した。ライトを上げたが、天井までその光は届かない。前方に向けた光は、闇の中に吸い込まれていく。ぽっかりと開いた闇の空間――。そこには、小さな野球場ほどの岩のホールが広がっていた。

山之内はゆっくりと手を伸ばして、壁の岩に触れた。固い岩肌をなぞってから、匂いを嗅いだ。その手を鮎美の鼻先に持っていく。

「油くさいです」

鮎美が興奮した声で言う。

後尾にいた村岡が近づき、同じように岩肌をなぞって、手を鼻にもっていく。

「石油ですね。このあたりに油田はないはずなのに」

「急げ。隣の国で何が起こっているか知っているだろう」

山之内はリュックサックを下ろして、マッチ箱大のプラスチックケースが百個入った箱を五つ取り出した。二人も慌ててリュックを下ろして、採集の準備にかかった。

三人はそれから二時間あまり、岩の大ホールのさまざまな場所で土壌を集めた。

「先生、もう四時です」

鮎美が闇の中でわずかな光を出している蛍光時計を見て言う。

「今を逃したらチャンスはない」

山之内は多少強引とも思える口調で言った。

さらに一時間が過ぎた。

「引き上げだ」

山之内は作業をやめて、ライトを出口のほうに向けた。

長時間の腰を屈めての作業のため、下半身の感覚がマヒしている。立ち上がると、ギシギシ音を立てそうなほどに固くなっていた。

三人は来た道を急ぎ足で戻り、洞窟を出た。

砂漠の太陽はまだ沈んではいなかった。しかし一時間もすれば、あたりは闇に覆われ、隣国と世界との戦火が夜空を焦がすのだ。

三人がこの砂漠の国に入って、ひと月が過ぎようとしていた。

中央アジアからアフリカにかけ、十カ国にわたって土壌を集めてきた。その間に集めた土壌サンプルは、七千におよんでいる。三分の二はすでに日本に送った。大学では培養が始まっているはずだ。

イラク、イラン、トルコ三国の国境を走るザグロス山脈にあるこのアルミエア洞窟が、最後の採集予定地だった。

クルド族の老人の言葉を頼りにやってきた。燃える岩。オイルロックのサンプルを手に入れたのだ。それは、石油に類似していた。しかし地下から湧き出るというのではなく、洞窟の奥の岩肌から滲《にじ》み出てくるというのだ。

第1章　バクテリアの発見

1

二〇〇一年、十月。

山之内明は低い唸り声を上げた。

頭の中が真っ赤に染まっている。身体の内部に火種があるように全身が熱い。その熱と色は、内部から山之内を焼き尽くすように温度と輝きを増していく。一点で芽生えた不安は、恐怖となってたちまち全身を包み込む。

夢だということはわかっていた。もう何百回と見た夢だ。そのたびに、恐怖と不安で精神《こころ》が押しつぶされるように縮み上がる。意識を呼び起こそうと必死でもがいているにもかかわらず、ずるずると底無しの暗黒に引き込まれていくのだ。全身が炎の中で金縛りにあったように硬直する。その炎に身を投じればどんなに楽になれるかと考えるが、それもできない。

突然、闇が視野を覆う。底無しの闇を落下していき、恐怖で脳細胞が破壊されそうだ。

「先生！」

闇の中にかすかな光が差し込む。その光に必死でしがみついた。

目を開けると、相原由美子が肩をつかんで揺すっている。彫りの深い理知的な顔の中に、哀れみを含んだ戸惑いの表情が読みとれる。

「うなされていらっしゃいました。すごい汗です」

由美子が白衣のポケットからハンカチを出し、山之内の額にあてた。かすかに香水の香りが漂う。

山之内は由美子の手を払って身体を起こした。

ロッカーの横の鏡に不精髭だらけの顔が映っている。その影のような顔の中に、目だけが異様に輝いている。骨張った身体がいっそう細く見えた。

「どうだ……実験は」

喉の奥から嗄れた声が出た。睡眠不足特有の精神《こころ》を萎えさせる不快感が湧き起こり、全身に広がっていく。

ざらつく目を凝らしてサイドテーブルの時計を見た。二時二十五分を指している。慌てて記憶をたどると、三十分が過ぎている。室長室に仮眠用ベッドを持ち込んだのはいいが、たいていは机にうつぶして眠っている。ベッドだと、つい寝すごしてしまう。

「急いでください。反応が始まっています」

由美子がハンカチをしまいながら言った。

山之内は頰を二、三度叩《たた》いて眠気を払い、ベッドから降りてサンダルを履いた。

山之内は意識的に歩みを遅らせた。急ぐ時は、つい右足をかばって飛び跳ねるような歩き方になる。

室長室からバイオテクノロジー実験室までは距離にして三十メートルあまりだが、その間は四つのドアで隔てられている。最初のドアにはカードと暗証番号が必要だった。二つ目と三つ目のドアの間にはシャワー室がある。次は更衣室になっており、実験室に入るには殺菌された実験衣を着なければならない。

二人は九分で実験室にたどり着いた。いつもはたっぷり十五分はかかる。

実験室には三人の男がいた。三人とも薄いブルーの手術着に似た実験衣を着て、プラスチック製のゴーグルをかけている。頭には実験衣と同じ色の頭巾型の帽子。口と鼻は特殊な防塵マスクで覆われ、顔の大部分が隠れている。足にはバレエの踊り子が履くような、踵《かかと》のない薄っぺらな白い靴を履いていた。

三人は入ってきた二人を一瞥《いちべつ》すると、すぐにまた各自の作業に集中した。

白い壁に白いリノリウムの床。注意すれば、わずかに空気の揺らぎを感じることができる。この部屋の空気は、南側にただ一カ所ある吸入孔から北側に向かって緩やかな流れとなって排気孔に吸い込まれていく。その先にはガラス繊維を何層にも織り上げたHEPAフィルターと呼ばれる除菌用フィルターが付いていて、〇・二ミクロンの異物も外部に出すことはない。同じようなフィルターが、外気に通じるまでに三基ついている。万が一この部屋の空気が汚染されても、汚染された空気が除菌用フィルターを通さずに外部に排出されることはない。

第七実験区分区画《セクター》には実験室が二つある。その一つがこのＰ４レベルのバイオテクノロジー実験室である。

研究所の者たちからは、Ｐ４ラボと呼ばれている。Ｐというのは、物理的封じ込め「Physical containment」を指し、バイオハザードに対して最高度の対策がなされている。

実験は、陰圧に保たれ完全隔離された実験室のクラスⅡ型安全キャビネット内で行なわれる。幅三メートル、奥行一メートル、高さ一・五メートルの強化ガラスの箱だ。ガラス壁に取り付けられたゴム手袋で遺伝子操作が行なわれ、人類にとって未知の生物が造られる。

空調が静かな音を響かせている。

五人の科学者たちは、固唾《かたず》を呑《の》んで安全キャビネットの中を見つめていた。誰かが軽い咳払《せきばら》いをした。緊張が崩れ、五人はそれぞれに筋肉を動かした。その筋肉の音までが聞こえてきそうだった。安全キャビネット横の計測器が点滅し、全員が神経を集中した。

直径三十センチのガラス容器の中の黒っぽい物体を、いく筋かのダークグリーンの膜が覆っている。境界の一部が崩れて、黒い液状のものがゆっくりと広がった。粘性の強い黒い液体は、次第に面積を増やしていく。やがて、固体は完全に液体に変わった。

室内の空気が一瞬止まった。

「定常状態になりました。反応は終了です」

安全キャビネット横のディスプレイを見ていた富山慎二が、興奮した声で告げた。

「ただちに分析してくれ」

山之内Ｐ４ラボ室長は落ち着いた声で言った。しかし自分でも、かなり興奮しているのがわかっている。

五人の中で一番若い西村研究員がゴム手袋に手を入れ、黒い液体をピペットの先に取って安全キャビネットにつながる成分分析器に装着した。

彼らはこの五年間、中央アジアからアフリカにかけての砂漠で採取した八千サンプル近い土壌に含まれる微生物の分析を行なっていた。気の遠くなるような作業だった。各サンプルの中には数十、数百、ときには数千種の微生物が生息している。一グラムの土壌の中には、ほぼ十億の微生物がいるのだ。そのサンプルを各種の培地で培養し、目的の微生物により近いものを分離する。微生物研究はまさに〈根気〉の一語につきる。

山之内のグループは三年前、サンプルの中から石油生成能力を持つ数種の新種のバクテリアを発見した。それらのバクテリアを培養し、細胞融合と遺伝子組み換えを行なうことで、より強力な石油生成能力を持つバクテリアを生み出したのだ。その新しいバクテリアは、いま目の前でプラスチックを分解した上、粘性の強い黒色の液体を作り出している。

「鎖状炭化水素……。きわめて石油に類似した炭素生成物です」

成分分析器を操作していた西村が、振り返って低い声で言った。その呟《つぶや》きのような声は、背後で息を呑んで見守る四人の科学者の精神《こころ》に染みわたった。

「すぐに所長に連絡をとれ」

山之内はその黒い液体から目を離さずに指示を出した。目を離すと、一瞬のうちに消滅してしまうような気がする。

「ですが――」

西村が壁の時計を見上げた。

三時二分前。部屋の中は明るすぎる光に満ちているが、一歩外に出れば深夜のはずだ。五人はすでに、二十時間以上もこの隔離された空間にこもっている。山之内が彼らの実験区分区画、第七セクターの外に出たのは、百時間以上前になる。

「かまわない。とにかく急げ」

山之内は強い口調で言った。

早く林野史郎に実験結果を伝えたかった。そのためにはまず、林野史郎の長男である林野微生物研究所所長、林野和平に知らせなければならない。

西村が林野所長に連絡をとるために、ドアを開けて隣の部屋に行く。そこも気密室につながっているが、テレビカメラと電話を通じて外部と連絡がとれる。

「さあ、再現実験を始めるぞ」

山之内は、安全キャビネット内部の黒い液体を見つめる研究員たちを促した。

所長の林野和平が研究所に到着したのは三十分後だった。

Ｐ４ラボのモニターテレビに不機嫌な顔が映し出された。所長室のモニターテレビの前に立つ林野所長はセーター姿だった。普段、服装にはうるさい林野にしては、驚くほどラフな格好といえる。かなり慌てて出てきたのだ。

山之内は林野所長とはほとんど接触がなかった。無意識に避けていたのかもしれない。所長は、七十八歳になった現在もまだ科学に対する理想を捨てきれない父親の林野史郎と違って、自分の仕事を純粋に事業として捉えているところがあった。二百人以上の研究員と彼らを補助する要員を含め、従業員が五百人以上に膨れあがった民間研究所のトップに立つ身にしては当然だろう。だがその和平に対し、山之内はそれだけでは割り切れないものを感じていた。

「試料Ｎｏ．３０８７Ｘによって、プラスチック塊から液状物質が生成されました。成分分析器によると、オイルと極めて類似した鎖状炭化水素の液状生成物です」

山之内は画面の上のテレビカメラに向かってしゃべった。

〈石油と断定していいのか〉

林野の顔から眠気が消え、緊張した表情に変わっている。

「まだ精密な化学組成は確認しておりませんが、おそらくそうだと思われます」

山之内は確信を込めて言った。

〈再現性は？〉

林野所長が興奮を隠しきれない口調で聞いてくる。

「現在確認実験を行なっていますが、ほぼ間違いありません」

〈生成物の詳しい確認作業も続けてくれ。物理的性質、化学的性質、あらゆる物性データを集めるんだ〉

「わかりました」

〈第七セクターには、関係者以外は立入禁止の措置をとる。きみたちも、あと十二時間、その中から出られないからそのつもりで〉

その間に、実験室のセキュリティの強化と特許出願の準備をするのだ。カードと暗証番号が、一時間以内に新しいものに変えられる。

カメラから外れた位置に立っている由美子が、顔をしかめて舌を出した。これで彼女は、まる二日第七セクターに拘束されることになる。他の研究員も同様だった。

「会長には？」

ディスプレイを切ろうとした林野所長に、山之内が聞いた。

〈私が連絡する〉

ディスプレイが切れた。

山之内は所長の言葉を他の研究員に告げた。いつもなら、誰かが文句を言うはずだった。この六メートル四方の空間に、二十時間以上も閉じ込められているのだ。しかし、今回ばかりは誰も文句は言わなかった。

五人の科学者は安全キャビネットの前に戻り、またしばらくの間、無言でガラス容器に広がる黒い液体を見つめていた。

2

カリフォルニア大学バークレー校。

第七回国際バイオテクノロジー学会が開かれていた。三日間の開催日のうちの二日目だった。世界三十カ国から五百以上の発表が予定されている。その四分の三以上が、アメリカ、日本、ドイツで占められている。

午後一時から、特別講演が始まっていた。

大学のほぼ中央にあるパターソンホールには、講演会場に入りきれない人がロビーのテレビ前に集まっていた。五百人収容できる階段状の教室には、席のない科学者、学生、ジャーナリストたちが壁に沿って立ち、幾筋かある階段にも肩を寄せ合うようにして座っている。

聴講者のうち、三分の二は企業から派遣された研究者だった。彼らは一様にテープレコーダーを持ち、カメラを構えている。スライドの一枚、発表者の一言も聞き漏らさないように身構えていた。

バイオテクノロジーは金になる。ここ数年間の世界的傾向だった。特に農業関係の新種開発、医療関係の新薬開発は、特許を取れば全世界での栽培、製造を独占できる。特許使用料も莫大《ばくだい》な額におよぶ。そのため、世界各地に一発を狙ったベンチャー企業が乱立してしのぎを削っている。その様子は、ひと昔前のシリコンバレーを連想させた。

会場では一九七八年のノーベル生理学・医学賞受賞者、H・スミスの講演が始まっていた。彼は、遺伝子組み換えにはなくてはならない制限酵素を発見した科学者の一人だ。

林野微生物研究所会長の林野史郎は、最前列正面の席に座っていた。

十二年前にアメリカとカナダに小規模ながらオフィスを構えてから、本格的に英語を勉強し始めたが、半分は想像を交えながら聞いている。しかし、遺伝子組み換えを含む専門分野なら、専門用語を拾い出して聞き、図表を見れば十分に理解できる。最近は、スライドやビデオを使った、視覚に訴える発表がますます多くなっている。

林野は次々に映し出されるプロジェクターの画面を見ながら、時折ペンを走らせていた。背後からカメラのシャッター音が、小波《さざなみ》のように聞こえてくる。思わず、振り返って怒鳴りつけたくなる不快感を感じた。

こうして学会に出ていると、数十年前に戻ったような錯覚に陥る。敗戦で何もない日本に帰還し、生きるために必死で研究を続けた。味噌《みそ》、醬油《しょうゆ》、石けん、化粧品……手に入る材料で、売れるものは何でも作った。研究の継続と結果——それが林野微生物研究所が生き残るためのただ一つの手段だった。

スクリーンでは、連鎖球菌が猛烈な勢いで繁殖し、タンパク質を作り出している。林野はペンを置いた。朝から三つの分科会に出て、五時間以上スクリーンを見続けている。わずかに頭の芯が痛んだが、メガネを取って目の間を揉《も》むと痛みは消えていった。八十歳近いが、自分では、まだ六十代の身体だと信じている。

〈うちの研究所では、半年も前に、常温状態でこの倍のスピードで増殖させている。しかも、pHが2から8という広領域でだ〉

林野は心の中で呟いた。

この分野の研究はすべてが特許に結びつく。つまり押さえた特許によっては、その微生物の遺伝子に関係するあらゆることが莫大な利益を生み出すことになるのだ。知的所有権――数年前から科学部門のリーダーシップに不安を感じ始めたアメリカが、国を挙げて取り組んでいる課題だった。そして林野も、その知的所有権で林野微生物研究所を設立し、現在の地位を築いたのだ。

彼の学会出席は、所内の一部からは、研究者としてのノスタルジーに負うところが多い道楽と見られている。しかし彼自身は、生存競争の厳しい科学技術の最先端分野での生き残りをかけて世界の研究方向を見極め、研究所の進む方向を決定する上で重要な役割を果たしていると自負している。実際、彼の洞察力はまだ衰えてはいなかった。彼が学会で仕入れてきた世界の先端技術のいくつかが、林野微生物研究所の研究方向を決定づけ、新製品を生み出している。

林野は背筋を伸ばし、マイクを通して流れてくる強い東部訛《なま》りの英語に耳を傾けた。

講演は質問を含めて二時間で終わった。林野は椅子に座ったまま目を閉じていた。隣の学生食堂で行なわれるティータイムの懇談に流れていく人波に揉まれたくなかったのと、世界最高の頭脳の一つに直接触れた余韻に浸っていたかった。

ひとしきり人波が引いてから、立ち上がった。

分厚い論文集の重みがずっしりと腕にこたえた。二冊合わせると『広辞苑』並みの厚さになる。

教室の前には、まだ人が溢《あふ》れていた。

林野は人を避けてロビーに下りた。そこには、学生食堂に行った後のいくつかのグループが残っていた。

「会長!」

ホールの入口から声がする。林野は顔を上げて、声のほうに視線を向けた。

秘書の立花が手を振りながら走ってくる。その場違いな様子に、ロビーで歓談していた研究者たちが話を中断して目をやった。

「会長、探しました」

息を弾ませて言う。額にうっすらと汗を滲ませ、右手には携帯電話を握っている。

「場所をわきまえたまえ」

林野は低い声でしかりつけ、論文集を持ち直して咳払いをした。

「すみません。緊急ですので」

立花はまわりの視線に気づいて、慌てて声を低くした。

「所長から緊急電話です。すぐにかけ直すと申しておきました」

立花は携帯電話のボタンを押し始めた。

林野は顔をしかめた。人前で携帯電話で話す行為は、彼には最も愚かしい姿の一つだ。

林野立花を睨みつけると、足早にホールの片隅に歩いた。

立花が慌てて後を追い、あらためて携帯電話のボタンを押し、林野に差し出す。林野はそれをひったくるように取って背を向けた。


ドアのそばでアメリカ人グループと話していた背の高い日本人の男が、林野に視線を向けていた。三十代半ば、陽に焼けた精悍《せいかん》な顔つきをしている。学会に集まっている科学者とは明らかに違っていた。

男は右手を軽く上げてアメリカ人の話を遮ると、そっと林野に近づいた。二メートルほど離れた植木の陰にさり気なく立った。

「林野史郎と秘書の立花……」

男は口の中で呟いた。

携帯電話に向かう林野の声が聞こえてくる。

林野の顔つきが変わった。頷《うなず》きながら聞いていたが、その表情には緊張がみなぎっている。

「山之内先生が確認したんだな……」

林野の声が一瞬高くなった。植木の葉がかすかに揺れる。男が慌てて林野に背を向けた。

その後、林野は「わかった」を二、三度繰り返すと、携帯電話を切った。

「ただちに、帰りの飛行機を手配してくれ」

林野が携帯電話を立花に返しながら言った。

「しかし、会長……」

立花が驚いた顔で林野を見ている。

林野が出口に向かって歩きだした。立花が後を追っていく。

長身の男は植木の後ろに隠れたまま、二人を目で追った。

立花が押し開けたドアを小柄な林野がすり抜けるように通り、足早に会場を立ち去っていく。

「山之内――」

男は呟くような声を出し、しばらく考え込んでいた。

アメリカ人のグループの一人が手を上げて男を呼んだ。男は頷き返して、ドアの前に立つグループに戻っていった。

3

林野史郎が日本に着いたのは、翌日の午後だった。

彼は荷物の受け取りを立花に任せると、自分はタクシーで成田から立川にある林野微生物研究所に向かった。

研究所の第七セクターは、予定通り封鎖措置がとられていた。ドアカードが更新され、暗証番号が変わっている。出入りできるのは第七セクターに所属する研究者と数人の関係者に限られていた。

山之内は成田から連絡を受け、第七セクターを出て会長室で待っていた。

林野はすぐにでも実験を見たがるだろうが、まだその段階ではなかった。鎖状炭化水素の生成メカニズム解明はもちろん、生成された鎖状炭化水素の正確な組成データも出していない。

ソファーに座り目を閉じると、急に眠気が襲ってきた。

ふっと目を開けた。

高校生のようなあどけない顔をした女性事務員が自分を見つめている。事務員は山之内の視線に気づき、わずかに頬を赤らめると、慌ててお茶を置き、頭を下げて出ていった。

山之内は正面の飾り棚のガラスに映る自分をあらためて見なおした。くすんだ灰色のセーター、折り目の消えたズボン。顔は不精髭で覆われている。髪も耳を隠していた。飾り気はないが落ち着いた趣きのあるこの部屋には、不釣り合いな存在であることは明らかだった。

山之内は研究所に来て五年になるが、第七セクターからほとんど出たことがない。月一回開かれる各研究所の室長会議にも出席したことはなかった。彼の顔を知らない職員も多い。第七セクターは研究所の北側の角にあり、P4ラボの研究員は他の所員からは、バグスターズと呼ばれていた。バクテリアとバスターズを組み合わせた言い方で、微生物野郎どもとでもいう意味か。

テーブルの上に置かれたお茶を飲んで眠気を払おうとしたが、再びいつの間にか意識はなくなっていた。

ドアの開く音で目を覚ました。

林野史郎が、緊張した面持ちで入ってきた。顔に艶がなく、時差による疲れが滲んでいたが、その奥の表情は明るかった。

「いかがです」

立ち上がった山之内の足にさりげなく目をやった。

「百メートルを二十秒で走ってみせますよ」

山之内は目をしょぼつかせながら、いつもの答えを返した。

林野は笑顔を見せて山之内の右手を握り、左手で肩を軽く叩いた。

「ところで、電話の話だと実験は成功したと——」

山之内は用意していたテープをビデオデッキにセットして、スイッチを入れた。ディスプレイには実験室と同じ反応が繰り返された。林野の視線は画面に釘づけになっている。

「ペトロバグです」

「ペトロバグ?」

「石油のペトローリアムと、バクテリアの俗称バグを組み合わせた造語です。西村君が名付け親です」

林野の目は画面を見つめたままだ。

十数分のビデオが終わると、林野は山之内の前に来て黙って手を握った。山之内は林野の目が潤んでいるのを見た。

「野生株は?」

林野が聞いた。

「No.3087X・1、2、7とNo.3279X・2です。形状は球菌およびブドウ状球菌です。アルミエア洞窟で採取したバクテリアの細胞融合を行なって、変異株を作りました。さらに遺伝子組み換えを行ない、石油生成能力のきわめて高い組み換え菌の生成に成功しました。現在、バクテリアの培養と、タンパク質を分離してDNAの読み取り作業を行なっています」

「進行は？」

林野が顔を上げて山之内を見た。

「培養は問題ありません。読み取りはコードX―52からX―73の部分に、未解読の部分があります。現在、相原君が解読作業に取り組んでいます」

「予想不能な組み換えが生じたのですか」

林野が一度大きく息を吸い込んでから聞いた。

「わかりません。しかし解読が終われば、突然変異であっても問題はありません」

山之内はビデオのスイッチを切って、林野の前に座り直した。

「私たちが目標としていた、石油生成能力を持つバクテリアの開発は達成できたと考えていいようです。ただしバクテリア自身のその他の特性については、まだ観察と実験が必要です」

林野が頷いた。彼は山之内に対して絶対的な信頼をおいている。

「いずれにしても、DNAの読み取り作業と解明が先決です。二、三週間後には結果が出ますので、それを見てからバクテリアの特性と石油生成のメカニズムをまとめます」

山之内は答えた。

頭の中にはいくつかの仮説が浮かんでいたが、推論は避けたかった。慌てる必要はない。バクテリアの保存には十分すぎるほど手を打ってある。失敗しても、何度でもやり直すことができる。ふっと暗い影が頭をよぎった。失敗はもうたくさんだ。

「急ぐことはないでしょう。新生物です。何が起こるかわかりません。慎重にやってください」

林野が山之内の心中を読みとり、その心を包み込むように静かに言った。

山之内は黙って頷いた。

ジェラルド・リクターは飛び起きた。

血液の流れをたどれるほど、心臓が高鳴っている。思わず胸に手をやった。心臓検査は三日前に受けた。血圧が高かったが、高すぎるというほどではなかった。医者は興奮は避けてください、とだけ言った。その血液を送り出す不気味な音が、ドアのノックの音に変わった。夜中の三時を示す蛍光時計の文字が光っている。

「入れ！」

リクターは怒鳴った。

八十に手が届こうとする老人を、心臓発作で殺そうとしているのは誰だ。

秘書のフォフマンが入ってきた。五人いる秘書のうちの一人だ。同じ階にある『リクターの戦略室』と呼ばれる部屋で、二十四時間態勢で世界中から送られてくる情報の管理を行なっている。

「何だ」

リクターはベッドの上に身体を起こし、不機嫌そうな嗄れ声を出した。

フォフマンはレターデスクの椅子の背にかけてあったガウンを取って、リクターに渡した。リクターはそれを脇に置いて、さらに不機嫌そうな顔を向けた。

「例のものが発見されました」

リクターの表情が強張《こわば》った。身体の奥に潜んでいたものが一気に全身に溢れ出てくる。

「間違いないか」

「ありません」

「開発したのは、私の研究所かね」

「いえ、残念ながら」

「では、我が国の研究施設かね」

「残念ながら」

フォフマンが大きく息を吸い込み、吐き出すついでにというように言う。

「ヨーロッパかね」

「残念ながら」

部屋に再び沈黙が訪れた。

「日本か……」

リクターは呟いた。

精神《こころ》の中に黒いものが蠢《うごめ》く。またしてもジャップに先を越された。我が一族が復興を手助けした東洋の小国が、ここまで我が帝国を脅《おびや》かし、侵略してこようとは。再び心臓の鼓動が高くなった。リクターは意識的にそれを抑えようとした。

「他には？」

「現在のところ、それだけです。数日中にバクテリアの特性、石油生成の効率、その他のデータが入手できる手筈《てはず》になっております。可能ならば、バクテリアのサンプルも含めてです」

「手に入りしだい連絡してくれ。二十四時間態勢でな」

フォフマンが一礼して出ていく。

リクターはベッドを降りて、窓の側に歩いた。

スイッチを押してブラインドをわずかに開けた。マンハッタンの闇と光が続いている。ヘリコプターの赤い光が闇の中をゆっくりと移動しているのが見えた。

今度こそ、再び我がロックフェラー家がすべての実権を握るのだ。生産から精製、輸送、販売を支配し、スタンダードオイルトラスト時代の威厳と実権を取り戻すのだ。いや、それ以上のものを作り上げてみせる。石油による世界支配。これこそロックフェラー家が目指し、唯一手に入れられなかったものだ。その夢を私が実現する。

リクターの胸の奥から、熱いものが湧き上がってきた。

オーストリア、ウィーン。

一週間ぶりの青空が広がっていた。

ウィーン市街を北、西、南から包み込むように広がる丘陵地帯は赤く色づいている。すでに冬が、町中に片足を踏み入れている。

ＯＰＥＣ本部は、オペラ座の北西を南北に走るＤｒ．カール・ルエーガー・リンクにあるビルに置かれている。七階建ての落ち着いた石造りの建物だ。通りに沿ってウィーン大学、国会議事堂、ブルク劇場が並び、王宮も歩いて五分ほどのところにある。

ムハマッド・アル・ファラルは誰もいない執務室に座っていた。

このＯＰＥＣ事務総長執務室は、広くはないが重厚な落ち着きに満ちている。どっしりしたデスクと椅子。壁もオーク材の深い重みを漂わせ、すべてが中世ヨーロッパ調に統一されていた。ただ一つ違和感を感じさせるのは、机の端のデスクトップ型パソコンとプリンター。そして部屋の隅の二台の大型テレビ。音を消したテレビではＣＮＮのアナウンサーがニュースを読み上げている。もう一台には世界の原油市場の価格が、途切れることなく流れている。デスクの中央には、ノートパソコンがディスプレイの淡い輝きを放っていた。

〈とうとうやってきた〉

ムハマッド・アル・ファラルは、心の中で呟いた。

彼は姿勢を正して、椅子に座り直した。革張りの背もたれが、ローブによく馴染んでいる。ヨーロッパを去って十年あまり、祖国アラブ首長国連邦、石油省に入って五年、石油大臣に上りつめ、今ここにOPEC事務総長となって戻ってきた。

〈私はここから、アラブ統一を目指す。アッラーの名のもとに、石油を背景にした強大なアラブ国家を建設する。アメリカもヨーロッパも、世界はアラブの前に跪くのだ〉

ムハマッドは心の内で叫んだ。

〈今は神に祈り、叶《かな》えられる時代とは違う。緻密な分析と正確な判断の時代だ。勝利のためには、何でも利用してやる。私は西洋の合理主義とアラブの精神《こころ》を融合した人間だ。アラブの地下に眠る石油を利用して、必ずアラブを生き延びさせ、発展させてみせる〉

ノックの音が聞こえた。

秘書が入ってきて、臨時総会が開かれる時間がきたことを伝えた。

ムハマッドは立ち上がった。無意識のうちに笑いが込み上げ、声を出さずに笑い続けた。

4

林野史郎に会った後、山之内は五日ぶりに研究所を出た。

由美子たちが、帰って休むようにと、強引に送り出したのだ。

門を出たところで立ち止まり、空を見上げると透明な青空が広がり、何筋かの白い雲がくっきりと見えた。刑務所からの出所はこんな気持ちかと思い、思わず苦笑した。

十二時を少し過ぎた時間だった。第七セクターで過ごしていると、昼と夜の区別がつきにくくなる。着替えの入ったバッグを抱え直し、JRの駅まで歩いた。

四ツ谷で降り、駅の階段を休みながら上がった。

冷気を含んだ風が全身を包み、思わず襟元をかき合わせた。すでに十月も終わりの週だ。数秒間歩道に立って行き交う人々を眺めてから、ゆっくりと歩き始めた。初めて来た街のような戸惑いを感じる。

十分ほど表通りを歩いて裏道にそれた。

細い道を五分ばかり歩くと、時代からとり残されたようなモルタル造りのアパートに着いた。古いビルを背にして一階と二階に四部屋が並んでいる。

錆《さび》の浮き出た階段を足音を殺して上がった。

いつも真夜中を過ぎて帰宅するので、足が触れるだけで鉄パイプを打ちつけるような音を立てる階段を猫のようにそっと上がる癖がついている。

二階の端にある部屋のドアを開けると、黴くさい空気が流れ出てきた。急いで奥の部屋に行き、窓を開け放った。外は三十センチほど隔てて、薄汚れたビルの裏壁がそびえている。閉ざされた空間。いかにも一癖も二癖もありそうな化粧の濃い中年の女性不動産屋に初めて連れてこられた時、この何とも息苦しい空間が妙に自分に合っているように感じられたのだ。

１ＤＫの部屋の中には窓際に小さなテーブルがあり、最新のパソコンが置いてある。その横に布団が二つ折りにしてあった。家具といえるものは、他に合板の安っぽい洋服ダンスとキッチンのテーブル。その上には、電話が置かれている。五年というもの、この部屋と研究所の往復だけで暮らしてきた。ここでは風呂に入って寝るだけだった。食事は人のいない時間帯の研究所の食堂か、帰りに駅前の弁当屋で弁当を買ってきた。週に何日かは研究所に泊まり込む。学生時代に戻ったような気もした。違うのは、論文を一切書かないことだ。今ではこうした生活が自分に一番適していると思っている。

畳に座って、足を伸ばした。一度砕けた関節は、真っすぐには伸びない。くの字形に曲がった右足の脛《すね》には常に鈍い痛みがある。その痛みも日頃は感覚の一部になっていて、煩わしい思いを妨げる防波堤のような役割を果たしている。

表通りのコンビニで買ってきたカップ酒を開けた。一気に半分ほど飲むと、冷え切った身体に熱が戻ってきた。部屋に暖房器具はない。アルコールで身体を温め、冷めないうちに寝るだけだ。五年前には洟《はな》もひっかけなかったものが、自分と社会を結ぶ唯一のものになっていると思うと、不思議な気分だった。研究所の同僚たちの集まりに出たことはない。室長という身分でありながら研究以外の煩わしさから完全に逃れられるのは、林野史郎の気遣いであることは十分承知している。

カップ酒の残りを飲み干した。全身にアルコールが回るのを感じる。目を閉じて横になると、そのまま眠ってしまいそうだった。這ってテーブルの側に行き、留守番電話を見ると一件の伝言が入っている。聞かなくても誰からのものか、わかっていた。そして、その内容も——。この番号を知る者は限られている。五人もいないだろう。当時まだ高価だった留守番電話とファックス機能付きの電話も、林野が勝手に引いた。

二つ目のカップ酒を開け、一口飲んで、留守番電話のスイッチを入れた。思った通り、別れた妻の優子からだった。

〈ありがとうございました〉

十一月の入金があったことを告げる事務的な声の後、あらたまった口調に変わった。

一瞬の沈黙があった。

〈来週、ドイツに発《た》ちます〉

再び沈黙が続き、電話は切れた。

午前二時十二分ですという、女性の合成音声が入っている。果たしてそれが何日のものかわからない。

視線を窓のほうに向けた。薄いカーテンの隙間から冬の寒気が忍び込んでくる。極力意識を受話器から遠ざけようとした。忘れていた精神《こころ》の疼《うず》きともいうべきものが微《かす》かによみがえった。眠るために帰ってきたが眠れそうにない。

パソコンの前に座り、カップ酒を一口飲み、横に置いた。

スイッチを入れて、パスワードを打ち込む。二時間前まで研究所の自室で眺めていた画面が現われた。これも林野史郎が勝手に手配したものだ。連日、研究所に泊まり込む山之内を見かねて、アパートでも仕事ができるようにと取った処置だった。しかし、このパソコンが使われることはほとんどなかった。

研究所のデータベースを呼び出して眺めた。

ディスプレイの上下にバクテリアのDNA配列のデータがある。実験室を出る前に由美子に見せられた第五染色体のX—52からX—73の領域である。その他の部分については、比較的容易にDNA解析を行なうことができた。ペトロバグの驚異的な石油生成能力は、おそらくその未解読部分が関係しているのだ。それとも——、さらに新しい何かを秘めているのか。

パソコンのスイッチを切った途端、電話が鳴り始めた。思わず身体が硬くなった。

電話の呼び出し音に極端に反応を示すようになったのはいつからだろうか。一時は全身の血が頭に上り恐怖に近い感情まで覚えたが、今はその感情もいくぶんかは薄らいでいる。時の流れをこれほどありがたく感じたことはなかった。それでも、不意の音には身体が反応する。

しばらく受話器を見つめた後、七回目のベルで受話器を取った。受話器の向こうからは何も聞こえない。しかし山之内には、それが娘の雅美《まさみ》であることがわかっている。

「どうした。元気か」

山之内は呼びかけた。

電話は切れて、単調な電子音が繰り返される。

しばらくその音を聞いていたが、受話器を戻した。

雅美は十八歳になる。去年、二年生の夏に高校を中退して、それ以後家にいると聞いている。山之内が最後に雅美に会ったのは、五年前だ。中学に入学した年で、まだ幼さを残していた。それが、半年の間に山之内に憎悪の目を向けるようになった。その二カ月後、妻は娘を連れて家を出たのだ。以後、二人には会っていない。

畳の上に横になった。酔いが回ってくるのを感じる。

電話が鳴り始めた。目を閉じて、鳴るのにまかせていた。今度は雅美ではない。

二十回ほど鳴って切れた。さまざまな思いが頭の中を流れていく。この先どこに行き着くのか、自分自身にもわからなかった。

再び電話が鳴り始めた。途中から数えて十二回目で身体を起こし、受話器の所に行った。

〈林野です〉

落ち着いた声が返ってくる。会長のほうだ。

〈申しわけないが、家のほうに来てくれませんか〉

「わかりました」

一瞬ためらった後で言った。

〈迎えの車を差し向けます。七時に駅前に出てください〉

それだけ言って、電話は切れた。

受話器を置くと同時に、戸惑いが生まれた。林野史郎の家に行くのは初めてだった。しかも、突然電話で呼び出されるとは。それも、数時間前に会ったばかりだ。林野の意図は？　考えようとすると、酔いの回った頭が痛みだした。

二時を少し過ぎたところだった。少し寝ておいたほうがいい。五日の間にとった睡眠は、合計で十時間にも満たない。研究室で数時間ずつの仮眠を何回かとっただけだ。

二つ折りにした布団を広げ、服のまま布団にもぐり込んだ。身体は疲れ切っているが、頭は冴《さ》えていた。しばらく遠ざかっていた光景が浮かんでくる。何度も寝返りを打って、その記憶を振り払おうとした。幸い疲労が精神《こころ》を片隅に追いやり、いつの間にか意識はなくなっていった。

5

目が覚めると陽はすでに沈んでいた。

時計を見ると、約束の時間までに一時間と少しある。

布団を這いだし、風呂場に行った。湯槽《ゆぶね》に湯を入れ、その間に髭を剃ろうと鏡を見て、思わず息を飲んだ。見知らぬ顔が見返してくる。頬がこけ、不精髭に覆われた顔。陽に当たっていない肌は青白く、目つきも別人のようだった。

五年前、あの事件が起きて以来、ゆっくり鏡を見たこともなかった。自分の姿に怯《おび》えていたのだ。急激に意識が萎えていくのを感じる。髭を剃る気力も、いつの間にか消えていた。

しばらく鏡に映る自分の姿を見つめた後、そのまま顔を洗った。いくぶん意識がはっきりした。その意識を奮い立たせるように熱めの風呂に入って、服を着替えた。

駅までは、歩いて十五分あまりだ。

風呂上がりの火照った肌に、十月末の空気は心地よかった。落ち込んでいた気分がわずかながら平静をとり戻した。

五分ほど早かったが、車はすでに来ていた。山之内の姿を見ると、運転手の加藤が降りてきてドアを開けた。五十すぎの温厚な顔つきで、林野の運転手を始めて、二十年近くなるという。夫婦で林野の隣に住み、妻を亡くした林野の身のまわりの世話もしていると聞いたことがある。

山之内は軽く頭を下げて車に乗った。

車は一時間ほどで所沢にある林野の屋敷に到着した。屋敷といっても、竹林の外れに建つ古びた平屋だった。敷地面積だけは広く、裏の竹林を含めて数千坪に及ぶ。林野はここに一人で住んでいる。彼の妻は二十年以上前に胃癌《いがん》で死んだと聞いた。彼が抗癌剤の開発に心血を注いだのは、そういうことも原因になっているのだろう。

加藤は山之内を降ろすと、裏の駐車場に車を置きにいった。

五十年配の人のよさそうな婦人が山之内を出迎え、加藤の妻だと名乗った。

庭の見える座敷に通された。

正面に竹藪《たけやぶ》が繁《しげ》り、そのまま裏山に続いている。庭には高さ一メートルほどの庭石が数個、無造作に置かれている。それらが座敷からの明かりで、薄い闇の中に白く浮き上がって見えた。開かれた襖《ふすま》の中央に、和服に着替えた林野が庭を眺めながら座っている。横には息子で所長の和平がいた。山之内は林野を挟んで、右足を伸ばしたまま座った。和平はかすかに顔をしかめたが、林野は山之内のことはすべて心得ている。

鹿威《ししおど》しの乾いた響きが聞こえた。

「少し冷えてきたようだ。障子を閉めてください」

林野史郎が静かな声で言った。

和平が立ち上がり、障子を閉めた。座敷の中に静寂が広がる。この二人は実の親子だが、妙なよそよそしさが感じられる。初めて二人に会った時には、親子だとは信じられなかった。

半年も経《た》つうちに、二人は反発に近い感情を抱き合っていることに気づいた。和平には、父親である史郎に追い立てられているようなところがある。研究所経営についても、和平は史郎の地道なやり方に飽き足らず、製品の開発から製造、販売にも手を伸ばし、マスコミを使って大々的にやりたがった。傍目《はため》にも、和平が史郎に対してライバル意識を抱いていることは明らかだった。偉大な父親に対抗する焦りといったものだろう。

三人はしばらくの間、何も言わず静寂の中に座っていた。

「石油産業といわれるものが、いつ、どこで始まったか、ご存じですかな」

林野史郎が山之内に向かって、低い声で聞いた。

「いいえ」

山之内は答えた。

「アメリカ、ペンシルベニア州北西部の丘陵地帯です。オイル・クリークと呼ばれる一帯で黒い油が噴出していたんですよ。泉の中にあぶくを上げて噴き出し、岩塩採取用の井戸にも滲み出していたそうです。一八五九年の話です。その時はまだ先住民のセネカ・インディアンが、頭痛や歯痛、リューマチの治療薬として使っている程度でした。やがて、それが光源として使われるようになる。その後の経緯はご存じの通りです。百年後には、世界のエネルギー源の中心になりました。また、石油から生み出される製品には限りがありません。住宅、食品、衣料品、ポリマーを含む新素材。まさに数え上げるのが困難なくらいです。そして舞台はアメリカから中東に移りました。エネルギーのうち石油依存度は、日本は約五〇パーセント、アメリカは四〇パーセント以上に達しています。近代史は石油を中心に回ってきたと言えます」

林野が言葉を切って、深く息をついた。鹿威しの澄んだ音が聞こえてくる。

「戦後、世界は何度かの石油危機を迎えました。そのたびに混乱が起こり、石油文明の存続が危惧されました。しかし、世界は何とかそれを乗り越えてやってくることができました。まだ地球上に石油は十分存在しているという暗黙の了解、潜在的な余裕があったからです。だが、いずれそうはいかなくなる。石油の枯渇。それは避けられないことです」

「もう十年も前から石油の埋蔵量はあと四十年あまりと言われ続けていますが、一向になくなる気配はないですよ」

和平が不満を含んだ声で言う。

「今までは探索技術の発達とともに新しい油田が発見され、採掘技術の進歩で、かつては採算に合わなかった油田からも石油を汲《く》み上げることができるようになりました。だが、それにも限度がある。いずれ、量的にも価格的にも破綻をきたすことは確実です。このまま第三世界の需要が伸びれば、世界から石油が消えるのはもっと早くなるという学者もいます。真実は神のみぞ知るということなのでしょう」

山之内は聞きながら喉の渇きを覚えた。

「その時、世界はどういう対応をとることができるか——再び石油を求めて争うことになるのか」

林野の声が、静まり返った部屋に響いた。

山之内は湯呑みを取って一口飲んだ。冷えたお茶が身体中にしみ込んでいく。

「さて、先生。今後のことですが」

林野が山之内に向き直り、あらたまった口調で言った。

彼は山之内のことを今も先生と呼ぶ。山之内がいい加減にその呼び方はやめてくださいと頼んだが、精神《こころ》のけじめですと言って譲らなかった。

「今回の発見は、我々の考えている以上に重大な意味を含んでいます。これは先生にとっても、研究所にとっても同じです」

林野が山之内と和平を交互に見た。

「わかっています」

和平が言った。彼もやはり山之内と同様、林野の言葉の持つ重さに圧倒されていた。

「いや、まだ十分に理解しているとは言えない」

林野がかすかに首を振って、和平から視線を山之内に移した。

「いま申したように、現在の世界情勢は石油戦略の上に成り立っていると言っても過言ではありません。つまり、石油は産業を発展させ、人類に多大の貢献をいたしましたが、二十世紀の戦争の半分は、石油をめぐる戦争だったとも言えます。太平洋戦争しかり、湾岸戦争しかり。もしあの場所が中東でなかったら、世界はあれほど結束して一国に対して軍隊を送ったでしょうか。アメリカが、ヨーロッパが、世界が恐れたのは石油の安定供給が崩れることです。一九七三年の第一次石油危機、七九年の第二次石油危機。そして第三次石油危機こそ、世界は最も恐れているのです」

林野は言葉を切ると、考えをまとめるように黙り込んだ。やがてしゃべり始めた。

「二度の石油危機の後、世界は石油の安定供給を最優先に考えるようになりました。石油産出国は将来を顧みず施設を拡大し、日々増産し続けています。そのため、湾岸戦争の翌年には石油価格は従来にない値下がりをみせました。せっかく現実の問題として考え始めていたエネルギー縮小計画や石油に代わる新エネルギーの開発も、安価な原油が出回ったため多くが白紙に戻され、いまや無節操なエネルギー浪費のみが世界に蔓延《まんえん》しています。その結果、OPECやメジャーばかりでなく、大手のヘッジファンドも手を出すようになり、石油価格は収拾のつかない事態を引き起こすおそれもあるのです」

深い溜息が聞こえた。

「アメリカのミサイル事件をご存じですかな」

林野が二人に問いかけると、和平が曖昧に頷いた。

「一九九八年の秋、原油マーケットは異常とも思えるほど低迷していました。石油の適正価格は一バレル二十ドルから二十五ドルと言われていますが、それが十ドルにまで下落しました。これは明らかに、長期供給過多に陥った石油市場を狙い撃ちにした投機筋の先物売り浴びせが大きな原因です。この状況が続けば、サウジやクウェートなどの親米イスラム国家の財政が破綻することは目に見えていました。また、アメリカ国内の石油採掘会社やイギリスの北海油田がピンチに立たされることになります。状況を打開するためにアメリカがとった方法が、十二月のイラクへのミサイル攻撃です。アメリカの攻撃に参加したのはイギリスだけです。この攻撃には世界が首をかしげました。明らかにイラクのクウェート侵攻に端を発する湾岸戦争とは異なっています。ちょうどアメリカ大統領は女性とのスキャンダルで窮地に陥っていた時なので、それから目をそらせるためではないかと疑ったメディアもいるくらいです。しかし真実は石油価格の調整のための行動であったことが、後に政府筋からマスコミに流れています。イラクに戦火を起こすことで石油の供給に不安定要素を盛り込み、価格の上昇を狙ったのです。世界は、その通りに動きました」

山之内の身体に冷たいものが流れた。

「先進国は脱化石燃料を目指しているが、依然として石油が総エネルギー源の半分近くを占めていることに変わりありません。石油が人類の生命線を握っていることは、事実なのです。それを十分に知っているアメリカは、ミサイルさえ用いて石油価格調整を図ろうとする。おまけに、経済性のある良質な石油が減っているのは確かです。今後数十年のうちに、石油に端を発するトラブルは倍増することは間違いありません。そのトラブルこそ、世界に致命的な打撃を与える可能性が高いのです」

林野が静かな口調で続ける。相手の心に深く染み込む響きは、問題の重大さをいやがうえにも高めた。

「このバクテリアの発見は、人類にとって画期的なものです。しかし石油産出国にとっては、国の存亡をかけたものとなるでしょう。このニュースが報道されるだけで、世界の石油市場は大混乱をきたすに違いありません。何とか平衡を保っている現在のエネルギー秩序を大幅に変えることは明らかです」

林野が何かを訴えるように、山之内と和平を交互に見た。

「私はバクテリアの発見については当分の間、極秘にしたい」

「しかし……」

和平が何か言おうとした。

林野が静かに和平のほうを見ると、和平はそのまま口を閉じた。

「この発見は、単に一企業の利益の問題ではありません。一国家の問題でもない。人類全体の問題として捉えなければなりません。しばらくは沈黙を守って、研究を続けてください」

鹿威しの音が高く響いた。

三人はまた黙り込んで、その澄んだ音を聞いていた。


ペトロバグのＤＮＡ解読はなかなか進まなかった。

依然として、第五染色体のＸ―５２からＸ―７３領域の解読が残されていた。

炭素形成物を石油系の分子配列に変えていくメカニズムはまったく新しいものだった。

その未解読部分が強く関係していることは明らかだった。

山之内たちは実験室に泊まり込み、精力的な研究を続けた。

男は黙ってポラロイド写真を見ていた。

あまりに長い間男が黙っているので、ミグは不安になった。声を出しかけた時、男はポラロイド写真から顔を上げてミグを見た。

「これは？」

「石油です」

「石油？」

「そう。石油。オイルです」

男はもう一度ポラロイド写真に視線を落とした。最初の時と同じくらい長く、写真の黒い塊を見ていた。

6

新宿、歌舞伎町近くの喫茶店だった。広くとられたガラス窓から通りが見渡せた。日曜日の新宿は人で溢れている。

ミグがその男に会うのは七度目だった。最初は、新宿の地下鉄を上がったところで、突然声をかけられた。仕立てのいいスーツを着た四十代半ばの男は、一見銀行か大手商社の中堅幹部といった感じだった。日本人に見えるが、彫りの深い顔からはヨーロッパ人の血も混じっているようにも思えた。

「林野微生物研究所の方ですか」

落ち着いた口調で聞いた。

ミグは一瞬躊躇《ちゅうちょ》したが頷いた。

「少しお時間をいただけませんか」

戸惑ったが、取り立てて急ぐ用はなかった。

ミグはそのまま、男についていった。好奇心が半分に警戒心が半分。警戒心の部分は、男のスキのない服装、丁寧な言葉遣いと態度が打ち消した。警察や暴力団といった類《たぐい》の人間ではない。

後で考えると、男はミグがマンションを出た時から尾《つ》けていたに違いなかった。その日は、ミグが半月ぶりにとる休みだった。部屋を出て、歩きながら行き先を考えていたのだ。

二人はホテルの喫茶室に入った。

男の右手中指の欠損に気づいたのは、その時だった。コーヒーカップを持つ手に違和感を感じ、よく見ると中指の第一関節から先がなかった。しかし、男の自然な動作のため、それもあまり気にはならなかった。

男は日本にあるいくつかの最先端技術の研究所の名前を挙げた。ジャパン・エレクトロニクス中央研究所、国際細菌研究所、日本バイオケミカル……、経済産業省、大学の付属研究施設。それらは日本を代表する企業、研究施設ばかりだった。

「私たちは、その企業や研究施設から最新情報を集めています。そのために、各施設の研究者の方々にご協力願っているわけです」

男は柔和な顔に笑みを浮かべて言った。正確な日本語をしゃべったが、どこか外国語訛りを感じさせる。

「各研究施設から月報が出てるでしょう。それを見れば研究内容はわかるはずです」

ミグは男の反応を確かめるために言った。

「確かに、何をやっていたかということはわかります。しかしそれは、過去の話にすぎません。すでに特許を取って、学会発表を間近に控えた黴の生えた情報です。私どもがほしいのは、そんな古いものではない。現在研究中のテーマが知りたいのです」

「犯罪ですよ、それは」

「そう堅苦しく考えないでください。何もデータを持ち出したり、製品を盗み出してほしいと言っているわけではありません」

ミグは腹の中で笑った。

研究中のテーマこそ極秘事項だ。どういうことをどういうふうに行なっているか。それが重要なのだ。専門家が聞けば、最終的に何を目指しているか、おおよその見当はつく。

「あなたも学生時代の友人と会えば、現在の自分の研究テーマについて話すこともあるでしょう。世間話か雑談に近い情報交換というやつです」

男は考え込むミグに執拗《しつよう》に言った。

「やはり、産業スパイではありませんか」

「そうとられても結構です」

今度は男も否定しなかった。

「しかし、知り合いが久しぶりに出会って近況を話すことに、法的な規制はありません。私たちは、すでに知り合っています」

男がミグの心の内を見透かすように、笑みを浮かべて見つめた。

次に会ったのは二カ月後だった。やはり、新宿の地下鉄を上がったところで、突然現われたのだ。

その時、ミグは現在自分がやっている研究について話した。光合成能力を持ったバクテリアの開発だった。バクテリアによって、水を水素と酸素に分解しようというのだ。バクテリア自体はすでに存在しているが、その分解能力の改良である。バクテリアの増殖能力と光合成能力を、組み換え遺伝子技術を用いて工業的に成り立つ範囲まで高める。林野微生物研究所が力を入れている分野でもあった。しかし新しさという点では、それほど重要なものではなかった。学会発表も何度か行ない、必要な特許も押さえてある。ミグもさほど良心の痛みは覚えなかった。帰りに、男はミグのポケットに封筒をすべり込ませた。

マンションに帰って開けると、十万円入っていた。一時間あまり世間話をするだけにしては、悪くない額だ。罪悪感は感じなかった。封筒には、ＭＩＧの文字が印字されていた。

その時から、男は彼をミグと呼ぶようになった。

それから月に一度男と会い、世間話をした。研究所の単調な毎日に飽きているころでもあった。

休みの日の朝に電話があって、場所と時間を指定してくる。ミグの都合が悪いと、次の休みに延期された。現在自分のグループが行なっている実験と進展状態。研究所の他のセクションで進行中の研究、交わされる話題。男は何でも知りたがった。男はもっぱら黙って聞いていたが、時折り鋭い質問をした。それはミグに、男が決して科学の素人ではなく、単に世間話を聞きに来ているのでもないということを認識させるものだった。別れる時、男はミグのポケットに十万円入りの封筒を入れた。金はすぐに生活費の一部になった。

「石油生成。そんなことが本当にできるのですか」

「私は見ましたよ。ビデオですがね」

「何か、もっと確かなものがほしいですね。そのビデオなんか最高なんですがね。具体的特性のわかるもの、実験レポート、データのようなものはありませんか。何といっても、実物が一番いいのですがね」

男がミグを睨むように見た。目の奥に得体の知れないものが潜んでいる。

男のそんな顔は初めてだった。ミグの背筋に冷たいものが走った。

「とんでもないですよ。完全隔離室で培養した細菌です。P4設備の実験室からバクテリアを持ち出すことなんて、正気とは思えません」

ミグは慌てて否定した。

「ビデオは？　会議室で検討会をしていると言っていましたね」

「無理ですよ。僕が見たのも一度きりです。あのグループから細菌の電気泳動の特性について相談を受けた時、見せられたんです。これは所内でも極秘だから口外しないようにと念を押されてね。会長じきじきに」

ミグは自嘲気味にかすかに笑った。

「そんなことを言える立場なのかね」

鋭い視線がミグを見つめている。ミグの顔から笑みが消えた。

「このポラロイド写真は？」

低い声が聞こえた。男の顔がいつもの表情に戻っている。しかしその奥には、思わず息を呑む危険な光が潜んでいるのに気づいた。

「極秘です」

ミグの言葉に男は頷いた。そして、あらためてミグを見た。

「百万出します。考えておいてください。明後日《あさって》の夜、もう一度連絡します。それまでに何とかしておいてください」

男はミグの返事を待たず、レシートを持って立ち上がった。
男が立ち去った後のテーブルの上には封筒があった。
ミグはそれを見ながら、自分がすでに逃れられない立場にいることに気づいた。

第２章　過去の影

1

山之内が所長室に入ると、ソファーの男が顔を上げた。くわえていたタバコを一度大きく吸い込んで、灰皿にこすりつけた。長い足をクモのように折り曲げて座っている。

山之内を睨みつけるように見る目の奥には、憎しみともいえるものが宿っている。山之内はかすかに頭を下げた。右足の痛みが消えている。

「やはり、あなたでしたか」

男は慇懃《いんぎん》な口調で言った。

「近藤将文さん」

山之内は確認するように呟いた。

「東日新聞、社会部記者でしたね」

新聞記者に、いい感情は持っていない。社会正義という看板のもとに、真実よりも社会に迎合する記事を書く、公正を欠いた連中であると心に焼きついている。大手新聞社の記者といえども変わりはない。それがすべてではないだろうが、一度徹底的に植えつけられた感情はなかなか消えない。

山之内は近藤の正面に座った。

あの事件以来、公《おおやけ》の席に出ることもなかった。社会の片隅に隠れるように生きる自分が、この男と会うことは、もう二度とないと思っていた。

「お知り合いですか」

デスクに座っていた林野所長が、意外そうな顔で二人を交互に見た。

「ちょっとした知り合いですよ」

近藤の口許《くちもと》には笑みが浮かんでいる。

「何の用です」

山之内は感情を圧《お》し殺した声で聞いた。

「元東京大学助教授、山之内明博士の近況を取材したいと思いましてね」

近藤が薄ら笑いを浮かべたまま言う。

山之内は視線を外した。

「あなたが、あのまま埋もれてしまうとは思いませんでしたよ」

山之内は所長のほうを見た。

「どうしても、山之内さんに会わせろというもんで」

所長が言い訳のように言った。

「用はなんです。あなたが、ただ私を懐かしがって来たとは思えませんが」

山之内は近藤に視線を戻した。

近藤がタバコを出し、火をつけて、二、三度続けて吸った。

「あなたは研究を続けておられたんでしょう。そして、何かを発見された。その報を聞いて、林野史郎会長は急遽《きゅうきょ》アメリカから帰国なさった。国際バイオテクノロジー学会、私もあの学会に取材に行ってたんですよ。いまや、バイオは単なる科学ではなく社会現象を引き起こすこともありますからね。あの時の林野会長の慌てぶりは、ただごとではなかった。だから私も社に連絡して、会長の行動を追ってもらったんです。そうしたら、あなたの存在が浮かんできた。会長は成田から直接研究所に向かった。その夜、あなたは会長の自宅を訪問された。間違いありませんね」

近藤が一気に言って、山之内を見据えた。

山之内は思わず視線をそらせた。五年前のあの日の状況が、鮮明に脳裏に浮かび上がる――ベッドに横たわる山之内を囲むように立っていたのは八人だった。三人が女性で五人が男、その中の一人が近藤だった。罵る者、涙を浮かべて無言で見つめる者、ただ立ち尽くしている者。共通しているのは、山之内に対する憎しみだった。山之内は手術一週間後で、疲労と睡眠不足のために朦朧《もうろう》とした意識で聞いていた。

「一体、何を発見したのです」

近藤の声で我に返った。

「私は一介の研究者です。研究所内の研究内容については、何も申し上げることはありません」

山之内は近藤に視線を戻し、きっぱりとした口調で言った。

近藤がタバコをもみ消し、皮肉な笑いを浮かべる。

「私は記事を書くのが仕事です。あなたが今、何をやっているのか知りたい」

「私には申し上げることはない。仕事中です。失礼させていただく」

山之内は立ち上がった。右足の脛がズキリと痛んだ。その痛みを悟られまいと顔を背けた。意識して右足から踏みだした。

「待て！　あなたは……」

近藤が山之内を睨みつけ、叫んだ。

山之内は近藤の視線と言葉を背に受けながら、所長室を出た。

本館を出て、研究棟に向かった。

「山之内さん！　逃げることはないでしょう」

背後で鋭い声がした。振り返ると近藤が追ってくる。

山之内はそのまま歩きかけたが、思い直して近藤を待った。

「今度もあなたは逃げるのですか」

近藤が息を弾ませて言う。

「逃げるつもりはありません。そっとしておいてほしいだけです」

「やはりあなたは研究を続けていた」

近藤が山之内の前に立ちはだかる。

「私には、他に何もありません」

「起訴はされなかったが、私はあなたが無罪だとは信じていません。あの幕切れでは不本意だ。浮かばれない者が多すぎる」

「知っていますよ。あなたの記事を読めばわかります。責任は全面的に私にあると言っている」

「今でもそう信じています」

「私には言うことは何もない」

山之内は近藤の脇をすり抜け、歩き始めた。

「妹のことは忘れないでいただきたい」

近藤の声が追ってくる。

山之内は立ち止まり、振り返って近藤を見つめた。

「一日たりとも一時たりとも、忘れたことはありませんよ」

静かな口調で言った。

「あなたは足を怪我《けが》しただけだが、妹は命を失った」

近藤が冷ややかな目で山之内の足を見た。

山之内はその視線を振り切るように、歩き始めた。

「私は、あなたが生きていることが許せない」

近藤の言葉が山之内の背を打った。

右足がキリで刺されるように痛んでいる。その痛みを楽しむように、ことさら歩みを速めた。身体中が重い液体に満たされているようだった。一歩一歩の歩みが、全身と精神に耐えがたい痛みと重苦しさをもたらす。ここ数カ月、研究に没頭して薄れていたものだった。

降り注ぐ陽光が、全身に突き刺さるように感じる。あの一瞬の閃光が、自分からすべてを奪い去った。

しかし、という思いも心の底にある。自分に間違いはなかったのだ。新発見に対する期待、連日の徹夜実験、研究者であれば、誰しもあのように昂揚《こうよう》した時期があるものだ。世界のトップを狙って、ひた走る時期が——。しかも、自分はそれに最も近かった。

山之内は頭を振って、その思いを振り払った。過去のことだ。すべては過去のことなのだ。自分に言い聞かせた。

山之内は第七セクターにある予備実験室に向かった。

新しいカードを差し込み、暗証番号を押した。ドアが音もなく開く。そこから先は、自分だけの世界だ。近藤も、すべてを奪い去ったあの閃光も、入って来ることはできない。山之内は一歩を踏み出した。背後で、ドアの閉じる音が響いた。

外界とは隔離された世界だ。逃避であることはわかっていたが、自分にはここしかないことも知っている。間近にあった椅子を引き寄せ、倒れるように座り込んだ。しばらく目を閉じて、深く息を吸っていた。

「どうかなされたんですか」

目を開けると、由美子が顕微鏡から顔を上げて山之内を見ている。

「顔色が悪いです」

「しばらく睡眠不足が続いているからね。それにしても、君たちは元気だね」

無理やり、明るい声を出した。

「若いですから」

由美子が白い歯を見せて笑った。

彼女は二十九歳になる。身長百七十センチ以上、体重は六十キロ余りか。実験衣がよく似合った。肩の少し下まである髪をいつもは後ろで束ねている。色白で目の大きい、明るい女性だった。しかし山之内は、由美子が明るさの中に時折り漂わせる暗い影を感じ取っていた。

研究員の一人が、なぜ一日中実験室に閉じこもるような陰気な職業を選んだのか、聞いたことがある。由美子は一瞬戸惑った後、「細菌は美しいと思いませんか」と、真顔で言った。

染色された細菌は確かに美しい。顕微鏡の視野の中に赤や青や緑の幾何学的な模様が連なる様は、まさに芸術といえた。だが細菌は、その単純な機構の中に恐るべき力を秘めている。自然こそ最も偉大な芸術家であることは確かだが、それは危険な芸術だ。一歩間違えば、人類を滅ぼすことも可能な芸術なのだ。

五年前、山之内が林野史郎に拾われるような形で林野微生物研究所に入った時、由美子はプリンストン大学で博士号を取ってアメリカから帰国したばかりだった。博士課程を二年で修了し、学位を取った秀才だ。中央アジア、アフリカへの土壌採取にも一緒に行った。研究所では、山之内について一貫してバクテリアの遺伝子操作を行なってきた。

山之内は机の上のリモコンを取り、ビデオをつけた。

寒天にブドウ糖などの栄養分を混ぜて固めた培地の中に、ペトロバグが細菌集団を作っている。一個の細胞は二、三分ごとに細胞分裂で二つになり、増殖していく。普通の細菌の十倍以上の驚異的な分裂速度だ。温度、湿度、培地、空気の供給条件が最適になれば、最初の一個が数時間後には目に見える細菌集団となる。その密度は一平方センチあたり数十億個にもなる。

「DNAの解読は、まだできないかね」

山之内はディスプレイに目を向けたまま聞いた。

「富山さんと久保田さんも手伝ってくれていますが難しいです。今までに見られないタンパク質が形成されている可能性があります」

「そうだろうな。異常な増殖速度と石油生成能力だ。石炭に対する実験のほうはどうだ」

山之内は石油生成の工業化として、世界中に広く分布する石炭に注目していた。これは林野のアイディアでもあった。

「先生のおっしゃる通りでした。生成能力はさらにアップしています。石炭は主に芳香族炭化水素からできています。石炭から石油へ。その環を切って水素を加えながら脂肪族炭化水素に変えるだけですから原理的には複雑ではないのですが、実際に目の前で変化していくのを見ると、自然の神秘を感じます。炭鉱が油田に変わるわけです。それもすごく高品質の石油です。日本も石油輸出国に変身できるかもしれません」

おまけに、と付け加えた。

「このバクテリアは空気中の二酸化炭素を吸収しながら増殖を続けます。その吸収率は植物の比ではありません。地球温暖化対策も兼ねていますから、まさに一石二鳥です。地球を救うバクテリアかもしれません」

由美子が笑顔を見せ、半分冗談のように言う。しかしすぐに表情を引き締めた。

「すごい発見ですよ、これは。なんだか恐《こわ》いみたいです」

あらたまった口調で言った。

中東に偏って分布する石油に比べて、石炭は分布の偏在性がなく、量的にも石油の数倍が確認されている。この石炭を石油に変えることができれば――。林野が言うように、世界のエネルギー地図を書き換えることになるだろう。

「まだ、どうなるかわからんよ。バクテリアの本質は何も解明されていない。なぜ石油類似の炭化水素を生成するのか、遺伝子のどの部分が関係しているのか、生成された石油類似物の性質も十分解明しているとは言い難い」

山之内は無表情に答えた。

「先生は嬉《うれ》しくないんですか」

由美子が怪訝《けげん》そうな顔を向けてくる。

山之内は答えなかった。一瞬、不安が脳裏をかすめた。それは足の痛みと同じように、消えることのない精神《こころ》の澱《おり》となって全身に広がっていく。「慎重にやってください」林野の言葉が浮かんでいた。

「徹底的に調べるんだ。バクテリアの持つ特性のすべてを」

山之内はビデオを消して、P４ラボに向かった。

2

山之内はP４ラボに二時間ほどいてから室長室に戻った。

三メートル四方ほどの、窓のない殺風景な部屋。机の上にはバイオテクノロジー関係の欧米の雑誌が乱雑に積み上げられている。論文を書かなくなってからも、専門雑誌にだけは目を通していた。その他に、コンピュータのデータシートや実験を撮影したビデオテープ、データフロッピー、ポラロイド写真が無造作に置かれている。その隙間にパソコンのディスプレイが輝きを放っていた。

　パソコンのスイッチを入れたままにしておくのは、大学時代からの癖だった。コンピュータを使い始めたのは二十年以上も昔になる。当時はまだパソコンではなく、大学の大型コンピュータの端末機だった。パソコンを導入してからも、立ち上がりが遅く、焦《じ》らすように時折り点滅するディスプレイの前でイライラしたものだ。その時間が待てなくて、一日中スイッチを入れたままにしておいたのだ。その癖には、さすがに林野史郎も苦言を呈した。

「先生、今のパソコンは立ち上がりが早いんです。数秒で先生の望む画面が目の前に現われますよ」

　最新機種を運び込んで言った。所長の苦情があったのだ。その数秒が待てませんとは言えなかった。

　企業のパソコンは金庫室にも等しい。所長にとって、山之内は金庫の扉を開けたまま放っておく愚か者に見えるのだ。この癖だけはいまだに抜けない。

　第七セクターは外部者との接触はない。山之内のために作られた研究室だった。林野史郎会長直属の部署で、研究費も無条件に通った。林野史郎は山之内を迎えるにあたり、研究テーマについて一切の束縛は設けず、研究を続けることだけを条件に、国内でも数カ所しかないＰ４レベル実験室を提供したのだ。

　五年前、山之内は東京大学理学部助教授だった。助手時代に遺伝子操作の画期的な手法を開発して、一躍世界にその名を広めた。その後もバイオテクノロジーの分野で、世界の注目を集める斬新な研究を続けた。遺伝子組み換え、融合の新手法の発見もそうだ。当時山之内は三十七歳、次期教授のポストを同期の本庄健司助教授と争っていた。山之内の研究はやはり遺伝子に関するもので、プラスチックを含め、石油生成物を分解するバクテリアを探していた。実験は九割方成功していた。補足実験を繰り返し、データも整え、次回の学会に発表が決まっていた。

その日の夕方、山之内は自室にいた。二日間の徹夜の後、やっと終盤に入った実験を助手たちにまかせて、仮眠をとっていたのだ。ドーンという鈍い音と衝撃で目を覚ましたのは、真夜中の三時すぎだった。飛び起きた山之内は実験室に走った。

遺伝子実験室は炎に包まれていた。警備員の制止を振り切り、実験室に飛び込んだ。中には助手と学生たちがいるはずだった。

この爆発で、実験のため泊まり込んでいた博士課程の学生が一人、修士課程の学生が二人、死亡した。激しい爆発で、遺体はどれも原形を留《とど》めていなかった。作動中の反応タンクが爆発したのだ。

山之内自身も足を含めて全身に負傷して、五週間入院した。博士課程の学生が近藤の妹だった。山之内の過失は立証されず起訴はされなかったが、危険な実験で注意義務を怠ったという理由で近藤以下三人の遺族に訴えられ、民事裁判となった。原告の代表が近藤だった。彼はマスコミを利用して、徹底的に山之内を攻撃した。

〈教え子を見殺しにした東大助教授〉

〈若手新進気鋭の科学者、過失致死で裁判〉

マスコミの格好の話題だった。テレビや週刊誌は連日、山之内の顔を映し出した。学生時代の恋愛関係まで持ち出して、スキャンダルに仕上げる週刊誌もあった。近藤の妹が妊娠していた、という噂《うわさ》まで流れた。

　三カ月後、山之内は大学を去った。声をかけてくれる企業は多数あったが、すべてを断り、家にこもっていた。罪には問われなかったとはいえ、三人の教え子を死に至らしめたのだ。

　近藤の攻撃はさらに続いた。

　新聞はもちろん、テレビや週刊誌を通じて山之内に追い打ちをかけた。マンションの周りには、常にカメラを持ったマスコミ関係者がうろついていた。嫌がらせの電話や手紙も数知れなかった。脅迫めいた電話と深夜の無言電話で、妻の優子はノイローゼになった。娘の雅美は学校に行かなくなった。いや、行けなかったのだ。マスコミの手は、娘にまで伸びていた。

　山之内は一切の弁明をしなかった。彼の責任下の実験室で、三人の若者が命を落としたのは事実なのだ。

　教え子を見殺しにした教師の汚名は、確定的なものとなった。一家は世間の好奇の目にさらされ、優子は雅美を連れて横浜の実家に戻った。山之内はマンションを売り、金のすべてを遺族に送った。その二カ月後、判を押した離婚届が送られてきた。

離婚後、優子は実家近くのマンションに住み、旧姓に戻って結婚前にしていた翻訳の仕事を始めたと聞いた。

四谷の安アパートに移り、酔い潰れる日々を送っていた。

一人暮らしを始めて半年後、林野史郎が訪ねてきた。事故の数年前、林野微生物研究所と共同研究をしたことがあり、旧知の間柄だった。

その時、山之内は小さなコンピュータ・ソフト会社の下請けの仕事をしていた。すべてを失い、生きる希望さえなくした身にも生活はあった。全財産を爆発事故の遺族に差し出した山之内には、去っていった家族に送る生活費もままならなかった。当時の彼にとって昼夜の別はなかった。閉め切った部屋の中でタバコの煙に包まれ、右足を投げ出しビールを飲みながらプログラムを組んでいた。

「何のプログラムですか」

林野史郎が山之内の隣に座り、覗《のぞ》き込んできた。

「税務処理プログラムを、機械関係の企業用に直しています」

「難しそうだ」

「単純作業です。私にも、コンピュータプログラムの知識だけは活用できたわけです。多少は社会の役に立てているのでしょう。これで人が死ぬことはありませんから」

山之内は自虐的に言った。

林野史郎は二時間以上も横に座って、すでに半分以上組まれているプログラムを眺めていた。

「私にはわからない」

ひと言呟いて帰っていった。

二日後、林野史郎が再びやってきた。彼はプログラムを見て、二、三の不合理な箇所を指摘した。

「私も勉強してきましたよ」

静かな声で言って、その日も二時間ほど居て帰っていった。

そんなことが一週間も続いた。

「なぜ、こんなことに興味を持たれるんですか」

山之内は聞いた。

林野史郎が居住まいを正して、山之内を見つめた。

「私は先生を尊敬しています。先生の研究に対する情熱には、頭の下がる思いで見てまいりました。また、才能にも敬意を払っております。これには年齢や立場など関係ありません。私は、先生が目指しておられる道を共に歩いていくことに、誇りと喜びを感じておりました。これからも、先生と共に歩んでいきたい」

この言葉は山之内の胸にずっしりと応えた。自分の父親ほど歳《とし》の違う林野史郎が、自分と共に歩んでいきたいと申し出たのだ。

翌日、山之内は林野史郎に対座すると、自分を使ってくれるよう頭を下げた。

林野は山之内を主任研究員の身分で研究所に招いた。第七セクターで四人の助手とともに、自由な研究の場を与えられた。炭化水素生成バクテリア研究室室長。それはむしろ、大学より恵まれた環境といえた。山之内は研究に没頭した。そして以前と同様に、中央アジア、中近東、アフリカの土壌採集後、本格的に石油生成バクテリアの研究に入った。山之内は再び研究に戻ったのだ。

ミグは怯えていた。

自然と歩みが遅くなった。待ち合わせの時間までに、あと十五分。今回はいつもの新宿と違って、東京駅地下の喫茶店だった。

こんな気分で男に会うのは初めてだ。いつの間にか、男のくれる金はミグの生活に完全に溶け込んでいた。マンションの部屋に帰って、ＭＩＧと印字された封筒を開けることに違和感はなかった。そこには十枚の一万円札が入っている。

ミグは紙袋に入ったビデオとデータシートを抱え直した。これは犯罪と言えるものかもしれない。いや、犯罪なのだ。しかしすぐにその考えを振り払った。あの男がそれほど悪い男とは思えない。せいぜい、どこかの企業の情報収集係だろう。ミグはそれ以上のことは考えないようにした。

幸い自分は研究テーマ上、アドバイスを求められ、第七セクターに呼ばれることが多い。多くは説明されないが、核心に触れるデータの一部にも関わることができる。ビデオもデータも、山之内の部屋から取ってきたものだ。両方ともコピーを取って本物は元に戻しておいたから、何も気づいてはいないはずだ。陰気で何を考えているかわからない山之内という男は天才的な直感力は持っているが、世事には疎い変わり者だ。

指定された喫茶店に入ると、男はすでに来ていた。コートを着て、横に小型のスーツケースとカバンを置いている。

「旅行にでもお出かけですか」

ミグは気分をほぐすために聞いた。

「ビデオとデータは？」

男がミグの問いには答えず言う。いつもと違って、声に緊張が感じられた。

ウエイトレスが来て、横に立っている。ミグはコーヒーを頼んだ。その間も男は時間を気にして、いらいらした様子で待っている。

ウエイトレスが行ってから、ミグは紙袋をテーブルの上に置いた。男は急いで開け、データシートを取り出し、食い入るように見ている。

「間違いありませんよ」

ミグの言葉に男は顔を上げ、頷いて、コートのポケットからいつもよりかなり分厚い封筒を取り出してミグの前に置いた。データシートとビデオを紙袋にしまうと、カバンに入れて鍵をかけた。

「次は実物を持ってきていただけませんかね」

「無理な話です。P4ラボで扱っているバクテリアですよ。持ち出すことなんて、できっこない」

「この十倍の金を差し上げます」

男がミグを挑発するようにわずかに笑みを浮かべて言った。

ウエイトレスがコーヒーを持ってきた。ウエイトレスがレシートを置いて行ってしまうと、男はすぐに立ち上がった。札入れから一万円札を抜き出し、レシートの上に置いた。

「じゃあ、お願いしますよ、実物のほうも。近いうちに連絡します。私は急ぐので、これで——」

男はスーツケースを持って店を出ていった。

ミグはテーブル越しに、窓の外を歩いていく男を目で追った。男はすぐに人込みに紛れて見えなくなった。男が札入れを出した時、航空券の封筒が見えた。ミグはその名前を読んでいた。ルフトハンザ。男は成田に行くのだ。そこからは——。

ミグは急に不安を感じた。テーブルの上の封筒を摑んで、厚さを確かめる間もなくポケットに押し込んだ。

3

どっしりとした石柱に高い天井。三つあるシャンデリアは、宝石のきらめきを放っている。正面にあるマントルピースの中央には、咆哮《ほうこう》をあげる獅子《しし》の頭が彫られていた。部屋全体がヨーロッパ中世風の荘厳さをかもし出していた。

ＯＰＥＣの本部から十ブロックの位置にあるビルの一室だった。この建物はアラブ石油輸出国機構《ＯＡＰＥＣ》各国代表の宿泊とともに、非公式の会議や会見に用いられていた。

楕円形《だえんけい》の重々しいテーブルには、九人の男たちが座っていた。中の五人はローブをまとっている。中東石油産出国の石油省大臣たちだった。二日前にＯＰＥＣ定例会議が開かれ、会計報告の後、半月後に控えた国際石油資本との交渉に対して、ＯＰＥＣのさらなる結束が採択されたばかりだった。

その交渉で、ＯＰＥＣは石油輸入国に石油価格の二五パーセント値上げを通達する予定だ。

彼らは、会議が終わり寛《くつろ》いでいたが、緊急電話で呼び出されたのだ。

アラブ首長国連邦石油省大臣、ＯＰＥＣ事務総長ムハマッド・アル・ファラルは青いローブをまとい、中央の席に座っていた。彼はこの会議の議長も兼ねている。

ムハマッドはティーカップを取り、一口飲んだ。紅茶の強い香りが広がる。一時間前に目覚めたときから、ひどく頭痛がしていた。その頭痛はますますひどくなっている。

末席にいた一人の男が立ち上がった。

男はこの場には場違いのように思えた。身体にぴったりと合った仕立てのいいスーツを着ているが、長旅の後らしくどこかたるみが見られた。顔にも疲れが滲んでいる。東洋人だが流暢《りゅうちょう》な英語をしゃべった。

日本人？――東洋人の国籍はわからない。

「この情報の出処《でどころ》は極秘になっております。当然、ここでの話は内密に、ということになります」

男が慎重な口調で前置きして、ゆっくりとあたりを見まわす。

「前置きはいいから早く話せ」

ムハマッドはかすかに溜息をついた。

ここに座っている大半、いや全員が無能なやつらだ。自分たちの力が石油の上に成り立っているにすぎないことを知ろうとしない。知っているのかもしれないが、認めようとしないのだ。しかし前に立っているこの男はそれを知っている。自分たちの国が石油を除けばただの巨大な砂場であり、世界が歯牙にもかけないことを――。

「極東の一国で、あるバクテリアが発見されました。そのバクテリアは、炭素系物質を石油にきわめて類似した物質に変化させるものです」

ムハマッドは口許に持っていったティーカップを止めた。

男が言葉を切って、反応を確かめるように部屋中を見渡している。居並ぶ男たちは、怪訝そうな視線を男に向けているが、反応は鈍い。

「つまり、きわめて短時間で石油生成が可能なバクテリアが発見されたのです」

男が慇懃な口調で続けた。

「アラブ諸国は、世界の三〇パーセントを超える原油生産国として繁栄を誇ってきました。埋蔵量は実に世界の七〇パーセントを超えています。そのアラブの繁栄は、地球に眠る石油が限られたものであり、その多くが皆さんの国の地下に眠っているという、何重もの幸運に支えられてきたものです。しかし今、その幸運が脅かされようとしているのです」

男がハンカチを出して首筋を拭いた。

テーブルの周りでざわめきが聞こえ始めた。男はほっとした様子でハンカチをしまい、あたりを見回した。

「もっと具体的な話はできんのかね」

ムハマッドの隣に座っている白と黒のローブに身をかためた男が、尊大な口調で言った。クウェートのナキルだ。

「具体的な話をしているつもりですが」

男が皮肉を含んだ笑いを浮かべる。

「そのバクテリアを発見したという国はどこなんだね」

ムハマッドは口を開いた。

努めて冷静を装った。男に動揺を悟られることは避けなければ。

「極東の国です」

「それがどこかと聞いているのだが」

「私の情報にはまだ入っていません」

「いずれわかるな」

「はい。数日中に」

ムハマッドはペーパーナイフ代わりの短剣を弄びながら頷いた。この男はその国の名前を知っている。そして、情報は小出しにしたほうが金になることも。

「夢のような話だ」

誰かが言った。男は声のほうに視線を向けた。

「そうです。世界のあらゆる国で、石油生成が可能になるのですから」

ざわめきが広がった。やっと男の口許に本物の笑みが浮かんだ。

「おまえも夢を見て、その続きをしゃべっているんじゃないかね」

ナキルが男を指して言う。

緊張が一気に崩れて、笑い声が起こった。男の顔からは笑みが消え、困惑の表情に変わっている。

ムハマッドは力を込めてテーブルを叩いた。笑い声が引いていく。ムハマッドはゆっくりとしゃべり始めた。

「南米の国。そう、ブラジルだ。ブラジルではバイオテクノロジーを利用して植物からアルコールを作り、ガソリンと混ぜて車の燃料に使用していると聞いたことがある。ガソホールとかいう名前だった。ガソリンとアルコールを一緒にした名前だ。サトウキビやイモに含まれるデンプンと糖類をバクテリアを使って発酵させ、アルコールに変えたものだ。それをガソリンと混ぜて車を走らせている。最近では、ユーカリから取ったアルコールも使われているそうだ」

ムハマッドは男に視線を向け、続けた。

「それが脅威と思ったことはあるかね。石油にとって代わるものだと、恐れたことがあるかね」

「今度のバクテリアは、それらとはまったく違ったものだと考えられます。石油そのものを生成すると聞きました。それもきわめて良質のオイルです」

男が落ち着いた声で答える。

「おまえが言っているのも、たかが細菌だ。数ミクロン単位のものではないのか。その生産量は知れているのではないかね。世界を満足させるものとはとても思えん。日産二千七百万バレルの我がＯＰＥＣの生産量に匹敵しうるはずがない」

ムハマッドは睨むように男を見ている。

「問題はバクテリアの大きさではありません。我々の得た情報では、一グラムの炭化水素生成物から一・四グラムの石油類似生成物が生成されるということです。プラスされる分は、空気中の炭素と水からの水素と酸素です」

男がムハマッドの視線を受けとめ、平然とした声で言う。

ムハマッドの顔つきがわずかに変わった。

「生成に要する時間は」

「きわめて短時間ということです。少なくとも地下に眠る石油が生成された時間に比べれば、一瞬の出来事にすぎません」

部屋中が静まりかえっている。

男が軽く咳払いをして、資料をカバンにしまった。

ムハマッドは大きく息を吐き出し、ゆっくりと会議の参加者を見回した。

「もっと正確な情報が必要だな。それまでは、我々は何とも行動しがたい」

ムハマッドは落ち着いた声で言った。

「しかしそれが事実なら――、いやそういう可能性がわずかでもあるなら、何らかの手を打つ必要がありますな」

低いがよく通る声がした。視線が声のほうに集中する。

サウジアラビアのアブドゥルだった。陽に焼けた褐色の肌、白髪、長身。穏健な目をした老人は、唯一ムハマッドの注意を引く男だった。王家の後ろ盾は持たないが、真摯で堅実な姿勢は、アラブ諸国を含めて他国の信望を集めている。アメリカ留学の経験もあり、メジャーとのパイプ役も果たしてきた。

部屋の中にさらなる緊迫感が流れた。

「それでは、私はこれで」

男がカバンを持って立ち上がり、テーブルに背を向ける。そのときムハマッドは、男のカバンを持つ手の中指の先がないのに気づいた。

分厚いドアが閉まると同時に、大理石の床を打つ靴音が響いた。靴音が遠ざかるにつれて、部屋にざわめきが広がる。ムハマッドが再度テーブルを叩くと、ざわめきは一瞬のうちに引いた。

「確かな情報かな」

「今まで間違ったことはありません。十分すぎる金を払っているのですから」

「東洋の国というと……」

「日本しかないな。それだけの科学力を持つ国となると」

男たちが顔を見合わせる。

「一九七三年の石油危機の折りには、五パーセント削減に震え上がった国だ。友好国の承認を取るためにアラブ諸国に日参し、盟友アメリカを裏切った国だ」

「ただちに石油輸出停止を行なうべきだ」

「それはまずい。かえって各国の反感を招き、我々の動揺を見透かされるだけだ」

さまざまな声が飛びかった。

「我々には二つの選択肢がある」

ムハマッドは一同の顔を見回した。

「一つは、このままそんな夢のような話は無視して、我々の路線を歩み続けることだ。つまり、今まで通り石油を汲み出して売りまくる。世界を支えているのは、中東を中心にした石油であるという原則を崩さないことだ」

言葉を切り、ゆっくりと息を吐いた。

「もう一つは、その新しい石油生成者に金を払って、そのバクテリアを買い取ることだ。そして、我々自身が従来の石油に変わる新しい石油を世界に供給する」

「それは危険すぎる」

アブドゥルが低いが重みのある声で言った。

「そうだ。我々が独占できる可能性はゼロに等しい。たちまち世界は、その新しい石油を自前で作り始める」

「では、どうすればいいんだ」

誰かが声を出した。

「もう一つ方法がある」

ムハマッドは立ち上がった。そして、部屋の中を歩き始めた。部屋中の視線が彼を追って動く。ムハマッドの目つきが鋭くなった。

「そんなバクテリアがいるはずがない。それは、アッラーの意志に反することだ。アッラーは何億年もかけて、我々のために石油を製造なされた。それを一瞬のうちに作り上げるなどということは、アッラーの意志を踏みにじることだ。我々が石油と呼ぶものは、あくまで、太古の時代から地下に眠る石油だ。我々はアッラーの意志を実行する」

ムハマッドの声が大きくなった。

アッラーの名を口にするたびに全身に熱いものが湧き上がってくる。思わず拳を握りしめた。内心、蔑み軽んじてきたこの名に、今までにない精神の昂揚を感じている。

マントルピースの獅子の彫刻の前に立ち、居並ぶOAPEC幹部の顔を一人ひとり射抜くように見つめていった。

気がつくと、いつの間にか頭痛は消えていた。

二百五十九・七メートル、七十階建てのGEビルは、ロックフェラーセンターの中で最も高い。

ビルの足元にはチャネル・ガーデンが続き、金色に輝くプロメテウス像が象徴的に立っている。十二月にはこの像の後ろに二十メートルを超えるクリスマスツリーが飾られ、プラザを訪れる人々の目をたのしませる。

ニューヨーク、マンハッタン島。

部屋ナンバーから除外されたこの特別室の一面は巨大なガラスになっていて、マンハッタンの摩天楼群が見渡せた。完全にコントロールされた空気。温度も湿度も照明も、人間生存の最も理想的な条件に保たれている。

しかしそこに集まっているのは、理想的な生活を送る人間とは最もかけ離れた人種だった。

エクソンのジョージ・ヘムストンは、昨夜フランスのマルセイユから帰ったばかりだった。専用ジェット機の中で三時間眠っただけで、ケネディ国際空港に着いた。空港からヘリコプターに乗り、屋上のヘリポートからはエレベーターを使った。フランスから六千キロあまりを飛んできたが、自分の足で歩いたのは百メートルにも満たないのではないか。

テキサコのアーノルド・ロンソンは、出すぎた腹を制御するのに精一杯だった。彼は最上級の革張りの椅子に座り、五時間にわたって、世界中の支社を結ぶコンピュータネットワークに指示を出し続けていた。その間、トイレで一度席を外しただけだ。

六人の男たちは緊張した面持ちでソファーに座っていた。

ジェラルド・リクターは灰皿を引き寄せ、葉巻の灰を落とした。

「まだモービルのラルフ・ハットンが来ていませんが、会議を始めさせていただきます」

シェブロンのジョン・オマーが立ち上がって言った。

唯一四十代の男で、いずれメジャーの中心的人物になると見られていた。いつもはもっぱら聞き役に徹しているが、時に大胆な発言をしてリクターさえも驚かせた。この業界には珍しくマサチューセッツ工科大学《MIT》出身で、宇宙物理学の学位を持っている。彼らは過去にセブン・シスターズと呼ばれた、世界の石油を支配していた石油会社のトップたちだった。

オマーがテーブルの上にファイルを広げ、数秒間目を通してから横のスイッチを押した。ガラス窓を濃いベージュ色のスクリーンが覆い、外部の光を遮断していく。自然光が遮断されるにつれて、天井に埋め込まれたライトの光が徐々に輝きを増していった。

オマーはさらにスイッチを押した。正面に二メートル四方のスクリーンが降りてくる。プロジェクターの低い唸りが聞こえ、ライトが消えた。スクリーン上にガラス容器に入ったプラスチックの塊が浮き上がった。咳払いが一つ上がり、それがひどく場違いに聞こえた。

全員が無音の画面に見入っている。塊は変化を始めた。黒っぽく変色を始めるとともに表面に光沢が現われ、粘性をもった液体に変わっていく。わずかずつ横に広がり、黒さを増し、数分後には容器の底に黒い液体が広がっていた。

明かりがつき、スクリーンが天井に収納された。

「最後の液体は石油かね」

リクターは新しい葉巻の先でテーブルを叩きながら言った。

「石油類似物質とでも言ったほうがいいでしょう」

「どういうことだね」

「限りなく石油に近い組成をもった物質です。つまり、鎖状炭化水素というやつです」

「その物質から、ガソリンや灯油は精製できるのかね」

リクターはイライラした調子で聞いた。

「可能だと考えられます」

「もっとはっきりした言い方はできんのかね」

「可能です」

オマーが言い直した。リクターは頷いた。

「ただし、この情報は非常にホットなものです。今朝、届きました。我々もこれ以上に詳しい情報は摑んでおりません」

「どこの映像だね」

「日本のプライベートな研究施設です」

「名前は？」

「林野微生物研究所です」

「要するに、石油を生成する技術が開発されたということだね」

「そのようです」

部屋に一瞬沈黙が訪れ、かすかな溜息が聞こえた。

「実用に耐えるものかね。つまり量と質、そして時間ということだが」

「データで考えるかぎり可能です。それも十分すぎるほどに」

リクターは椅子を回し、しばらく無言のまま窓を見ていた。そして、ゆっくり男たちのほうに向きなおった。

「ビデオの入手経路は？」

「民間の情報機関です。残念ながら我々の情報網ではありません」

マフィアか、というつぶやきが聞こえた。リクターはわずかに眉をひそめた。

「手は打ってあるかね」

「明日、あの男が日本に発ちます。もっと詳しい情報が手に入るはずです」

ジョン・オマーの言葉に、リクターはゆっくりと頷いた。

「今こそ、我々がすべての実権を握るのだ。アラブのブタどもの呪縛を断ち切るのだ。再び一九三〇年代のセブン・シスターズとしての権威と威信を取り戻す――」

リクターは力を込めて言うと立ち上がり、一人ひとりの顔を睨むように見た。そして、椅子に沈むように座った。

4

由美子はそっとドアを開けた。

あと一時間と少しで日付の変わる時間だった。山之内の部屋の前を通ると、明かりがついていたのだ。山之内は部屋に鍵をかけたことがないのを知っている。すべてに対して信じられないほど無防備な男だ。単に投げやりなだけなのか――。すべてを捨て去ってしまった人間、人生を途中で下りてしまった人間――。そんなふうに感じることがある。だが、その存在感は否定しようがない。この男がいるだけで、研究室の空気が凛《りん》としたものに変わる。生まれながらの才能だろう。

部屋の中に入り、雑然とした室内を見回した。

実験データ、計算書、ポラロイド写真の散乱する机に、山之内は顔を横にしてうつぶしていた。頭の上ではパソコンのディスプレイが光を発している。

そっと背後に近づき、顔を覗き込んだ。横顔から規則的な寝息が聞こえてくる。時折り息の詰まったような音を出して、苦しそうに顔を歪《ゆが》めた。すっきりした知的な鼻筋、意志の強さを強調する薄い唇。閉じた目尻に涙のようなものが滲んでいる。右手は膝をかばうように足の上に置かれている。

朝目覚めた時、実験の途中でふっと息を抜いた時、この顔が浮かぶことがある。由美子はかすかな溜息をついた。

孤独な研究者だと思う。初めて見るタイプだった。優秀なことは確かだ。分子生物学の分野では、世界でも五指に入るだろう。しかし、自ら望んで無名のままでいるのだ。由美子には信じられないことだった。今は――、自分でも自分の気持ちがよくわからない。三十年近くを一人で走り続けてきた。常に全身に緊張をみなぎらせ、不安に駆り立てられながら生きてきた。やっと、心の奥に精神の拠《よ》り所とも言えるようなものが芽生え始めている。それが研究の充実によるものか、目の前で死んだように眠っている男によるものなのかわからなかった。武骨で無愛想なこの科学者が、自分の中で大きな位置を占め始めているのは確かだった。

顔の横に書きかけのメモが置いてある。その紙片をつまみあげた。実験計画の横に計算式と数値が書いてあった。かすかな溜息をつき、そのメモを元に戻した。

しばらく山之内の顔を見ていた。それからベッドに目を移し、ベッドの上に投げ出されている上着を取って山之内の肩にかけた。山之内はかすかに身体を震わせたが、目覚める気配はなかった。

由美子は壁の温度調節のスイッチを高めにセットし、明かりを落として部屋を出た。

「先生、入ってもいいですか」

林野史郎の声で山之内は目を覚ました。

机から身体を起こすと肩から上着が落ちた。不自然な姿勢でいたため下半身の関節が痺《しび》れ、しばらく膝の痛みを忘れていた。

どうぞと言ったときにはドアが開き、林野が入ってきた。背後に林野和平所長が立っている。

「少々目を覚ましたほうがいいかもしれませんな」

林野が山之内の顔を見て言った。

山之内は目の前のディスプレイに映る顔を見た。不精髭が伸び、目は充血している。何度かまたたきすると、やっと意識が目覚め始めた。

林野が振り向いて、所長に目配せした。所長はわずかに顔をしかめたが、黙って出ていった。

林野はベッドに腰を下ろし、しばらく慈しむように山之内を見ていた。

「これを」

林野が、持っていた新聞を差し出した。東日新聞の朝刊だった。

『林野微生物研究所、石油生成バクテリアの遺伝子操作に成功か』

研究所と助教授時代の山之内の写真が載っている。一面の下二段を使って報じていた。さらに関連記事で林野微生物研究所の業務内容と、山之内明主任研究員の経歴について詳しく述べてあった。最後に記者の名が載っている。

「いずれ目に入ると思いましたので持ってきました。この近藤将文という記者はご存知ですか」

林野が静かな声で聞いた。山之内は紙面から目を離さず頷いた。

所長が戻ってきた。コーヒーカップの載った盆を持った女子職員が続いている。職員は盆をベッドの横のテーブルに置いて、山之内の顔をチラチラ見ながら出ていった。

「紹介記事というより、暴露記事に近いものですな」

林野史郎は、なおも食い入るように紙面を見つめている山之内の手から新聞紙をそっと抜き取った。

「大胆な記事です。半分は推測で書いたのでしょう」

林野が続けた。

「事実関係に間違いはありません。近藤は優秀な記者です。主要な箇所の裏付けは取っているでしょう。取れなかった部分の言い訳も考えている」

「そうだとするとやっかいですな。外部の者が知りえないことまで書いてある。もっと秘密保持を徹底させたほうがいいようです」

林野は眉をひそめた。山之内は林野から視線を外した。

「飲んでください。それから対策を立てるとしましょう」

林野はコーヒーの盆を引き寄せ、山之内の肩を優しく叩いた。

その日の夕方から、原油のスポット価格が下がり始めた。

一バレル二十三ドル五十七セントだったものが、十二時間で十七ドル八十二セントまで下がった。価格はさらに下がり続けている。新聞記事によりヘッジファンドが動きだしたのだ。それでも十五ドルを割らないのは、アメリカ政府の介入を警戒してのことだろう。

翌日の各朝刊には『新たなる油田の開発。石油価格崩壊か』『バイオが生んだ新油田』という見出しが躍った。

林野微生物研究所には各企業、各国政府、その他民間、政府機関からの問い合わせが殺到した。林野史郎と所長の和平は一日中その対応に追われていた。

山之内と林野を一人の男が訪ねてきた。

三十代前半。髪を七三に分けて、地味な紺色のスーツをそつなく着こなした色白の男だ。彼は丁寧に頭を下げ、稲葉政幸《まさゆき》と名乗って名刺を出した。名刺には、経済産業省外局、資源エネルギー庁、資源・燃料部、政策課、課長補佐とある。

「元の通産省です。石油や天然ガスなど、日本のエネルギーに関する基本政策を立案しています」

名刺を見た林野は、山之内に目配せして低い声で言う。

「名刺はお渡ししましたが、今回は私の個人的な訪問とさせてください」

稲葉が言った。役人にしては珍しく控えめな口調だった。それとも単に責任の所在を曖昧にする役人特有の性癖なのか。

「失礼ながら研究所について調べさせていただきました。日本でこれだけの研究を行なっているとは、正直目の覚めるような思いでした。行政の目は、特に我が省の興味は大企業に偏りすぎています。石油生成バクテリアについても、大学や政府の研究施設、大手企業の研究所でも行なっていますが、めぼしい成果は上がっていません。当研究所に関しても、石油生成バクテリアについては新聞記事以上のことはわかりませんでした。日本のエネルギー行政にたずさわる者として、お恥ずかしい限りです。私としましては――」

「政府の方が私たちの研究所に、どういうご用向きですかな」

林野が稲葉の言葉を遮って聞いた。

稲葉が一瞬、戸惑った様子を見せた。

「いや、この訪問は私単独のものです。新聞を読んで、エネルギー政策に関わる者として黙ってはいられませんでした。新聞記事が事実であれば、山之内先生の研究はいずれ世界に大きな影響を与えるものです。本来は一民間研究所としての仕事ではなく、国家プロジェクトとして官民挙げて取り組むべきものです。特に山之内先生については、今後世界から大きな注目が集まると考えられます」

「それで」

林野が稲葉に射るような視線を向けている。

「もっと詳しい――あの――データのようなものがあれば、お見せ願えればと――私はどうしても記事の真偽が知りたくて――」

稲葉は林野の冷ややかな物言いと態度に言葉を乱した。こういう扱いには慣れていないのだ。

山之内は林野を見た。林野自身も扱いに困っている様子だった。

「それは政府の要請ですか」

「いや――、実は上司に話したのですが、相手にされなくて――。私の独断です」

「わかりました。ただし、手元にあるデータのみで我慢してください。コピーもご遠慮願いたい」

「しかし会長、今研究成果の公表は──」

「この若いお役人の情熱に報いることも、私たちの研究に役立つと信じましょう」

林野が山之内の言葉を制して立ち上がり、デスクの引き出しからデータシートを持ってきた。

稲葉が渡されたデータシートを食い入るように見つめている。

「信じられません。これが事実とすれば──。すごい高品質のオイルです。硫黄、窒素が従来のオイルの半分以下です。天然ガスよりはるかにクリーンだ。まさに奇蹟《きせき》のオイルです。このオイルが世界に出まわれば、エネルギー事情は一変します。たとえば、中国の石炭をこの石油に変える。それだけでも、世界の環境問題に大きく貢献することは間違いない」

顔を上げて興奮した口調で言う。

「現在、我が国のエネルギー政策は、原子力は別にして、化石燃料は天然ガスを主流にという考えです。世界もその方向に向かっている。しかしこういうデータを見せられると、その方針が根底からくつがえされます」

稲葉は多少の興奮を交えて話した。役人独特の尊大さが感じられなくもなかったが、その話し方は誠実で好感が持てた。

一時間ほど話し終えると、稲葉は来た時と同じように丁寧に頭を下げて帰っていった。

「よかったんですか。外部の者にデータを見せて」

会長室のドアが閉まると同時に山之内が言った。

「相手が政府関係者となると、いずれは見せなければならないでしょう。時間の問題です。今あの若い役人の印象を害するより、味方につけておいたほうが得策です」

「気持ちのいい若者でした」

「あの若さで経済産業省の課長補佐です。資源エネルギー庁は外局とはいえ、ことエネルギー政策に関しては特別な権限を持っています。いずれ、日本のエネルギー政策の中心となる人物でしょう」

しかし、と林野は続けた。

「日本政府には優秀な人物が多いが、やはりまだ国際政治のレベルから見れば赤子同然です。ポリシーもなければ、グローバルな考え方も根づいていない。このままペトロバグが公になれば――」

林野が深い溜息をついて、視線を山之内から外した。

5

かすかに波の音が聞こえる。

地中海、クレタ島の近くだということしかわからなかった。

船のローリングが感じられる。千七百トンの船が揺れているということは、かなりの風が出ているに違いなかった。十時間前、この大型クルーザーにヘリコプターで降り立った時には晴れ間さえ見えていたが、今、海は飛沫《しぶき》を上げているだろう。

ダグラスは首を回した。首の骨が軋《きし》むような音を立てている。現役のころはこんなことはなかった。身体全体が自分でも恐ろしいほどに反応した。この手で何人の首の骨を折り、何発の爆弾を仕掛け、銃の引き金を引いたことか。しかし今は——、銃は携帯電話に代わり、爆弾はパソコンのキーボードに変わった。そして自分はロサンゼルスのオフィスに待機して、手足に指令を出すだけだ。これでは銀行員とどれほどの違いがあるのか。ダグラスは自嘲気味に笑った。それでもこの種のビジネスでは、世界で最も信頼を得ている。

それにしても、今度の依頼人は人をバカにしている。ロサンゼルスから電話一本でこの地中海の船に呼びつけ、放っておくとは。

船に到着して十時間が過ぎた。七時間前に船長と食事をしたきり、この部屋に閉じ込められている。たしかに高級ブランディ、ウイスキー、テレビ、ビデオはある。しかし電話はない。携帯電話を試してみたが、衛星電話ではないので当然つながらなかった。外部に連絡をとることはできない。おまけにドアには鍵がかかっていて、どうやら外には見張りまでいるらしい。その見張りはどんな武器を持っているのか。考え始めたが憂鬱になってやめた。

不安を感じ、何らかの行動をとるべきだと考え始めた時、分厚いチーク材のドアが開いた。

ダグラスは反射的に立ち上がった。

四人の男が入ってきた。二人は明らかにアラブ人だ。残りのうち一人は白人。おそらくアメリカ人だろう。どこか遊び人風の乱れたキザっぽさが感じられる。もう一人は――東洋人だが、国籍はわからない。

アラブ人二人がダグラスの前に来て、彼を値踏みするように見てからソファーに腰を下ろした。

白人がバーに行き、グラスを五つとウイスキーとブランディのボトルをテーブルに運んだ。好きにやってくれというふうにテーブルを指したが、誰も手を出そうとはしない。彼は肩をすくめ、自分のグラスにウイスキーを半分近く入れた。

ダグラスは目の前のアラブ人に視線を止めていた。白いスーツに白のデッキシューズ。一目で高価なことはわかる。陽に焼けた顔からは、知性と気品が感じられた。どこかの国の王族だろう。金持ちであることは確かだ。それも、途方もない――。

男たちはしばらくダグラスの反応を確かめるように黙っていた。

「それで？」

ダグラスは、今の自分にできる最高に冷静な声で、考え抜いた言葉を発した。

超豪華とはいえ、十時間以上も海の上に閉じ込められたのだ。これでいい話が聞けなければ、黙って引き下がることはできない。

「ある建物を爆破して、その中のものを焼却してもらいたい」

白いスーツの横のアラブ人が、訛りのある英語で言った。

それに、とアラブ人は続けた。

「男を一人始末してもらいたい」

「それが我々の仕事です」

ダグラスは間髪を容《い》れず答えた。

「ただ、それには……」

ダグラスは頭の中で金額を考えながら言った。

「報酬は二百万ドル。必要経費は請求してくれ。前金で百万、残りは仕事が終わってから指定の銀行に振り込む。合法的な金としてね」

アラブ人はダグラスの前に小切手を置いた。

ダグラスは気づかれないように唾を飲み込んだ。今までの仕事の最高報酬はリビアの要人暗殺で、ある国の政府の仕事だった。七人でチームを組んで、準備から実行まで三カ月かかった。その時、リビアを去る際にもらった土産がいまだに坐骨《ざこつ》の間にある。その手榴弾《しゆりゆうだん》の破片は、天気予報よりも正確に雨を報《しら》せてくれる。その仕事でさえ、必要経費込みで八十万ドルだった。二百万ドルとは——。軍の施設か、政府の建物か。そして男は政治家か軍人か。いずれにしても、いくつかの命のやり取りが行なわれる場所と男に違いない。

「その前に、その建物と男について詳しくお聞きしたい」

ダグラスは、自分の声が上ずっているのがわかった。落ち着け、侮られるな、必死で心の中で繰り返した。

「最初に、引き受けるか、そうでないか、言ってもらいたい」

白人がダグラスに回答を迫った。慌てて頷いた。頷いてから後悔した。もっと、ふんだくれたのではないかと思ったのだった。

「目標はこれです」

アラブ人が目配せすると、東洋人が一冊のファイルをダグラスの前に置いた。その時初めてダグラスは、男の右手中指の第一関節から先がないのに気づいた。

ファイルの中には地図と図面、そして数枚の写真が入っている。図面は建物の見取り図だった。さらに詳しい部屋の配置とセキュリティシステムの図面もある。写真の一枚に建物の正門が写っている。その門に嵌め込まれたプレートの文字は、Hayashino Biotechnology Laboratory と読み取れた。

もう一枚の写真を見て、ダグラスは顔を上げた。

「失敗は許されない」

白いスーツのアラブ人が初めて口を開いた。訛りのない、流暢な英語だった。幼い時から、英語で教育を受けているのだ。

ダグラスの背筋に冷たいものが流れた。彼を見つめるアラブ人の目には、異常とも思える厳しさがあった。

ダグラスは慌てて写真に目を落とした。

白衣を着た痩せた男が無表情な視線を向けている。裏に英語で名前が書いてある。

Dr. Akira Yamanouchi。


十五時間後、ダグラスはロサンゼルスの自宅にいた。

用意された小型ジェット機の中でも、空港から自宅への車の中でも、アラブ人の言葉を考え続けていた。内ポケットに手を入れ、小切手を取り出した。何度も確認したゼロの数を数え直した。たしかに六つある。しかもこれが半分なのだ。手がかすかに震えている。

あのアラブ人の顔を思い浮かべた。どこかの国の王族の一人だろうか。しかし——。

あの英語は訛りなどない完璧なものだった。

カバンの中からファイルを取り出した。彼らの目的は東洋の国の研究所と白衣の男。どう考えても、そんなに難しい仕事とは思えない。

何か裏があるのか——。

とりあえず、誰がいい。頭の中に次々と顔が浮かんでは消えていった。やはり、彼しかいない。日系人でほぼ完璧な日本語をしゃべる。日本での仕事も何度かやっているはずだ。

ダグラスは受話器を取ってボタンを押した。

受話器を置いてからも、やはり落ち着かなかった。自家用ジェット機に大型クルーザー、そして二百万ドル……。この仕事にこれだけの金を出すということは、彼らにとってそれ以上の利益があるのだ。おそらく、何十倍、いや何百倍もの。

科学者、微生物研究所……。細菌兵器か。だが日本は保守的な国だ。軍事費は世界第二位だと聞いているが、核さえも持っていない。軍備に関しては、呆《あき》れるほど臆病な国だ。その国で、民間の研究所が兵器開発などできるはずがない。とすると——。

ダグラスは再び受話器を取って、ボタンを押していった。

6

山之内は十日ぶりにアパートに帰っていた。

昨夜は風呂に入り、カップ酒で身体を温めながらパソコンのディスプレイを眺めているうちに眠ってしまった。夜中の三時に寒さで目を覚まし、布団を敷いてもぐり込んだ。

次に目を覚ました時、陽はすでに昇っていた。

九時を過ぎている。夢も見ないで六時間以上眠ったのは何年ぶりだろう。二度と感じることはないだろうと思っていた、朝の光と空気のすがすがしさを覚えた。

顔を洗っていると電話が鳴った。数秒見つめた後に受話器を取った。

「おはようございます」

相原由美子の明るい声が受話器から流れてくる。

「今日は私が迎えに行きますから、待っていてください」

「どうした」

「たまにはデートもいいでしょう。三十分後にうかがいます」

聞き返そうとする前に、電話は切れた。彼女がこの電話番号と住所を知っていたとは思えなかった。研究所職員の住所録にも載っていない。では——。

時計を見ると、すでに五分が過ぎている。

急いで、昨夜帰りに買ってきたパンと缶コーヒーの朝食をすませた。通りで待っていようとカバンを持って立ち上がった時、勢いよくドアがノックされた。五分早い。

ドアを開けると、由美子が立っている。

「何ごとだ」

由美子が質問には答えず、押し退《の》けるように顔を突っ込んでくる。鼻先を香水の香りが流れた。

「きれいですね」

山之内は入ってこようとする由美子を押し出した。

「男の人の一人住まいは汚いって信じてました」

「ものがないだけだ」

ぶっきらぼうに言って、そのままドアを閉めた。プライベートな部分には、誰にも入ってもらいたくなかった。

先に立って歩き始めた。

車は通りに止めてありますからと言って、由美子が靴音を響かせて追ってくる。階段を駆け下りる派手な音に耳をふさぎたくなった。

「先生、そんなに急がないでください」

走ってきた由美子が、腕を取ろうとした。

山之内は反射的に由美子の身体を避《よ》けた。由美子は目標を失い、よろめいてコンクリート塀に身体をぶつけて膝をついた。

「許してくれ……。驚いたんだ」

山之内は戸惑いながら、腕を出した。

自分でも顔が強張っているのがわかる。由美子は一瞬、恐怖を含んだ目で山之内を見たが、すぐにぎこちない笑みを浮かべ、その手を摑んで立ち上がった。しかしその笑みの奥に、信じられないほどの淋《さび》しさを漂わせた表情が表われたのを山之内は見逃さなかった。何か言おうと言葉を探しているうちに、由美子が歩き始めた。

表通りに出ると、由美子がコンビニの前に止めてある黄色い軽自動車を指さした。

「所長の指図か」

身体を屈めて車に乗ってから、山之内は聞いた。

「いいえ、史郎会長です。お電話があり、研究所の前にデモ隊がいるので先生をお連れして裏口から入るようにと指示がありました」

しゃべりながら勢いよく車をスタートさせた。山之内は思わず頭をシートにぶつけた。由美子は気をつけてくださいと言って、シートベルトを指した。わずかに声が上ずっている。

「会長はどうして私に直接言ってこない」

山之内はシートベルトを締めながら言った。

「先生に言うと、意地でも正門から入ってくるでしょう。変に意固地なところがありますから」

由美子がおかしそうに言う。いつもの調子に戻っている。

山之内は答えなかった。

「何のデモ隊だ」

「右翼です」

「ウヨク？」

「そうです。大東愛国会とかいう」

「なぜ右翼が出てくるんだ。研究所は政治とは関係ない」

「私は知りません」

由美子がハンドルを握ったまま肩をすくめる。車は高速道路に入った。由美子は遠慮なくアクセルを踏み込み、スピードメーターは百キロ前後を揺れ始めた。

三十分ほどで高速道路を下りた。

研究所の裏門に続く通りに入ったあたりから、大音量の軍歌が聞こえてくる。

「見ていきましょうか」

由美子が山之内のほうをちらりと見て、突然ハンドルを切った。目にはいたずらっぽい笑みが浮かんでいる。

車は研究所の正門前に向かう通りに入った。軍歌がますます大きくなり、それに混じって、スピーカーから太い声が聞こえてくる。

研究所の前には十台近い車が停まっていた。

三台は灰色に塗られた街宣車だった。その周りにカーキ色の服を着た男たちが三十人ほど腰の後ろで手を組んで並んでいる。音質の悪いマイクがほとんど聞き取れない声を響かせていた。由美子はその集団を横目で見ながら車を走らせた。山之内に気づくものは、誰もいない。

研究所に入ると、直ちに会長室に呼ばれた。

林野史郎は山之内を見るとわずかに顔を曇らせたが、すぐに笑みを浮かべた。

「申しわけありません」

山之内は頭を下げた。

「先生が謝ることはありません。彼らは、うちの研究所が環境破壊と秘密研究を行なっていると抗議していますが、根拠のない話です。私たちは政府の定めた環境基準以上に環境汚染については気を配っています。おまけに、ペトロバグは人類にとってかけがえのないものになるに違いありません。何を恐れるというのです」

林野は強い口調で言った。

「十二時に大東愛国会の代表と会うことになっています」

「私も同席させてください」

「その必要はありません。今後一切、ペトロバグに関しては私が責任を持ちます。先生が表面に出られることはありません。先生は研究だけを考えてください」

林野が穏やかだが強い意志を込めた声で言う。

「お気遣いは感謝しますが、私も彼らと会って話したいのです。ペトロバグについては責任を持ちたいのです」

もう逃げてばかりはいられない、山之内は呟くように言った。

林野史郎はしばらく山之内を見つめていた。そして何度も頷いた。

大東愛国会との会談は会長室で行なわれた。

代表という小太りの四十代の男と、丸坊主の男、学者風の初老の男、三人が入ってきた。その後にがっちりした若い男が二人続く。用心棒だろう。陽に焼けた顔に不精髭を生やし、カーキ色の戦闘服を着ていた。蹴られたら気絶しそうな、ごついブーツを履いている。

中年の男は中里、学者風の男は黒木、丸坊主の男は平岡雄司と名乗った。若い二人は背後で手を組んで、後ろに立っている。

「この研究所では遺伝子操作をやっているのですか」

中里がソファーに座り、しばらく部屋の中を見まわした後で聞いた。ベージュのブレザーを着て、縁のないメガネをかけた一見柔和な感じの男だった。言葉遣いも驚くほど穏やかで、口許に笑みさえ浮かべている。黒木がノートを出して、メモをとり始めた。林野は彼をチラリと見て、視線を中里に戻した。

「やっています。もちろん、文部科学省と厚生労働省の正式な許可を取ってます。実験室も遺伝子組み換え用の、P4レベルの最新設備を備えています。政府の基準より厳しいリミットで設計しています。もしお望みであれば、設計仕様書も差し上げましょう」

「お願いします」

中里が黒木に目配せした。黒木はノートから目を上げずに頷く。

「住民の方々の理解も得ています。遺伝子組み換え実験の計画がスタートしてから、実験室の設計、建設までに住民の方々との公聴会も再三開いて、納得をいただいています」

「話題になっている石油生成バクテリアも、遺伝子操作で生まれたものですか」

中里が穏やかな声で質問を続けた。

「そうです。しかし実験はＰ４レベルの実験室で行なわれています。バクテリアは密封された実験室の中の、さらに密封された安全キャビネットから外には出されていません。二重に密閉されているというわけです」

「我々にその実験室を見学させていただけないでしょうか」

黒木が顔を上げ、多少甲高い声を出した。

「企業には企業秘密というものがあります。つまり、お見せできない場所もあるということをご理解願いたい」

林野は穏やかに、しかしきっぱりとした口調で言った。

お互い、しばらくの間、黙って相手が口を開くのを待っていた。

「あなたが山之内明博士ですか」

中里が山之内を見て聞いた。

平岡が山之内に視線を向けた。坊主頭に鋭い目が、どこか違和感を感じさせる。二十代にも三十代にも見える男だった。

山之内は頷いた。動悸《どうき》が激しくなっている。立ち上がって、逃げだしたい衝動を辛うじてこらえた。

五年前の自分の姿が脳裏をよぎった。死亡した学生の肉親たちに囲まれ、浴びせられる非難を全身で受けていた。あの時は、自分に向けられる言葉の重みに押し潰されそうだった。実際、押し潰されたのだ。

「そうです」

山之内は顔を上げて答えた。

　全身が強張っている。林野が心配そうな視線を向けている。若者が顔を上げて山之内を見た。その顔には、明らかに非難の色が浮かんでいる。生徒を見殺しにした教師。新聞の記事を読んでいるのだろう。

山之内は無意識のうちに、彼らの視線から逃れようとしているのに気づいた。

「あなたはまだ研究を続けておられたのですか。たしか五年前……」

中里が確認するように言った。

「私は……」

言葉が続かなかった。膝の上で握った手が汗ばんでいる。

「その話はすでに終わったことです。山之内先生は何の弁解もされなかったが、あの事故は先生の責任ではありません。警察もそう判断したからこそ、起訴はされませんでした」

林野が山之内をかばうように言う。

中里は山之内を見つめたままだ。その目は――、見たことがある。五年前と同じ目だ。

全身が熱をもち、震えだしそうだった。

山之内は目をそらせ下を向いた。弁解する気はない。自分は永久にその事実から逃れることはできないのだ。右膝に置いた手を握り締めた。関節が激しく痛みだした。額に汗が滲んでいる。

「しかし、現実に三人の前途有望な若者が死んでいる。この事実は曲げようがありません。あなたは――」

「これ以上その話を続けるつもりならば、この話し合いはこれで終わりとするほかないですな」

林野が中里の言葉を遮った。

林野の目には、山之内が見たことのない強い拒絶が表われている。

「私は山之内先生の過去を話すために、先生にご列席願ったのではありません。先生は私たちが研究を続けている石油生成バクテリアの開発者として、皆さんに納得できるご説明をしたい、とこの席に同席されました。皆さんも、そこのところはご理解願いたい」

林野が三人に順次視線を移しながら、きっぱりした口調で言う。

「しかし、我々は――」

「私たちの研究所は、環境問題に対しては最大限の配慮を行なっています」

林野は中里の言葉を無視して続けた。背後の若者の一人が声を出しかけたが、平岡が振り向いて黙っているよう合図した。

「研究内容についても、地球環境保護に十分貢献できると自負しております。現在問題になっている石油生成バクテリアは、まだ研究途中のバクテリアであり、現時点でのコメントは差し控えたいと思います」

林野は一気に言うと、山之内の腕を取って立ち上がった。

「研究所の概要説明は広報の高木部長が行なうことになっております。私企業として、許される範囲の見学コースも用意しております。それでは、ゆっくりしていってください」

林野は相手に話すスキを与えず、山之内を促して部屋を出た。

ドアが閉まる時、二人を追おうとする若者の前に立ち、なだめる高木広報部長の姿が見えた。その向こうから平岡が射るような視線を向けている。

廊下に出ると、山之内は立ち止まった。足がすくんで動けないのだ。まだ胸が波打っている。目を閉じて何度も深呼吸した。次第に動悸が治まり、気分も落ち着いてきた。

「ああいう人たちの中には、思い込みが激しい人が多い。話を聞きにくるのではなく、自分たちの意見を主張しに来るのです。どうせ目的は別にあります。高木君がうまく処理するでしょう。彼の仕事の一部です。あまり気になさらないほうがいい」

林野がそっと山之内の肩を押した。

山之内は黙って歩き始めた。

「しかし、先生も意地を張られる」

「意地ではありません」

声が震えているのに気がついた。

「もう少し、自分に甘えて生きられてはどうです。先生を見ていると、イライラすることがあります。言うべきことは言うべきです。先生に代わって私が叫びたくなる。どんなに強い弦も、四六時中張り続けていればいつかは切れます。時には緩めて、休めてやることも必要です」

林野は足早に歩く山之内の足元を見つめた。

山之内は唇を噛みしめ、ことさら胸を張り、歩みを速めた。事故のことを考えると、無意識のうちにそうなるのだ。

林野は呆《あき》れたように首を振り、山之内を追った。

文部科学省に行かなければならないという林野と事務棟前で別れた。

研究棟に歩き始めた時、門の前で守衛と話していた男が山之内に気づいて駆けよってきた。

近藤将文、東日新聞の社会部記者だった。

「近藤さん、あなたですね。大東愛国会をけしかけたのは」

「けしかけたとは穏やかではないですね。私は真実を伝えただけです。この研究所で、こういう人がこういうことをやっている。それを伝えるのが、私たちマスコミの使命です」

近藤が悪びれる様子もなく答える。

「真実を伝える限りにおいてはね」

「真実を伝えてないとおっしゃるのですか」

近藤は正面から山之内を見据えた。その顔には敵意がありありと感じられる。

「私に関する限り真実だ。しかし、バクテリアに関しては半分は想像ではないのですか」

「我々には、確かなニュースソースがありましてね」

近藤は不敵な笑いを浮かべた。

「あなたの狙いはわかっている。私だ。大東愛国会を先頭に立て、私を引き出して過去を蒸し返す気だ」

「それこそ邪推でしょう。科学者の言葉とは思えませんね」

「私はすでにすべてを失った。家族も地位も、過去のすべてを。これ以上、何を奪おうというんだ」

近藤が山之内の顔を睨みつけるように見た。目には憎悪が溢れている。

「私の妹、鮎美は二十四歳の若さで死んだ。前にも言いましたよね。私には、あなたが生き残って研究を続けていることが許せないんだと」

近藤が吐き捨てるように言う。

山之内はかすかに顔を歪め、近藤の視線を振り払うように足早に研究棟に向かって歩いた。

研究室に戻り、P4ラボに入る準備をしていると、由美子が寄ってきて山之内の顔を覗き込んだ。山之内は思わず視線をそらせた。今朝、由美子がアパートの前で見せた顔が心に焼きついている。

「顔色が悪いですよ。真っ青です」

「寝不足でね」

「第七セクターは慢性的睡眠不足の集まりですね」

肩をすくめながら言ったが、どこか投げやりな調子を含んでいる。

窓の外からは軍歌とスピーカーの声が聞こえてくる。由美子がわずかに顔をしかめ、溜息をついた。

山之内は何も言わずP4ラボに入るためロッカールームに向かった。

由美子は山之内の背に口を開きかけたが、思い直して椅子に座った。

自分の心がわからない。こんな気持ちは初めてだった。

テーブルの上にファイルがある。山之内が忘れていったものだ。ファイルを取り、開きかけたが、思い直したように手を止め、立ち上がって山之内の後を追った。

ロッカールームのドアの把手《とって》に手をかけて、思わず身体が硬くなった。ドアの隙間から、シャワー室に入る男の後ろ姿が見えた。上半身裸で下着をつけただけである。由美子の視線はその背中に釘づけになった。動悸が激しくなった。全身から血の気が失せるのを感じ、目をきつく閉じた。

シャワー室のドアが閉まり、水音が聞こえてくる。そっと把手から手を離し、ロッカールームを離れた。

7

大東愛国会の攻撃は、ますます激しさを増していった。

研究所の正門前には十台近い街宣車が並び、戦闘服の男たちが通行人に林野微生物研究所非難のビラを配っていた。その中に、『悪魔の科学者』と、山之内の名前が顔写真入りで載せられていた。静かな町の一角に放り込まれた小石は、次第に波紋を広げていった。

林野史郎は精力的に動き回った。

講演会を開き、環境保護団体と会い、マスコミに足を運んだ。政府関係者にも会って、実験の安全性を説いた。石油生成バクテリアの実験は完全にコントロールされた安全な実験室で行なわれ、バクテリアはまだ研究段階のものにすぎないことを訴えた。

しかし、世論の動きは林野の意図とは別の方向に動いていた。社会は未知なるものに対しては驚くほど閉鎖的だった。住民の目も、しだいに厳しく研究所に向けられ始めた。

山之内はディスプレイの前に座り、由美子が提出したDNAの解析結果を見ていた。

「先生」

西村が興奮した声で山之内を呼んだ。

「電話です。キャンベル研究所のジョン・キャンベル博士です」

部屋の視線が集中した。

由美子がキーボードを叩く手を止め、顔を上げて見ている。

キャンベル研究所はカリフォルニアの南、サンディエゴにある遺伝子工学の研究所だ。二名のノーベル賞受賞者を擁する、遺伝子工学の最高峰と称される研究所だった。山之内も滞米中に何度か訪れたことがある。

ジョン・キャンベルは分子生物学の分野では、世界的な研究者だ。

たしかに切れる男だった。天才と言っていい。山之内と同じ、直感力に優れた科学者だったが、粘り強い山之内に比べて飽きっぽいところがあった。その天才的な直感力と想像力で研究課題の方向性を見つけ、研究者を引っぱっていく。しかし、ある程度の成果を上げると、急激に興味を失い、次の研究に没頭する。

ノーベル賞に最も近い科学者と言われながら、まだ受賞できないのはそのあたりに原因があると山之内は感じている。だが、山之内は知っている。キャンベルの最大の才能は、人を利用し自分のために働かせることだ。

山之内は受話器を取った。

〈ハーイ、アキラ〉

陽気な声が耳に響く。

山之内は眉をしかめた。この呼び方だけには、いまだに馴染めない。

キャンベルは典型的なアメリカ人だ。陽気で楽天的で、落ち込むということを知らない。百九十センチ以上ある巨体にいつも派手なブレザーを着て、およそ科学者には見えない男だった。

〈おめでとう〉

キャンベルが怒鳴るような声を上げる。

〈本物の石油生成バクテリアだね〉

「耳が早いな」

〈新聞であれだけ騒がれている〉

「紙面通りに受け取らないでくれ。新聞発表がどういうものか、私よりもよく知ってるだろう」

キャンベルの笑い声が聞こえてきた。

キャンベルの新聞発表は常に映画の予告編のようなものだ。誰もが期待し胸を躍らせるが、実際には本編を見てみなければ評価のしようがない。

〈ところで、せめて野生株を分けてくれるわけにはいかないだろうか〉

キャンベルは半分冗談のように言った。答えはわかっているのだ。

「立場が逆だったら、私が頼めばきみは承知してくれるか」

〈快くとはいかないだろうな。しかし、きみのほうも問題を抱えているのは想像がつく。たとえば、未解読のDNA問題とか〉

キャンベルの声は笑いを含んでいる。

「どこで聞いた」

山之内の声に緊張が混じった。

〈新種のバクテリアについては、よくある問題だ〉

キャンベルの声から笑いが消えた。

〈私はDNAの解明には十分な実績がある。手助けができると思うが〉

「ありがたいね。しかし、なんとか自前で解決できそうだ」

〈私の出番はないというわけか〉

声の調子が極端に変わって、元気のないものになった。これは彼のいつものポーズで、次の瞬間には大声で笑いながら太い腕で抱きついてくる。

「そういうわけだ。悪いが……」

〈今、仕事で日本に来ているんだが、会うだろう〉

「喜んでお会いするよ」

一方的に場所と時間を言うと、山之内が返事をする前に電話は切れた。

受話器を置くと、研究室中の視線が集中している。

「先生、ジョン・キャンベル博士と知り合いなんですか」

西村が興奮した声で聞いた。

「アメリカにいた時、共同研究をしたことがある」

「そんな話、初耳ですよ」

「話すほどのことではないだろう」

「共同論文を読んだことがないのか」

富山が呆れたような顔で西村を見た。

「制限酵素に関するもので、古典の部類に入る論文だよ」

「『山之内 キャンベルの理論』、そのくらい知っています。論文は読んでませんが、内容は教科書に載ってるんで知ってます。キャンベルって、あのキャンベルだったんですか」

「日進月歩の世界だ。今では誰もあんなもの読まないよ。周知の事実として捉えている」

「先生は論文はまったく書きませんね」

西村の声は不満を含んでいる。科学者にとって論文は生きている証《あかし》のようなものだ。そういう意味から言えば、山之内は五年前に死んだ。

「ここ五年間はペトロバグにかかりきりだったでしょう。書けるわけない」

由美子が山之内をかばうように言う。

「みんなには、すまないと思っている」

「気にしないでください。ヤギのフンみたいな小粒な論文を百本書くより、ノーベル賞クラスのもの一つのほうがカッコいいですから。ところで、相原さんはキャンベル博士の論文をよく読んでいますよね」

西村が由美子の机から専門誌をつまみ上げた。

「やはり遺伝子関係では第一人者だからよ。先生の次にね」

「相原さんはサンディエゴにもいたんでしょう」

「カリフォルニア大学、サンディエゴ校に半年ほど」

「キャンベル研究所に入る気はなかったんですか。英語にはまったく不自由しないし、アメリカ国籍だって持ってるんでしょう」

「あそこは入るのが難しいのよ。超一流の集団。ちょっとやそっとの実績では相手にされない」

ここだってそうですけどねと言って、西村の背中を叩いた。

「会いたいなあ」

西村がしみじみした口調で言った。研究者としては当然だろう。論文もろくに書かない上司の研究室にいるより、やる気満々のノーベル賞候補の研究者の下で研究したいに決まっている。

「今、日本に来ているそうだ。今夜会うことになった」

再び視線が集中した。

「サインもらえませんかね」

西村が真顔で言った。

「喜んでサインする男だよ。いつも、ポートレートを持ち歩いている。裏に実績が印刷してある」

それを女性に配りまくるんだ、という言葉を飲み込んだ。

「研究所に招待できませんか。こんな時だし、ノーベル賞候補の科学者が来ると宣伝になりますよ」

山之内は黙っていた。研究所の見学を申し込まれるのはわかっている。ペトロバグの野生株も再度要求されるだろう。あれで諦めるような男ではない。

ジョン・キャンベルは受話器を置いてからも、電話の前に立ち尽くしていた。

頭の中ではまだ山之内の声が響いている。ペトロバグ発見の報告を聞いた時、自分の耳を疑った。ショックだった。成功が近いということは感じていたが、意識して無視しようとしていた。自分は今まで何をしていたのだ。本来の研究から離れ、研究所の運営に走り回っていたにすぎない。その間に山之内は着実に研究を続けていた。遺伝子組み換えでは、自分が世界の第一人者だと自負している。石油生成バクテリアを創造するのは自分だと信じていた。だが、先を越された。しかもその発見が、自分が友人と呼べる唯一の科学者によってなされた。久しぶりに感じる焦りだった。今夜は眠れそうにない。

キャンベルは受話器の前を離れ、部屋の中を歩き回った。

夕方、山之内は待ち合わせの麻布のホテルに向かった。

ホテルの喫茶室に着いたのは、約束の時間より十分早かった。

キャンベルは三十分ばかり遅れてきた。

入口から入ってくるなり手を上げて、「アキラ！」と怒鳴った。店中の客が何ごとかとキャンベルのほうを見ている。カウンターの中の責任者らしい男が、どうするか迷った顔でウエイターを呼んでいる。子供のような無邪気さが抜け切らないところがある。それが山之内をキャンベルと結びつけているものだろう。

キャンベルは山之内の横に来て、強く肩を叩いた。

革のロングコートを脱いで、椅子の背にかけた。赤と白のチェックのシャツに、鶯《うぐいす》色のブレザー。カリフォルニアの陽に焼けた健康そうな肌。地肌の見える金髪を長めに伸ばしている。ステージに立つと、指の間からトランプでも出しそうな男だ。

「我々は友人だな。それも特別な」

キャンベルは顔中に笑みをたたえて、山之内を見ている。

「共同研究者だったこともある。あの頃は楽しかった。実験も成功したしな。俺の人生最良の時期だった」

キャンベルは空を見つめ、夢見るように声を出した。彼が研究所を設立した頃で、その後一時、研究所は破産状態に陥ったと聞く。しかし今はもち直し、その名を世界にとどろかせている。

「はっきり言ってもらいたいね」

「ペトロバグを見せてもらえんかね。見るだけでいいんだ」

「どうしてその名前を」

「俺も同じバクテリアを追い求めている研究者だ。あらゆる情報を集めている。必死なんだ」

キャンベルの顔から笑みが消え、真剣な眼差《まなざ》しで山之内を見つめている。

山之内にもキャンベルの気持ちは、痛いほどわかった。研究者なら誰しも望むことだ。自分たちが何年も、すべてを懸けて追い続けてきたものだ。生涯をその研究に費やしても、片鱗《へんりん》すら垣間見《かいまみ》ることができない場合が多い。

それが今、目の前にある。

「私の一存では決められない。だが、きみの気持ちは十分にわかる」

山之内の言葉に、キャンベルはゆっくり頷いた。

「今週いっぱいは日本にいる。場合によっては帰国を延ばしてもいい」

山之内は翌日、連絡することを約束して別れた。

第３章　消失と再生

１

ミグはドアを開けた。こんな機会は二度とないだろう。

第七セクターの研究員は研究棟の会議室に集まり、林野史郎会長、和平所長を交え、実験データの検討会を行なっている。

Ｐ４設備を備えた実験室に入る資格をもつ研究員は限られている。ミグも入室は初めてだったが、Ｐ３の実験室には一年前、半年間入って実験した経験がある。Ｐ４ラボの内部も図面と写真で十分知っている。

ミグは廊下に人がいないのを確かめて、ポケットからカードを出した。

第七セクターの実験室が特別警戒区画に指定され、カードが変えられ暗証番号が新たに設定された後、手に入れたカードだった。暗証番号も知っている。

ミグは、コンピュータを使った細菌増殖に関する数値解析の研究をしたことがある。その時、研究所のコンピュータシステムに関して、ハード、ソフトの両面に習熟した。おまけにあの男と会い始めてから、他の部署への侵入には慣れている。機会があるごとに、同僚のパスワードを記録していた。研究所のコンピュータは外部からの侵入は難しいが、内部から侵入するのは簡単だった。Ｐ４ラボへの出入りはすべてシステム管理部のコンピュータに記録されるが、それも消すことができる。

安全キャビネットの中のガラス容器には黒い液状の塊が溜《た》まっていた。その横のフラスコには、濃緑色の粘性のある液体が入っている。ペトロバグだ。この一滴の培養液の中に、何億というペトロバグが息をひそめているのだ。ミグはしばらくそれを見つめていたが、我に返ると作業を開始した。

安全キャビネットの実験器具取り入れ口に、用意してきた小型魔法瓶のような細菌保管容器を入れた。次に、キャビネットに直結したゴム製の手袋に腕を差し込み、両手で保管容器の蓋を開ける。

キャビネットの隅に並んでいるフラスコの一つを取り出した。ごわごわした特殊ゴムを通した感触は他人の手のようで、なかなか感覚が摑めない。保管容器にフラスコの中身を入れ始めると、緊張で額に汗が滲んでくる。

半分ほど入れたところで、フラスコが手を離れた。キャビネットの床に転がり、中身が床に広がる。舌打ちをして保管容器の蓋を閉めた。これだけあれば培養は可能だ。

顔を上げて壁の時計を見ると、すでに十五分が経っている。蓋がしっかり閉まっているのを確認して、キャビネットの右端にある取り入れ口に運ぶ。そこで石炭酸ガスと紫外線で十分間消毒してから、二重構造になっている収納ボックスに入れる。ミグが直接触れることができるのはそれからだ。

　取り入れ口まで一メートルほど移動させなければならない。それには、右端についているゴム手袋に腕を入れ換えることが必要だ。慎重に、並んでいるフラスコの横に容器をいったん置いた。手袋から腕を抜き出すと、手のひらにじっとりと汗をかいている。白衣でそれを拭った。右側のゴム手袋に腕を入れる前にゴムの滑りをよくするパウダーを探したが、見当たらなかった。時間がない。そのまま腕を入れたが、汗で手とゴムの摩擦が大きくなり、入りにくい。

　右手で取り出し口を開け、左手で容器を掴んだ。持ち上げて右手に移そうとしたが、汗で手袋が肌に貼りついて感覚が鈍くなっている。緊張で指先が震える。握力の調整がつかないまま、容器が褐色の手袋の指先を離れるのが見えた。濃緑色の液体の入ったフラスコに当たり、液とガラス片が飛び散る。慌てて容器を探った。額から噴き出した汗が目に入る。

　安全キャビネット側面の赤いランプが点滅を始めた。キャビネットが衝撃を感知したのだ。慌てて腕を抜き出した。アドレナリンが全身を駆けめぐり、心臓が飛び出しそうに脈打っている。落ち着け、落ち着くんだ。

　目の前にペトロバグが入った保管容器がある。濃緑色の液の中にガラス片が光っている。一瞬ためらったが、横の机にあったハサミを取って、引き出したゴム手袋を切り裂いた。その裂目から右手を入れ、容器を掴んだ。手のひらに痛みを感じたが、確かめる余裕もなく容器を取り出し、ポケットに入れた。

ドアの横にある黄色いランプがゆっくりと回りだした。安全キャビネットの気密が破れることによる気圧の変化を感じたのだ。赤いランプに変わると自動的にドアがロックされ、殺菌用の石炭酸ガスが部屋に充満する。

無意識のうちに部屋を飛び出した。更衣室の二重ドアを出たところでサイレンが鳴り始め、ドアがロックされた。シャワー室をシャワーが出始める前に走り抜け、廊下に飛び出した。

トイレに駆け込んだ。手のひらに血が滲んでいる。フラスコのかけらで切ったのだ。全身の血液が頭に集中した。洗面所の水を最大に流し、手のひらを流れる水にさらした。冷たい水がすぐに感覚を奪っていく。

廊下を走る複数の足音が聞こえる。

手のひらの感覚が麻痺するにつれ、気分が落ち着いてきた。P4実験室といっても、細菌兵器を開発しているわけではない。この研究所は住民と環境団体の目を気にするあまり、すべてに大げさすぎる。

ハンカチで手のひらを縛り、上着のポケットに手を入れて廊下に出た。山之内をはじめ、第七セクターの研究員たちが目の前を走っていく。

急いで自分の部屋に戻り、コンピュータのスイッチを入れた。

P4ラボの管理データを呼び出し、自分の入出データを消去した。ポケットから出した保管容器を紙袋に入れて机の上に置いた。ふうっと大きく息をついたとたん、手のひらが鈍く痛みだした。

実験室の前には三人の警備員が、呆然《ぼうぜん》とした顔で立っていた。

他の実験室の研究員が、消火器を持って駆けつけてくる。

Ｐ４ラボは閉鎖されていた。控室のモニターテレビは、白いガスが立ち籠《こ》める室内を映していた。

「何ごとです」

山之内は息を弾ませながら警備員に聞いた。

「安全キャビネットの気密が破れた模様です。室内には十二時間入ることはできません」

石炭酸ガスが室内を滅菌するのに要する時間だ。もちろん、人間を含めてだ。

「内部に人はいませんか」

「見当たりません」

「何もないのに緊急殺菌装置が作動するわけがないでしょう」

山之内の声が大きくなった。顔は驚くほど青ざめている。

「モニターテレビで見るかぎり人は見えません」

警備員が戸惑った顔で答える。

恐怖が貫いた。全身が震え始めた。机の端に両手をつき、身体を支えてきつく目を閉じた。

「先生、どうかなされたんですか」

由美子が肩に手を置いて顔を覗き込んでくる。

脂汗が浮き、恐怖が込み上げてくる。警備員が慌ててドアの横にある椅子を取ってきた。山之内は椅子に座り、両足の間に顔を埋めた。全身が細かく震えている。

「しっかりしてください」

由美子が山之内の前に跪き手を握った。

温かい手だ。思わず強く握り締めた。強く握っていると、次第に震えは消えていった。

「大丈夫だ」

山之内はゆっくりと顔を上げた。

目の前に由美子の青ざめた顔がある。由美子が差し出すハンカチで、無意識のうちに汗を拭った。

立ち上がり、モニターテレビに目をやった。

「引き続き監視をお願いします」

爆発しそうになる神経を意志の力で辛うじて抑え、警備員に頭を下げた。

ミグは右手をポケットに入れたまま、事務棟横の駐車場に急いだ。手のひらに鈍い痛みがあったが、ひどいものではない。左手には保管容器の入った紙袋を握り締めている。

車に乗り込み、シートに深く腰かけた。心臓が爆発しそうに高鳴っている。血液が押し出されるたびに手のひらが痛んだ。

エンジンをかけ、ハンドルに手をかけると、腕にわずかな震えが走った。二、三度大きく息をつくと震えも止まり、精神《こころ》も落ち着いてきた。

ゆっくりと車をスタートさせて、正門に向かう。警備員詰所の前に車を止め、通行証を見せた。警備員は実験棟の事故に気を取られているようで、ミグの顔を見ることもなくゲートを開けた。

マンションのドアを入って、鍵をかけると自然に笑いが込み上げてきた。しばらく狂ったように笑い続けていた。ふっと我に返ると、自分の大胆さにあらためて驚いた。しかし後悔はしていなかった。むしろ、久しぶりに感じる充実感のほうが大きかった。

ビデオとデータを渡したとき、封筒には帯のついた百万円が入っていた。

今度はその十倍と言ったが、もっと出すだろう。二千万、いや三千万は取ってやる。

こっちはＰ４レベルの実験室から細菌を盗み出すという、命懸けの仕事をしたんだ。落ち着いてくると全身が凍りつくように冷え、喉がからからに渇いているのに気づいた。身体が冷えているにもかかわらず、顔には汗が滲んでいる。

キッチンに行き、グラスを出した。ウイスキーを入れて一気に飲み干した。身体中にゆっくりと熱が戻ってくる。その熱は急激に容量を増し、身体中に広がる。熱い——身体の芯が燃えるようだ。冷蔵庫から水のペットボトルを出し、残っていた半分あまりを体内に流し込むように飲み続けた。全身が水分を求めている。少し落ち着くと、紙袋からバクテリアの入っている容器を取り出し、テーブルの上に置いた。

手のひらを縛っているハンカチが床に落ちた。血を吸ってじっとりしている。消毒しなくては。ヤカンに水を入れ、ガス台にかけた。

換気扇をつけ、消毒薬を取りに行こうと身体をまわしかけた時、頭の中にねっとりと熱を持ったものが広がった。モノクロ映画の画面を見ているように視野から色が抜け、白い場面に変わる。

次の瞬間、プツンと音を立て、視野に黒いスクリーンが下りた。ミグの意識はそこで途絶えた。

そのままガス台の上に倒れた。ヤカンが弾き飛ばされ、流しの中に落ちる。火が上着を焦がし、炎を上げ始めた。ミグの身体は燃え始め、全身が炎に包まれていく。

天井に付いている火災報知機が激しい音で鳴り始めた。火はカーテンに燃え移り、またたく間に部屋中に広がっていく。

ガンガンとドアを叩く音が響く。

「服部さーん。いるんですか」

　誰かが怒鳴った。返事はなく、換気孔からは煙が噴き出している。

　部屋の前には、マンションの住人が十人以上集まっていた。消火器を持った者もいる。

「火事だよ、こりゃあ」

「しかし誰もいないみたいだ」

「服部さん、帰ってるはずだよ。さっき階段を上がってくるのを見たもの」

「じゃあ、中に――」

「消防署には誰か電話したか」

「ドアを叩き壊せ。延焼したらたまらんぜ」

　一人の男がドアを強く蹴った。丈夫なマンションのドアは高い音を響かせるだけで、びくともしない。

　鋭い悲鳴が上がった。煙が黒く変わっている。その黒煙は生きているかのように波打ち、廊下に広がっていく。

「何なの、この臭い」

　主婦が顔をゆがめ、鼻を押さえた。

　鼻を刺す刺激臭。油とタンパク質の混ざった異臭が、ドアの前に集まる人々を包んでいく。

一人が換気孔に向かって、消火剤をかけ始めた。しかし煙は衰えを見せるどころか、ますます激しく濃くなって吐き出されてくる。室内の火力もさらに強くなったようだ。

やがて、消防車のサイレンが聞こえ始めた。


山之内は必死で実験室の内部を思い浮かべた。

安全キャビネット、電子顕微鏡、遠心分離器、恒温槽の位置を頭の中に配置し、チェックしていった。最新式の警報器が誤作動することは考えられない。ということは、やはりどこかの気密が破れたのだ。考えられるのは安全キャビネットしかなかった。中にはペトロバグが入っている。何者かが気密を破ったのだ。

頭の中が真っ白になった。実験室に横たわる人間の姿が浮かんだ。その姿が炎の中に倒れている学生の姿につながっていく。

「防護服を用意してくれ」

山之内は椅子から立ち上がり、由美子に言った。

「どうするんです」

「中に誰かいるかもしれない」

「危険です。明日まで待ってください」

「誰かいたらどうするんだ」

「現在、ドアカードの記録から、侵入者をチェックしています。誰か入っていればわかります」

それに——、と言って言葉を切った。

石炭酸ガスが実験室に充満して一時間が過ぎている。中にいるとすれば、すでに死んでいる。

「頼む」

山之内は由美子を見た。その目は思わず目をそらすほどの真剣さと、何かにしがみつこうとする悲壮さに満ちている。

わかりましたと言って、由美子は出ていった。

由美子と入れ違いに、警備員の一人が入ってきた。

「最後に実験室から出たのは山之内先生になっています。退出時間は午後一時五分です。その後は誰も入っていません」

実験データの検討会を始める十五分前だ。

警備員がコンピュータのデータシートを山之内に見せた。確かにその通りだ。

「データが消去されているということは？」

「ないとは言えませんが……」

警備員が戸惑った表情で考え込んでいる。

「コンピュータ管理部に問い合わせて、調べてくれ」

その時、由美子が西村と一緒に防護服を持って戻ってきた。

警備員が何か言いたそうな顔をしていたが、山之内はかまわず西村の助けを借りて防護服に身体を入れた。服は原子力発電所の高レベル汚染地区で使用される服を原型に作られたもので、外部とは完全に遮断される。背中に背負ったボンベで、四十分間の呼吸ができる。由美子が横であきらめた顔で見ていた。

山之内は実験室に向かった。

シャワー室で消毒液を浴びた後、更衣室に入る。両側のドアが閉まった。ドアのスイッチを押すとP４ラボ側のドアが開いた。ここまでは異常はない。いつも通りだ。背中のボンベが壁に当たり、鈍い音を立てる。

ガスで視界が二メートルほどしかない。周囲を探りながら、ゆっくり歩いた。床には何もない。

顔を上げて、思わず声を出した。

安全キャビネットのゴム手袋が切り裂かれ、一センチほどを残して垂れ下がっている。

顔を近づけて、キャビネットを覗き込んだ。フラスコが割れ、キャビネットの底に濃緑色の液体が広がっている。

山之内の心臓は最高速で打ち始めた。

「大丈夫ですか。応答してください」

インターホンから、由美子の声が聞こえてくる。

２

Ｐ４ラボに保管していた細菌はすべて死滅した。本来、緊急殺菌装置はそのために備えられたものだった。すべての菌を殺す。

第七セクターの四人の研究員たちが、会議室に集まっていた。重苦しい空気が立ちこめている。彼らの顔には一様に、絶望とあきらめと居直りの入り交じった複雑な表情が浮かんでいた。

「残っているのはペトロバグの死体だけ。細菌の死体なんて、実感わかないですよね。葬式も出せないし」

西村の冗談にも誰も笑わなかった。

「保管室にもないのか」

富山がイライラした様子で部屋中を歩きながら聞く。

「Ｐ４ラボで作られたバクテリアよ。外にあるわけがないでしょう」

由美子が怒ったような声を出した。

「残っているのは、データだけか」

「フロッピーや磁気テープで石油はできませんよ」

「野生株が残っている。新しく作ればいい」

黙って研究員の言葉を聞いていた山之内が静かな声を出した。視線が集中する。

「今度は見えない目標に向かって進むんじゃない。私たちが目指したものは確かに存在した」

アルミエア洞窟から採集してきた土壌は、土壌保管室に保管してある。その土壌から培養したペトロバグの原型となる野生株も、冷凍室に保管してある。その何種類かの株の遺伝子を融合し、さらに遺伝子操作をしてペトロバグが創造されたのだ。

「時間がかかりますよ。うまくいってひと月。それも完全なものができるかどうかわからない。可能性は五分五分です。遺伝子の解読がまだできてないんですから」

その時、ドアが開いて警備主任が入ってきた。

テーブルの上にコンピュータのストックフォームを広げた。

「たしかに、山之内先生の後に誰かが入っています。データを消去した跡があります」

全員がテーブルのまわりに集まった。

「誰だか、わかりませんか」

「システム管理部の連中も調べてくれましたが、消去の痕跡があるということしか、わからないそうです。かなりコンピュータに精通した者。しかもここまでうまくやれるのは、内部の者しかいないと言い切っています」

警備主任が戸惑いを隠せない顔で言う。全員が顔を見合わせた。

「僕たちじゃないですよ。会議室に集まってましたからね」

西村が言い訳のように言った。

〈確かな情報源がある〉山之内の脳裏に、近藤の言葉が浮かんだ。

「捜査のほうは警察と保安係に任せて、私たちはペトロバグの再生に全力を尽くそう」

山之内は自分自身に言い聞かせるように声を出した。


事故の翌日の午後、林野微生物研究所にジョン・キャンベル博士が訪ねてきた。訪問していた大学で事故のことを聞いて、急遽予定を変更してきたと言った。

山之内は事故のあらましを話し、現在Ｐ４ラボは立入禁止になっていることを告げた。

「なんと言っていいか……」

キャンベルが悲痛な表情で山之内を抱き締め、怪我はなかったか聞いた。しばらく山之内を見つめた後、口を開いた。

「野生株は？」

「無事だった」

「ＤＮＡデータは？」

「完璧ではないがそろっている」

「じゃあ、問題はない。あとは時間だけだ」

キャンベルは一気に質問をした後、ほっとした表情を浮かべた。

「私は明日、アメリカに帰る。私にできることがあれば、なんでも言ってくれ」

山之内の肩を叩きながら、再び太い腕で抱擁した。

その時、研究員たちが入ってきて、キャンベルに握手を求めた。

西村は大袈裟《おおげさ》に喜びを表現して、キャンベルの著書を持ってきてサインをもらった。

由美子はドアの横に隠れるように立ち、遠慮がちな視線を向けている。

「日本にも女性科学者がいるんだな。しかも美人だ」

キャンベルが由美子の姿を見て、おどけた声を上げた。

「彼女はアメリカ国籍も持っている。サンフランシスコ生まれだ」

「ぜひ私の研究所にも招待したいね」

キャンベルは由美子に近づくと、肩に手をかけ馴々《なれなれ》しい様子で話しかけた。

由美子が戸惑った表情で答えている。

山之内はそっと視線を外した。キャンベルの遠慮のない態度に嫉妬に似た感情を覚えたのだ。自分でも意外な心の動揺だった。


キャンベルはホテルに向かうタクシーのシートに深々と腰を下ろした。

自然に笑いが込み上げてきた。友人としては気の毒だが、研究者としてはホッとした気持ちのほうが強かった。俺にもチャンスが残っている。すでにアルミエア洞窟には人を派遣して、大がかりな土壌採集を行なった。今頃は、研究所を挙げて石油生成能力のあるバクテリアの特定作業を行なっているだろう。これからの科学は組織力と資金力だ。有能なリーダーのもとに、十分な資金を持った組織が一体となって取り組む。山之内がいかに有能であろうと、我々の組織と資金には及ばない。

しかし、あれが彼のチームだとは。まるで高校生の科学クラブだ。あのチームで、あれだけの仕事をするとは……。やはり彼は俺が思っていた通りの男だ。いや、それ以上にすばらしい科学者だ。リクターはなんとしても野生株を手に入れてくるようにと言ったが、知ったことか。俺はジョン・キャンベルだ。火事場泥棒のような真似《まね》はしたくない。石油生成バクテリアは俺が作り出す。自分自身の力で。遺伝子工学では第一人者の俺が――。それにしても、あの女が山之内を見る目は明らかに――。いや、そんなことはどうでもいい。それよりも早く帰国してやることがある。

キャンベルは膝のカバンを抱いて、何度も頷くように首を振った。頭の中では実験計画がめまぐるしく駆け巡っている。

その日の朝刊に、林野微生物研究所に関係する二つの記事が出ていた。

一つはＰ４ラボの事故の記事だった。もう一つは社会欄に小さく載った、研究員の服部孝一、二十九歳が、自宅マンションで焼死したという記事だった。

新聞より派手に扱ったのが、お昼のワイドショーだった。若い男性レポーターが、マンションの住人に話を聞いてまわっていた。

部屋は全焼だった。服部は、台所のガス台の上に覆いかぶさるようにして死んでいた。警察と消防は事故と自殺の線で捜査を始めている。部屋の内部の焼け方に比べて、遺体の損傷が激しかった。まるでガソリンをかぶって火をつけたようだと、消防署員の言葉として報道された。遺体は完全に炭化して、解剖は難しい状態だった。細菌保管容器も見つかったが、熱で変形して原形を留めていなかった。容器は耐熱性は持っていない。当然、中身も燃え尽きて、何が入っていたか調べようがなかった。

警察は当初、死体の不自然さから何者かに殺されてからガソリンをかけられ焼かれたとの見方もしていたが、確認のしようがなかった。目撃者の証言で服部がマンションに帰って二十分以内に火が出たことになるが、その間に不審な人物の目撃もなかった。服部に自殺する理由もなかったことから、事件は疑惑を残したまま、事故として片づけられる公算が大となった。

『林野微生物研究所で事故。石油生成バクテリア消滅か。夢と消えた人工石油』

ニュースが伝えられた翌日には、スポット石油価格が高騰を始めた。一時は十二ドル近くまで下がっていた価格が二十五ドルを超し、三十ドルに迫る勢いだった。

大手ヘッジファンドの巨額損失のニュースが流れ始めた。

夕方、山之内と林野は再び稲葉の訪問を受けた。

「今朝、成田に着きました。研究室の事故はアメリカで知りました」

稲葉はワシントンのエネルギー省に出張していたと言った。

「こんな結果になって残念です」

唇を噛み、拳を握りしめている。

「バクテリアの発見が日本で新聞掲載された後、アメリカでは、直ちに大統領直属の研究チームが作られたようです。何の対策も立てようとはしない日本政府とは大違いです。しかし、大統領の特命を受けた国務長官を来日させるという手筈をとろうとした時に、事故のニュースが入りました。しばらくは静観する態度です」

「私たちはもうこれ以上、どこからも邪魔されたくない」

山之内は低い声を出した。

「そうはいきません。アメリカは石油を現在における最も重要な戦略物資と位置付けています。もしこのバクテリアが実用化されるとなれば、アメリカの世界戦略は大きく修正されます。特に中東諸国への戦略は根底から見直す必要が出てきます。また、実質世界経済の六五パーセントを握る日米は、世界の経済安定に多大な影響力と責任を持っています。急激、かつ大規模なエネルギー変革は現在の経済システムを破壊する恐れがあり、慎重に考えているようです」

それにと言って、かすかに笑った。

「大統領以下、政府の実力者たちは、日本が石油生成バクテリアの開発に成功したとは本気では信じていないようです。アメリカの大手企業や大学や研究所が精力的に取り組んでいて、いまだに成功していないものが、日本でできるわけがないと信じ込んでいるようです。それでも、日本政府より、はるかに対応は早かった」

ところでと言って軽く息を吐き、山之内と林野の顔に交互に視線を向けた。

「石油生成バクテリアはどうなるんですか」

真剣な顔で二人を見ている。

「私たちが復活させます」

林野が穏やかな声で言った。


ニューヨークは陽が沈もうとしていた。

赤い粒子を含んだ光が、わずかに開けられたブラインドの隙間から流れ込んでくる。

ジェラルド・リクターは立ち上がり、窓の側まで行ってブラインドを閉めた。赤い光は遮断され、穏やかな丸みを帯びた室内光に変わった。

「失敗したのか……」

リクターは机に戻りながら、呟くように言った。全身から力が抜けていく。

「事故です。バクテリアは全滅したそうです」

トーマスは、老人のあまりの落胆ぶりに驚いた表情を隠そうと視線を外した。

「それで――バクテリア再生の可能性は」

「正確な情報は入っていませんが、可能だそうです。ただ時間が――」

「アラブの連中も動いているそうだな」

「そのようです。今度の事故もひょっとして……」

「まあいい。これでそのバクテリアの信憑性《しんぴょうせい》が高まったということだ」

リクターは気を取り直そうと、語調を強めた。

「彼には、帰国したらすぐ、報告に来るよう申し伝えました」

「引き続き監視を怠らないように指示してくれ」

「わかっております」

トーマスは一礼して、部屋を出た。

リクターはコンピュータのスイッチを入れた。

コンピュータは同じ階にある、『リクターの戦略室』と呼ばれる部屋のメインコンピュータにつながっている。そのコンピュータには二十四時間態勢で、世界中からエネルギー、金融、政治情勢を含めたあらゆる情報が入ってくる。その情報は、ロックフェラー家に関係するすべての企業、機関に送られる。

キーボードを叩くと、世界地図が現われ各地のスポット石油価格が表示された。

ペトロバグ。このバクテリアが本格的に開発されれば、いま目の前に入ってくる石油情報はまったく違ったものとなるだろう。日本が石油輸出国になる。石油を求めて世界中のタンカーが日本に向かう。バカな――。リクターは頭を振って、その考えを振り払った。

コンピュータの電子音が鳴り始めた。リクターは思考を中止して、ディスプレイに見入った。ディスプレイ上で、スポット石油価格が刻々と値を上げていく。すでに世界は、ペトロバグ消滅のニュースを捉えたのだ。

リクターは深い溜息をついて、コンピュータのスイッチを切った。

Ｐ４ラボが機能を取り戻したのは、四日後だった。

その間、警察の立ち入り調査と厚生労働省の検査があった。

ラボ機能の損傷はなかった。安全キャビネットのゴム手袋の破損だけだった。それとペトロバグの死滅。研究員たちは自らを元気づけるように、無理に明るく振る舞っていた。

「バクテリアはすべて正常です。元気に増殖しています。後はＤＮＡをちょっとばかり変えてやるだけです」

西村が培養室から出てきて言った。

彼は液体窒素で凍結させたペトロバグの野生株を解凍して、培養している。

「手品と同じようなものなんだ」

久保田が珍しく皮肉を含んだ口調で言った。

「Ｐ４ラボの整備もすんだ。安全キャビネットの入れ替えも終了している。今週中に細胞融合を行なって、遺伝子組み換えの開始だ。がんばってくれ、優秀な手品師君」

山之内は西村の肩を叩いた。研究員たちは自分の持ち場に戻っていった。しかし彼らも、これからの仕事が簡単でないことは十分承知している。

山之内は椅子に座り、ディスプレイに目を移した。培養液の中でバクテリアは猛烈な勢いで分裂を繰り返している。凝視する山之内の心の奥には、重い澱のようなものが溜まっていた。その思いはしだいに濃さを増し、次々と分裂して数を増していくバクテリアの姿に重なっていく。なぜだかわからない――。それは研究者の直感と呼べるものだった。山之内はなんとかその考えを振り払おうとした。しかし考えまいとすればするほど、その不安は山之内の精神《こころ》にしみ込んでくる。

第七セクターの研究員は連日研究所に泊まり込んで、ペトロバグの再生に取り組んだ。中でも由美子の働きは目覚ましかった。その努めて明るく振る舞うひたむきな姿には、全員が力づけられた。果てしなく続く単調な作業に、ほのかな光明を灯《とも》すものだった。

事故後、マスコミと大東愛国会の林野微生物研究所に対する攻撃は、ますます激しくなった。大東愛国会が配るビラには、山之内の写真が大きく刷り込まれていた。攻撃の矛先は研究所と個人の両方に向けられていた。

東日新聞の社会面に『闇の遺伝子操作　疑惑の元大学助教授』という見出しの特集記事が組まれた。

東京郊外にあるバイオ研究施設で遺伝子操作に関係する実験が行なわれ、事故が起きたことを取り上げていた。そこで培養された細菌が、盗難にあった可能性が強いことも報じている。近藤将文が書いたものに違いなかった。

3

二週間後、新たな組み換えバクテリアが創造された。

バクテリアは石油生成能力を示した。ただちにタンパク質の分析が行なわれ、遺伝子配列が調べられた。それは未確定部分は別にして、残されていたNo．3087Xの遺伝子配列と一致した。ペトロバグは再生された。当初予定されていた時間の倍近い早さだった。

山之内は研究所の屋上で、北のほうを見ていた。彼方には群馬の山々が連なり、冬の陽を浴びて輝いている。

「先生、どうかされましたか」

振り向くと、林野史郎が立っている。

「顔色がお悪い」

「会長こそ、お疲れでしょう」

痩せた身体がますます骨張り、穏やかな顔つきのなかにも時折り焦りのような表情を浮かべることがある。

林野は事故以来、警察を含め関係省庁を走り回っていた。

P4設備を備えた実験室の事故は、国内では初めてだった。マスコミの中には、一九九九年に東海村の核燃料加工工場で起こった臨界事故に匹敵すると述べているものもある。

「いや、私は今が生涯で最も充実した時だと思っています。企業人として、また科学に憧れた人間として、歴史的ともいえる瞬間に立ち会えるのです。しかもその中心で関わることができるのですから」

山之内はあらためて林野を見た。この小柄な老人の中に、どうしてそんな精神力があるのだろう。

「その機会を与えてくれたのは、先生――あなたです」

深々と頭を下げた。

「あなたこそ、私にチャンスをくれた。生きることを教えてくれた」

林野がわずかに微笑《ほほえ》んだ。

「焦らないでペトロバグの正体を見極めてください。研究に焦りは禁物です。科学は両《もろ》刃《は》の剣《つるぎ》です。正体を見誤ると、とんでもないことが起こります」

林野が山之内に言った。しかしその顔には、やはり疲労の色が濃く滲んでいる。

「先生、僕たちはいったい何をやってるんですかね」

西村が部屋に入ってくるなり、怒鳴るような声を出した。

部屋中の者が振り向いた。西村が動くたびに胃を収縮させるような異臭が漂ってくる。

「正門前でこのざまですよ」

コートを脱いで、相原由美子の鼻先に突きつけた。

悲鳴に近い声を出して、由美子がとびのく。コートの背に黄色い染みと粘性のある液体が広がっている。

「卵ですよ。腐った卵。ガキにやられました。小学校三年くらいの女の子が、地球を汚すなって、ぶつけたんですよ。こっちは殴ることもできやしない」

コートを丸めて机の上に叩きつけた。由美子がビニール袋を持ってきて、指先でつまんで入れた。

「僕たちは日曜まで返上してやってるんです。何のためだ。好きでやってるんだから勝手だと言われりゃその通りですがね。こんな扱いはないでしょう。あのガキどもや、そのまた子供のガキどもが飢えに苦しまないように、寒さに震えないように研究してるんです」

西村が溜まっていた不満を吐き出すようにしゃべり続ける。

山之内は黙って聞いていた。他の研究員も同じ思いだろう。研究所の周りには右翼の街宣車が軍歌を流しながら、がなり立て、大手のマスコミまでが住民の不安を煽《あお》るような記事を書き始めている。それに比例して、住民からの研究所に対する風当たりも強くなっている。研究員の間に、焦りと動揺が出てきているのは確かだ。しかし山之内にはなす術《すべ》がなかった。


その日の午後、第七セクターに林野史郎がやってきた。

「先生、二、三時間おつきあい願えませんか」

林野はコートを着て、外出の用意をしていた。

二人は研究所の裏門から外に出た。カーキ色の制服を着た若者が三人、門の横の日溜まりに座り込んで暇そうに煙草《タバコ》を吸っていたが、横目で見ただけだった。八十に近い年寄りと不精髭に覆われた中年の二人連れなど、眼中になかったのだろう。

林野史郎と山之内は並んで歩いた。

「先生とこうして街を歩くのは初めてですね」

林野が穏やかな口調で言う。

山之内をかばうようにゆったりとした歩みだったが、背筋をピンと伸ばし、とても七十八歳とは思えなかった。

林野は旧制中学校を出てから軍隊に入っている。軍では中国大陸に行っていたと、社内報か何かで読んだことがある。そこで医療、化学関係の部隊にいたらしい。戦後復員して林野研究所を設立し、軍隊で得た化学知識を生かして、石けん、肥料、アルコール、醤油、味噌、歯磨き粉、合成甘味料など、金になりそうなものは何でも作った。

そのうちに社会が落ち着き大手企業が生産活動を始めると、大手が手を出さない隙間的な研究に活路を見出《みいだ》した。現在でいうベンチャービジネスに近い形態である。生産活動よりも研究に重点を置き、特許料や企業の委託研究で利益を得るようになった。そんな折、微生物による新しい型の肥料を開発して、現在の林野微生物研究所の基礎が作られた。その特許はいまだに世界中から金を生み出している。

JRを池袋駅で降りて、十分ほど歩いた。

通りをそれて雑居ビルの建ち並ぶ一郭に入り込んだ。薄暗い路地が続いている。

林野は間口の狭い古びたビルの前に立ち止まり、中に入っていく。狭い階段を三階まで上がった。

薄暗い廊下を歩いて突き当たりのドアの前で立ち止まり、山之内を振り返った。ドアには英語と日本語で、『グリーンエンジェル　東京本部』の看板がかかっている。

林野はノックをして返事を待たずドアを開け、山之内に入るよう促した。山之内は入りかけて、一瞬躊躇した。なぜか大東愛国会の中里に会った時のことが、頭に浮かんだのだ。

部屋に入ると喧騒《けんそう》が二人を取り囲んだ。

話し声とプリンターの印字の音、キーボードを叩く高い音が響いている。縦に長い部屋には壁の一方に机が並び、パソコンやプリンターが並んでいる。反対側にはアングルを使って背の高い棚が組まれ、資料の入った段ボール箱がぎっしり積まれている。その間を二十人近い人が歩きまわっていた。半数はジーンズに派手なフリースやセーターを着た、学生のような若者たちだ。ＣＮＮニュースの早口の英語が聞こえている。山之内は新聞社のオフィスを連想した。

林野は近くにいた女性をつかまえて、何か言った。女性は頷いて、部屋の奥を指さす。林野がドアの横に立ったまま、あたりを見ている山之内を振り返った。

「先生、グリーンエンジェルの方たちです」

林野が山之内の耳に口をつけるようにして言う。

その名前は山之内も聞いたことがある。ここ数年、有名になった環境保護団体だ。マスコミにも頻繁に登場し、国会に議員を送り出す準備も進めている。森林保護、原発廃止、河川、海洋の復元を唱え、現在、計画が進められているいくつかのダムや空港建設にも反対している。

二人が慌ただしく行き交う人を避けながら奥に歩くと、突き当たりの横にあるドアが開き、ベレー帽をかぶった男が出てきた。身体全体が丸っこく、女性のような感じがする。林野に気づくと、顔中に笑みを浮かべ、手を振った。

二人は奥の部屋に案内された。

ドアを閉じると事務所の喧騒が嘘のように消えた。

窓の前に机があり、その前に落ち着いたベージュ色の応接セットがある。

「あなたは……」

ソファーに座っている坊主頭の男を見て、山之内は思わず呟いた。

「平岡雄司。研究所で会った」

男が無愛想に言う。

大東愛国会会長中里の隣に座っていた男だ。山之内に向けていた、刺すような視線が蘇《よみがえ》ってくる。

「右翼が環境問題に関心を持ってはおかしいかね」

平岡が当惑している山之内に、薄笑いを浮かべた。

林野はベレー帽の男と親しそうに握手を交わしている。

「グリーンエンジェル日本代表の柴田さんです」

山之内に向き直り紹介した。縁のないメガネをかけた、色の白い男だ。ベレー帽の端からのぞく髪も見事なほど白い。

一見好人物のように見えたが、その目には人の裏側を見つめるような醒《さ》めた冷たさを秘めている。

柴田は女性っぽい笑みを浮かべて手を差し出した。山之内はその手を握った。柔らかく生温かい感触が伝わり、思わず背筋を冷たいものが流れた。

他に二人の男女がいた。一人は三十代と思われる黒人男性、もう一人は二十代前半の白人女性だ。二人も立ち上がり、流暢な日本語で挨拶して山之内に握手を求めた。

林野と山之内はソファーに座った。

「現在、私たちが研究を続けているバクテリアについて、ご相談にうかがいました」

林野は四人に一人ひとり視線を向けながら話した。

「ペトロバグとかいう、炭化水素物質から石油を生成するバクテリアのことですかな」

柴田が静かな口調で言う。

山之内は思わず身構えた。ペトロバグという言葉に無意識のうちに反応したのだ。この名前は公式には発表していない。第七セクターの仲間内の呼び名にすぎない。マスコミにもこの名前を挙げているのは一社もないはずだ。

「どうしてその名前を――」

「そうです。そのペトロバグについてお願いにまいりました」

山之内の言葉を林野が遮った。

柴田の口許に笑みが浮かぶ。

「我々は世界八十七カ国に支部を持っています。専属の職員も三百名を超えています。協力者は数え切れません。一般の人たち、大学教授や政府機関の職員も多数います。もちろん、日本にもです。全員、自分の役割を心得ている。個人の持つわずかな力で、この地球を守っていこうと思っている人たちです。彼らが二十四時間、全世界から情報を送ってくれるのです。これ以上の情報源はありますか」

柴田が山之内に射るような視線を向け、自信を込めて言う。

山之内が何か言おうとするのを、林野が押し止《とど》めた。

柴田が席を立ち、机の後ろに回って引き出しからパイプを出して戻ってきた。

「ところで、相談とおっしゃるのは何ですかな」

「相談というよりお願いです。あなた方の機関を通じて、ペトロバグの正しい姿を伝えてもらいたい」

柴田がパイプに煙草を詰める手を止めて、顔を上げた。

山之内も思わず林野の顔を見た。

「ペトロバグは、人類にとって必要なものです。そして現在、マスコミによって伝えられているような危険なバクテリアではありません。P4施設の中に封じ込められた、研究中のバクテリアです。私どもにとっても未知のバクテリアで、現在その特性を調べているのです。安全が確認されるまでは、外部に出されることは決してありません。私たちは何重にも防御装置を備えた、最新の設備のもとで研究を続けています。バクテリアがどのような特性を持っていようとも、この施設の中にいるかぎりは安全なのです。どうかあなた方の組織を通じて、この研究の安全性と必要性を伝えてもらいたい。もっと直接的に言えば、妨害をやめさせていただきたい」

林野が柴田を見ながら、きっぱりとした口調で言う。

柴田はしばらく考え込んでいた。パイプの香ばしい香りが部屋に流れた。

「話の趣旨はわかりました。しかし、私たちもあなた方の話をそのまま受けるわけにはいきません。それには情報が必要です。あなた方の研究施設、およびペトロバグについての情報を提供していただけますかな。我々の専門家が調査して、納得できるだけの」

柴田が視線を林野から山之内に移す。

「私は一介の科学者です。そういったことは、会長の判断にまかせています」

山之内の言葉に、柴田は静かに微笑んで頷いた。

林野はカバンから封筒を取り出した。

「これはペトロバグに関する資料です。ただし、この細菌はあくまで研究中のものです。一部マスコミに取り上げられているように、研究し尽くしたものではありません。私たちもその正体を探るべく研究を続けているのです。このことはご理解いただきたい」

柴田は封筒を受け取ると書類を出した。

データと写真を添付した十枚ほどの書類と、Ｐ４ラボの図面が入っている。柴田の横の二人が身を乗り出してきた。二日前の内部検討会で使用した、何枚かの最新データも添付されている。

山之内が林野を見ると、なだめるような眼差しを送ってくる。平岡の目が、またあの刺すような輝きを帯びていた。

4

二人は一時間ほどで、『グリーンエンジェル』を後にした。

ビルを出ると、陽はすでに沈んでいた。冬の寒気が二人を包む。すでに十一月も半ばに近い。

「先生はご不満でしょう。資料を渡してしまったりして」

林野が立ち止まって山之内を見た。

「私も研究にたずさわったことのある人間です。データのサワリというものは心得ています。何が重要で、何が重要でないか。何が価値があり、何が無価値か——。そのへんを考えた上で置いてきました」

つまり、毒にも薬にもならないものですと言って、林野は再び歩き始めた。そして、すぐに立ち止まった。

「どうです、一杯」

林野史郎は山之内を見て笑った。

二人はJR北口近くの裏通りにある居酒屋に入った。

汚いエプロンをした男がカウンターの中から林野に目で挨拶を送ってくる。無愛想な顔をした初老の男だ。六、七人も座ればいっぱいになりそうな、カウンターだけの店で、壁は油で黒ずんでいる。カウンターの隅をゴキブリが走っていく。

「池袋に来たときは寄るようにしています」

山之内の怪訝そうな顔を見て、林野が言った。

「このあたりの闇市にはよく通いました。なぜか長年住み慣れた家に帰ったようで、ほっとするんですよ」

林野はコートを壁に掛け、一番奥に座った。そこが林野の定席《じょうせき》らしかった。客はテレビの側に労働者風の二人連れがいるだけだった。山之内には林野とこの薄汚れた居酒屋がうまく結びつかなかった。

「それにしても――」

山之内は言葉を止めて林野を見た。

「彼らはペトロバグという名を知っていました」

「研究所内ではかなりの者が知っています。横の結びつきから考えて、仕方のないことだと思っています」

実験の内容によっては、他のセクションの研究者にアドバイスを受けることもある。現在の科学技術は共同作業であり、とても一人でカバーできるものではない。へたに秘密を重視しすぎれば内部の反発を買う恐れもあるし、成果も上がらない。

「そのことについては私にまかせてくださらんか」

林野が山之内に深々と頭を下げた。

店の親父が煮物の丼と、溢れそうに入った徳利《とっくり》を二人の前に置いた。林野はカウンターの隅に伏せてある小ぶりの湯呑みほどの杯《さかずき》を取って山之内に渡した。

「先生には迷惑をかけてしまって」

林野が山之内の杯に酒をつぎながら低い声で言った。

声の調子が急に落ち、暗い影が滲んでいる。林野は彼自身が思っている以上に疲れているに違いない。

「意外だったでしょう。私が柴田さんたちと知り合いだったので」

「正直、驚きました」

「年に二千万ほどの寄付をしています。賛助企業というやつですか。彼らは、日本版ロビイストといったところでしょう」

林野は淡々とした口調でしゃべった。

「今後、企業は環境を抜きにして発展はありません。環境に金を払うことは当然であり、無駄だとは思いません」

「しかし、あれは――」

「先生には、ああいったところはお見せしたくなかったが、今度の仕事には裏のことも多少は知っておいたほうがいいと思いました」

「騒ぎ立てているのは右翼とマスコミです。それをなぜ」

「あの柴田という男は、実に顔の広い男なんです。政界、経済界、右翼、左翼……もちろん、裏の社会にもです。平岡が出入りしていることからもおわかりでしょう。それだけに、敵に回すと恐ろしい男です。だが、味方につければ同じくらい心強い。彼らが騒ぎだす前に、こちらから手を打っておいたほうがいいかと思いましてね。これでマスコミの扱い方もかなり違ってくるはずです」

山之内は意外な気持ちで林野の話を聞いていた。林野の、企業人としてのしたたかさを初めて垣間見た思いがした。

「あの平岡という男は？」

「秋田のきりたんぽをご存じですか」

林野が山之内の質問に答えず聞いた。

「食べたことはありません」

「うまいですよ。私の生まれ故郷の料理です。炊きたてのもち米入りのご飯をこねて、杉の串に巻き付けて焼くんです。囲炉裏がいいんだが、最近はそうはいきません。このたんぽを適当に切り、野菜や鳥肉入りのなべ物にするんです。たんぽは新米で作ります。一度ご馳走《ちそう》しましょう。私の手料理でね」

林野は杯を飲み干した。そして山之内の杯に酒をついだ。

「私は昔から学問が好きでしてね。いや、憧れていたというのが正解ですかな。家が貧しくて大学には行けませんでした。七人兄弟の五番目です。うち四人は子供の時に死に、兄二人は戦死しました……もっとも大学に行っても、頭のほうがついていかなかったと思っていますが」

「会長の洞察力には頭の下がるばかりです」

林野は杯をコップに替え、早いピッチで飲み続けた。顔が青白く変わってきた。

山之内は黙って杯を口に運んだ。

「先生、もういい加減にご自分を許したらどうです。先生を見ていると、つらくなることがある」

突然、あらたまった調子で言った。

「こう考えたらどうです。人にはそれぞれ、神様が与えた使命というものがある。我々はそれに向かって全力を尽くすだけです。神様は先生に使命をお与えになった。だから、あのひどい事故でも生き残ることができた」

林野がゆっくりと諭すように言って、視線を落とした。

「私もね、先生と同じような苦しみがあるんですよ」

山之内は杯を置いて、林野を見た。林野は今にも閉じそうな目で、コップの酒を見ている。今まで見たことのない表情だった。

「七三一部隊、別名石井部隊。ご存じですか」

「中国で中国人の捕虜や民間人を実験に使って、細菌兵器を作っていたという……」

「私もその部隊にいた――」

林野は一瞬言葉を止め、しばらく視線を空に漂わせていた。

「私は軍医助手として、細菌の培養にあたっていました。炭疽病菌《たんそびょうきん》、コレラ菌、チフス菌……。およそ、致死性の高い病原菌はなんでも培養しました。日本に帰って事業に成功したのも、その時仕込まれた細菌の取り扱い方と、化学知識のおかげです。なにしろ、帝大出の当時最高レベルの知識を持った医者や科学者から、直接指導を受けたのですから。その技術を事業に生かしたのです。私は幸運でした、マルタと呼ばれた中国人の捕虜や民間人に対して、直接手を下す役ではなかったのですから――。仲間の中には、戦後、軍事裁判で死刑になった者も多数います。私は罪には問われなかった。しかし、最近考えるのです。あれは、私が殺したも同じだってね。夢に出てくるんですよ。細菌を注射されて、発疹《ほっしん》だらけになって熱にうかされている現地人、凍傷実験と称して極寒の中、裸で杭《くい》に縛られて無理やり凍傷にさせられ、手足を切り落とされた抗日工作員、生きながら解剖された捕虜の姿が……」

　ふうっと深い息を吐いた。そして、続けた。

「終戦前は大変でした。ソ連兵がやってくるというんで、病気で弱っているマルタを殺して、その死体を埋めました。とても燃やしきれるものではなかった。ダイナマイトを使って巨大な穴を掘り、その中に死体を放り込み、消毒剤をまきます。それこそ、何十体もです。総数で言えば数千人が死んでいった。それから施設を破壊しました。跡形も残さず」

　震える手でコップを摑み、一気に飲み干した。

山之内を見つめる目は光を失い、怯えを含んでいる。いつもの、威厳に満ちた林野の姿はなかった。

怯えた老人の姿があるだけだった。

「科学って、何なのでしょうかね」

ぽつりと言って、あらためてついだ酒を飲み干した。しばらく何も言わず、コップを見つめていた。

「三年前、中国に行ってきました。そこで躍動する中国を見るとともに、公害で醜く変貌した中国を見ました。空を覆うスモッグ。立ち枯れる木々。河川はかつての日本のように赤く濁っていました。それは、硫黄分と窒素を多く含む石炭をエネルギー源に利用していることが大きな原因の一つです。ペトロバグの生成する石油は、きわめて良質のものです。おまけにその生成過程で二酸化炭素も吸収する。私はペトロバグを使って、中国に石油生成から精製までの一貫した工場を作りたいのです」

林野の目に、わずかながら光が戻っていた。

「中国ばかりでなく、ロシアにもアジアやアフリカにも作りたい。もちろん、ヨーロッパ、アメリカにもです。そうなれば、世界の争いごとの半分はなくなる。そこを中心にして、人々はもっと豊かで充実した生活を送ることができる。夢みたいな話かもしれませんが、私は本当にそう信じているんですよ」

老人はまるで子供のように語った。

テレビの上の古い掛け時計は、十二時を回っている。

山之内は林野を抱えるようにして店を出た。

細い雨が降り始めている。

林野は遠慮なく体重をかけてくる。林野のこんなに無防備な姿を見るのは初めてだった。

タクシーを拾おうと駅前の通りまで歩いた。タクシー乗り場には、長い列ができている。

冷たい雨の中を一時間近く並んで、やっとタクシーに乗り込んだ。

所沢にある林野の家に着いたのは二時前だった。飛び出してきた加藤夫妻に林野を任せて、山之内は再び車に乗り込んだ。

翌日、山之内は昼近くに研究所に行った。

アルコールが身体の半分以上に溜まっていて、口を開くと溢れてきそうだった。研究棟に入るとき、林野史郎とすれ違ったが、林野は何事もなかったように頭を下げて行ってしまった。

山之内と林野がグリーンエンジェルの柴田と会って二日目には、大東愛国会の街宣車がいなくなった。テレビや週刊誌から林野微生物研究所の記事が極端に減り、翌々週には消えてしまった。

5

山之内は室長室で、ペトロバグのデータを検討していた。温度、圧力変化に対する生息、増殖変化。各種の培養液、薬品中での生息状態、生息領域、変化の様子が調べられていた。

さらに、生成された炭化水素化合物の詳細な分析結果も出始め、きわめて良質で製品価値の高いものであることが判明した。構成物質や生成効率から、将来の工業化プラントの計画も検討され始めた。

遺伝子の完全解明という課題は残されていたが、研究を進めるための大きな障害は見当たらなかった。しかしそのことがかえって、山之内の脳裏に淀《よど》む不安にも似た重苦しさを押し広げていった。

荒々しくドアが開いて、由美子が飛び込んできた。

「先生、会長が倒れました」

山之内は反射的に立ち上がった。由美子の言葉を頭の中で反芻《はんすう》して、数秒後やっと言葉の意味が理解できた。同時に、頭から血の気が引いていく。

「ホテルでの記者会見中に急に倒れ、救急車で区立病院に運ばれました」

由美子の言葉が終わらないうちに、壁に掛けてあるコートを摑んでいた。

「私がお送りします」

由美子が白衣を脱ぎながら言う。

由美子の軽自動車で病院に向かった。

集中治療室の前の椅子には、林野和平所長と数人の所員が座っていた。山之内の姿を見て、全員が立ち上がった。

「容態はいかがです」

山之内は聞いた。

「過労だそうだが、年が年だけに……」

所長は言葉を濁した。

他の所員たちは、胡散臭《うさんくさ》そうに山之内と由美子を見ている。

「それで、命のほうは……」

由美子が遠慮がちに聞いた。

「縁起でもないことを。問題あるわけないだろう」

副所長の飯田が露骨にイヤな顔をした。山之内は全身から力が抜けるのを感じた。

「あの記者たちは？」

ロビーにいた、数人の記者を思い出して聞いた。

「記者会見場からついてきたんだ。すぐに帰るよ」

所長がわずかに顔を歪めて答える。

治療室のドアが開いて、医者が出てきた。

「過労による貧血ですが、ご高齢なのでしばらく安静が必要です。二十四時間、集中治療室にいてもらって、経過を見て病室のほうに移ってもらいます」

丁寧な口調で言った。山之内は崩れるように廊下の椅子に座り込んだ。

「今後、父にはペトロバグについては一切耳に入れないようにしてください」

所長がいつになく、きっぱりとした口調で言った。いつもは会長と呼ぶ呼び方も、父に変わっている。

「今回は父も無理をしすぎました。しょせん、一民間研究所の手に負えるものではなかったのです。以後は私の指示に従ってもらいます。いくらやりたいと言っても、歳ってことをまったく考えてないんだから。引退して、庭いじりでもしてくれてたら……」

最後は独り言のように言った。山之内は無言のまま頷いた。

「ここは我々に任せて、先生は研究所にお帰りください」

所長の横から、飯田が慇懃な口調で言う。

山之内は何か言おうとする由美子を押し止めた。会長をよろしくお願いしますと頭を下げると、由美子を促しエレベーターに向かって歩いた。

「ああいう言い方はないですよね」

エレベーターに乗り込むとすぐに、由美子が口を尖《とが》らせた。

「後継者としての自覚に目覚めたんだろう」

しばらく黙っていた山之内が口を開いた。

エレベーターのドアが開くと、長身の男がロビーを横切ってくる。

東日新聞の近藤記者だ。近藤はまっすぐ山之内のほうにやってきた。

「林野会長の見舞いですか」

近藤は一度由美子のほうに目をやってから、山之内に視線を向けた。山之内は何も言わず通り過ぎた。この男と話しても正確に意思が伝わることはない。

「来週ぐらいに政府が動きだしますよ」

近藤の声が山之内を追ってくる。

山之内はそのまま歩き続けた。由美子が小走りに追ってくる。

「どういうことです。政府が動きだすって」

駐車場に行って、車をスタートさせてから由美子が聞いた。

「まず、研究資料の公開というところかな。次に実験室の立ち入り検査。強引に閉鎖を打ち出してくるかもしれない」

山之内は無表情に答えた。

「今、そんなことされると困ります。パニックです。資料はまとまっていないし、実験室には我々以外、研究所内部の者さえ立入禁止にしているんです」

「政府のことだから、やるとなると問答無用でやってくる」

五年前も山之内の過失を立証すると称して、研究資料、データすべてを持っていった。

彼らがそれをどう活用したか知らないが、返されたのは一年後だ。先端技術の研究資料は、その頃には考古学的資料になっている。

「そんな他人《ひと》ごとのような言い方をしないでください」

由美子の声が震えている。見ると、その目が潤んでいた。

「悪かった。……私もこの先、何が起こるかわからないんだ。何が起ころうと動揺しないことだ。慌てるとそれだけ相手につけ込まれる」

山之内は前方を見つめた。

空が曇り、今にも雨が降り出しそうだった。窓を開けると、湿り気を含んだ冷たい空気が吹き込んでくる。

街は混んでいた。由美子がＣＤのスイッチを入れると、英語の曲が流れてきた。由美子はハンドルに置いた手の指先で、曲のリズムをとっている。

山之内は目を閉じた。五年前を思い出していた。

たしかに自分を見失っていた。教授の椅子は目前にあり、手に入れる自信はあった。目標に向かってひたすら突っ走り、目の前にいる相手を振り払うだけで、何が起こっているのか考える余裕はなかった。

気がついた時にはすべてを失っていた。自分が愛していると信じていた家族も、生涯を捧げるつもりだった仕事も。残されたものは、すべてを失った無力な自分一人だった。

渋滞はしばらく続きそうだった。由美子がＣＤを消した。

「寝ててください。昨夜はほとんど寝てないんでしょう」

目を開けた山之内を見て、由美子が言う。

「きみこそ最近は満足に寝てないだろう」

「じゃあ、これから二人でホテルにでも行って、睡眠をとりますか」

由美子が冗談のように言って笑ったが、どこかぎこちない笑いだった。

最近、由美子の顔から明るさが消えたように感じることがある。研究室では笑顔をつくっているが、それが作りものであることはわかっていた。時折り見せる淋しそうな表情こそ、この美しい娘の本当の姿かもしれない。疲れている、みんな疲れているのだ、と山之内は思った。

由美子は交差点で、突然ハンドルを左に切った。後ろの車が急ブレーキをかけて、ホーンを鳴らした。

車は急に速度を増した。

「どこへ行く」

「ドライブしませんか。どうせ、いま帰っても、仕事にはならないでしょう」

そう言うと、由美子はアクセルを踏み込んだ。

車は高速道路に入り、横浜方面に向かって走った。軽いエンジン音を響かせ、速度を増していく。

一時間ほど走ってから、高速道路を下りた。

海岸に沿ってしばらく走った。左手に冬の太平洋が広がっている。

由美子が窓をわずかに開けると、冷たい潮風が吹き込んでくる。

「アメリカに帰ろうかな」

呟くような声が聞こえた。アメリカで生まれた彼女は、アメリカの市民権も持っていると聞いている。

「いま帰られると私が困る」

山之内は由美子を見て言った。

健康そうな横顔が冬の光に輝いている。風になびく髪が額にかかって揺れていた。思わず視線を外した。美しい横顔の中に、ドキリとするほど淋しそうな影が走るのを見たのだ。

「本当ですか」

ちらりと山之内に視線を向けた。

「私が嘘を言ったことがあるか」

「私のこと、嫌っていらっしゃるんでしょう」

「どうして……」

「私が腕を組もうとした時——。先生のお宅に迎えに行った日です。その時、突き飛ばされました」

「突然だったので驚いたんだ」

「先生の目、そんなのじゃなかったです」

「どんな目だった」

由美子は黙り込んだ。

「恐い目……」

しばらくして低い声が聞こえた。

「悲しそうで……戸惑っているようで……怒っているようで……恐れているようで……諦めているようで……どう表現していいかわかりません。でも、拒否されていることだけはわかりました」

山之内は言葉が出てこなかった。長い間、無言で車のエンジン音を聞いていた。

「許してくれるとありがたい」

ぽつりと言った。それしか思いつかなかった。

「謝ってなんか、ほしくないです」

「どうしてほしい」

「私、先生が――」

一瞬言葉を止め、次の言葉を探すように黙っている。

「私たちは味方です。みんな先生を尊敬してます。先生の助けになりたいと思っています」

「わかっている。きみたちには感謝している。私は研究室でだけ安らぎを感じる。これは本当だ」

「じゃあ、もっと心を開いてください」

由美子はそれっきり黙り込んだ。前方を睨むように見て運転している。

「なぜ、林野微生物研究所のような地味な研究所に入ったんだ。きみなら、もっと有名な研究所や大学の口もいくらでもあっただろう」

たとえばキャンベル研究所と言いかけて、山之内は言葉を飲んだ。由美子の肩に手をやって、顔をつけるようにして話しているキャンベルの姿が浮かんだのだ。思わず由美子から目をそらせた。

「お願いがあります」

由美子は山之内の問いには答えず、正面を向いたまま言った。

「何でも言うことを聞くよ」

「腹ペコです。食事、ご馳走してください」

車のデジタル時計が一時を示している。

車は海岸沿いのレストランの駐車場に入っていった。

壁も天井も、テーブルも椅子も、すべて白の洒落《しやれ》たレストランだった。

窓の下が海になっていて、ヨットが停泊しているのが見えた。数組いる客はすべて、若い男女だった。

北欧の民族衣装を着たウエイトレスが注文をとりにくると、由美子は長い名前のシチューを注文した。山之内も同じものを頼んだ。由美子がグラスワインを二つ注文した。一つでいいと言うと、私が飲むと言う。

「帰りは先生が運転して下さい。免許証持ってましたよね」

「五年運転してない」

「安全運転で帰りましょ。ペトロバグは待っててくれます」

「こういう店に入るのは何年ぶりかな」

山之内はあたりを見まわしながら言った。

静かなピアノ曲が流れている。由美子はメニューを置いて、不思議そうな顔をした。

「ウエイトレスがいて、音楽が流れていて、ワインが飲めるという意味だ」

「信じられません。でも、そんな気もしてました」

由美子はテーブルに肘をつき、組んだ手の上に顎をのせて山之内を見つめている。

「もう五年も同じ研究室で顔を合わせているのに、先生が何を考えているのか、わかりません」

「大したことは考えていない」

「でも、時々すごく淋しそうな顔をして、何かを考えていらっしゃいます」

いや、何も考えないようにして過ごしてきた。考え始めると、行き着くところは決まっていた。五年前のあの事故。自分の人生はあの時終わったのだと、言い聞かせてきた。

家族も、友人も、名誉も、未来さえも捨て去っている。男としての自分さえも。

「家族はアメリカだったね」

山之内は話題を変えて聞いた。

「家族と言えるかどうか」

「どういう意味？」

聞いてから後悔した。自分が立ち入ってもらいたくないように、他人の内面にも立ち入りたくはない。

「母はフロリダにいます。父はシカゴ。それぞれ、違う人と暮らしています」

「悪いことを聞いた」

「かまいません。同じような友達はたくさんいましたから」

由美子は何でもないというふうに言った。

「父が日本の総合商社に勤めていたので、アメリカ駐在中に私はアメリカで生まれて、アメリカで育ちました。日本に帰ってきたのは、夏休みと冬休み。年に二カ月ほどです。私が中学の時、父は会社をやめ、サンフランシスコで小さな旅行会社を始めました。その頃には、グリーンカードを取っていましたから。その会社が二年でつぶれてからです、父と母の間がうまくいかなくなったのは」

由美子が視線をテーブルに移した。

「大学は？」

山之内は聞いた。アメリカの大学は日本以上に金がかかる。

「奨学金で卒業しました」

「優秀だったんだ」

由美子はわずかに淋しそうな顔をした。

「そうでもありません。運がよかっただけです」

アメリカの大学には、大学や企業や自治体からの奨学金が日本に比べて桁違いに多い。しかし、それを取り続けることはたやすくない。優れた才能の上に努力が必要だ。それも、並の努力ではない。

「二年で博士号を取っている」

「必死でしたから」

「そればかりでは無理だ。やはり優秀なんだ」

由美子は答えず、ワインを一気に半分飲んだ。

「どうして、日本に戻ってきた？」

「アメリカで生まれて育っても、私は日本人です。一度、日本にちゃんと住んでみたかったんです。それに……」

由美子は顔を上げて山之内を見た。瞳の中に髭面の男が揺れている。

「今度は先生のことを話してくれませんか」

「私には話すことなんかない」

「ご家族のことなんか――」

研究室で家族のことが話題に上ったことはなかった。みんな意識して家族の話題に触れないのを山之内も察していた。五年前の事故については全員が知っている。その後のことも推測はつくだろう。

「結婚されてたんでしょう」

「彼女は再婚した。今ごろは子供を連れてドイツだ」

「ごめんなさい。悪いことを聞きました」

モーツァルトのソナタが流れている。目を閉じると目蓋の奥に小さな光が見えたような気がした。

「先生……」

目を開けると、由美子が山之内を見つめている。

「その髭、素敵です」

由美子がためらいがちに手を伸ばして顎に触れた。目の前の身体から、かすかに化粧の匂いが漂った。今まで記憶から消えていたものだ。

身体が強張ったが、山之内は何も言わず由美子の指の感触を感じていた。不精髭がいつの間にか、髭と呼ばれるほどに伸びていたのだ。

視線を海のほうに向けると、いつの間にか陽が差し始めている。

冬の海は、陽の光を受けてキラキラと輝いていた。その中を赤と黄色のウインドサーフィンの帆が、ゆったりと走っていった。

6

研究所に戻ったのは四時近くになってからだった。

山之内の姿を見つけて、西村が駆け寄ってきた。

「東大の本庄教授から電話がありました」

弾むような声で言った。

「いつ帰るかわからないと言ったら、また電話をくれるとのことでした」

研究員は山之内と本庄との経緯は知っている。昔、同じ講座の教授の椅子を争っていたが、山之内が爆発事故で大学を去った。彼らは本庄の東大バイオ研究室に対しては、無意識のうちにライバル意識を持っていた。

林野微生物研究所、特に第七セクターの研究員には、本流から外れた一匹狼《いっぴきおおかみ》的意識が強かった。全員何らかの理由により、大学の研究室には残れなかった者たちだ。個性が強すぎ、閉鎖的な大学の環境に馴染めなかったのだ。しかし心の奥には、自分を拒否した象牙の塔に対するコンプレックスが存在している。日本バイオテクノロジー学会会長、本庄健司が直々に電話をかけてくるということは、彼らの自尊心と優越感をくすぐるものがあった。

山之内は室長室に戻って受話器を取った。

数回の呼び出し音の後、「本庄です」という、ぶっきらぼうな声が聞こえた。山之内は名前を名乗った。

「ずいぶん探したよ。心配してたんだ」

一瞬の沈黙の後、本庄の威勢のいい声が聞こえた。しかし、山之内はその声がつくりものであることを十分に承知している。百八十センチ、九十キロ以上ある巨体も、小心さをカモフラージュするものでしかない。この点は、キャンベルも似ているのかもしれない。

「五年もの間、どうしてたんだ」

「用は何だ」

山之内は聞いたが、聞かなくてもわかっていた。ペトロバグに関する情報だ。バクテリアを使って炭素系物質から石油を生成することができる。バイオテクノロジーの研究者にとっては、夢のような話だ。食指が動かないはずはない。大学を辞めて以来、日本の学会誌を読むことはほとんどなかったが、本庄が十年来続けている研究も最終的にはそれを目指している。

「久しぶりに食事でもしないか」

本庄は一瞬の間を置いて言った。

「悪いが、忙しい」

山之内は受話器を置こうとした。

「檜山《ひやま》君や飯塚君のことも相談に乗ってもらいたい」

本庄は慌てて付け加えた。

二人とも、山之内が指導していた博士課程の学生だった。山之内が逃げるように大学を去った後、当然のこととして同じ講座の本庄研究室に組み込まれたはずだ。助手や講師は他の大学に出ていったが、学生は残らざるをえなかった。彼らのことは常に気になっていたが、山之内にはどうすることもできなかった。本庄の性格からして、彼らが優遇されているとは思えなかった。

「明日の夕方にしてくれ。ただし、食事の時間はとれそうにない」

山之内は一瞬ためらった後、答えた。

本庄は、午後七時、銀座のホテルの喫茶室を指定した。山之内は了解して、電話を切った。

山之内の耳に近藤の言葉がよみがえってくる。〈近々、政府が動き出しますよ〉山之内は頭を振ってそれを振り払った。

翌日、山之内は研究所から直接、銀座に出かけた。

銀座に出るのは五年ぶりだった。

喫茶室に入ると、本庄はすでに来ていた。

通りが見える窓際の席に座り、英文の学会誌を読んでいる。五年前と同じように、薄茶のダブルのスーツを着て、薄い色のついた縁なしのメガネをかけていた。変わっているのは頭がさらに薄くなったことと、体重がさらに増えているだろうということだ。仕立てのいいスーツと尊大な態度は、大学教授というより成功した実業家を連想させるのも、昔と同じだった。

山之内がテーブルの横に立つと顔を上げた。目許に皺《しわ》が増えたが、ゴルフ焼けした顔は昔通りの自信に溢れた傲慢さを感じさせた。

山之内は本庄の前に座った。

「大変な発見をしたそうだね」

本庄が読んでいた雑誌をテーブルの横に押しやった。

「マスコミが勝手に騒いでいるだけだ。そのあたりのことは、私よりきみのほうが承知しているだろう」

「まだ正式発表もしていないようだが、何か問題があるのかね」

画期的な発見は、従来は学会誌に発表して初めて世間に認められた。しかし今日《こんにち》では、審査を経て掲載まで数カ月を待たなければならない学会発表より先に、記者会見が行なわれることが多い。科学上の新発見が特許に結びつき、ひいては膨大な利益を生み出すビジネスに直結するのが最近の傾向である。そのため、常温核融合の場合のように、十分な検討、討議がなされる前に話題だけがひとり歩きを始めることもまれにある。

「世間で騒いでいるほどのものではないということだ」

山之内は何気ない口調で言った。

「私に集まってくる情報によると、今度は〝眉唾〟ではなさそうだが」

本庄がメガネ越しに、山之内を伺うように見ている。媚《こび》を漂わせた顔の中で、目だけが別の生き物のように光っている。

「檜山君たちはどうしている」

山之内は視線を外して聞いた。

「助手のポストが空きそうだ。何とか推すことができるだろう。飯塚君は、来年地方の大学だが、講師として行くことが決まっている」

本庄が山之内の反応を見ながら、ゆっくりとしゃべる。

山之内は心が痛んだ。山之内が大学を去った時、檜山は大学院博士課程三年、飯塚は一年だった。二人とも優秀な学生だった。檜山はとっくに講師になっていてもおかしくない。他の学生たちは研究室を移ったり、企業の研究所に就職したという。あの爆発によって、山之内だけでなく、彼らもまた人生を変えられたのだ。五年という歳月の間に、研究室は完全に本庄のカラーに染まっているだろう。

「彼らのことはよろしく頼む」

山之内は頭を下げた。自分には何もしてやることができない。もどかしさに心が痛んだ。

本庄の顔にまた尊大な笑みが戻った。

ところで、と言って本庄が山之内を見つめた。

「私の研究室でも、石油生成バクテリアについては十年来研究を続けている」

「最近、日本の学会誌は読んでいない」

「国の新しい研究所の建設が進められている。新エネルギー開発、特に石油代替エネルギーを軸とした国立研究所だ。石油生成バクテリアの可能性が具体化されれば、中心的な研究テーマとなる」

山之内は顔を上げて本庄を見た。

「何が言いたい」

「共同研究というのはどうだろう」

「うちは企業だ。そういうことは私の判断の外にある」

「それは十分に承知している。林野氏に話を持っていく前に、きみに一言断っておきたかっただけだ」

本庄が薄笑いを浮かべて言う。

「これからの研究はチーム作業だ。しっかりした組織のもとに優秀な研究者を集めて、合理的に作業を行なう。今までのように個人プレーだと何もできんよ。個人がいかに優秀であったとしてもね。金と組織と力だ。それには政治力も必要になる」

本庄はとうとうとしゃべった。山之内はキャンベルのことを思いながら、黙って聞いていた。彼と、いま目の前でしゃべっている男とは同じことを言っている。しかし二人の間には、本質的に違うものがある。それが何なのか探ろうと、本庄を見つめた。

一時間ほどでホテルを出た。冷えた空気が全身を痺れさせた。

街は人で溢れていた。あと十日あまりで十二月に入る。家族連れが多く、大きな買い物袋を持っている人が多い。

しばらく人波に沿って歩いた。第七セクターのP4ラボで、今も実験を続けている若い研究者たちの顔を思い浮かべた。街の騒音とネオンのまばゆい光が全身を包み、精神《こころ》と身体が別々になったような気がしていた。

由美子の笑顔が語りかけてくる。その笑顔は、海辺のレストランで聞いた彼女の幸福とはいえない話とは重ならない。

前を歩く若者が、火のついたままのタバコを指先で弾《はじ》いて路上に飛ばした。山之内は立ち止まり、靴先で踏み消した。ふっと、ガスコンロに覆いかぶさって死んだ服部孝一の姿が浮かんだ。顔を見たこともない男の炎に包まれた姿が、具体的な形となって脳裏に広がる。慌ててそれを消し去った。

三人連れの酔っ払いの一人が山之内の肩に触れて、殴りかかってきそうな目で睨みつけてくる。山之内が黙って頭を下げると、酔っ払いは他の二人になだめられながら行ってしまった。何も考えたくなかった。このまま、どこまでも歩いていきたい気分だった。

7

二日後、経済産業省の稲葉から山之内に電話があった。

受話器からは行き交う車の音が聞こえる。どこか外から電話しているのだろう。

「林野さんが捉《つか》まらないので、とりあえず山之内さんに電話しました」

山之内は林野は過労で倒れ、入院していることを告げた。

「ちょっと小耳に挟んだことですが、お知らせしておいたほうがいいと思いまして」

しばらくの沈黙の後、稲葉は言った。

「石油生成バクテリアの研究が、国家プロジェクトで行なわれるという話があります」

今度は山之内が黙り込んだ。

「文部科学省の友人から聞いた話です。来年秋に完成が予定されている新エネルギー研究所のメインテーマになるらしいですよ。プロジェクトリーダーは、本庄健司東京大学教授。新研究所が完成すると初代所長に就任します。私が聞いていた話では、メインテーマは燃料電池と触媒による石炭液化の研究だったはずですが、急遽差し替えになったらしいです。本庄教授が政界のつてを使ってかなり強引に進めたようです。こんなこと初めてですよ。すでに予備費もついて、本庄教授は調査に入っているという話です。よほど自信があるんでしょうね」

「うちの研究所の名前も出てるんですか」

「詳しくは知りません。管轄が違いますから。あまりしつこく聞くと、何だということになるんです」

この話、内緒にしておいてくださいと言って、稲葉は電話を切った。

山之内はしばらく受話器を見つめて立ち尽くしていた。誰とも競争する気はない。ただペトロバグは人類共通の資産としたいという林野の意志は、なんとしても生かさなければならない。

その翌日、林野和平所長の通達が第七セクターに送られてきた。東京大学の本庄研究室と共同研究を始めるというのである。

来週、第一回連絡会が合同で開かれる予定になっている。その会議で、ペトロバグの研究成果が報告される。それにはペトロバグに関する最新データはもとより、サンプル提供も含まれていた。

「先生、これはどういうことです」

富山が怒りをあらわにした声を出した。これほど興奮した富山を見るのは初めてだった。

「こんな紙切れ一枚で、今までの研究成果を彼らに提供するのですか。納得いきませんん」

山之内にも彼らの気持ちは、十分すぎるほど理解できた。彼らが数年かけて積み上げてきた成果を、大学という権威だけでさらっていこうとするのだ。

「我々にメリットはありませんよ。培養は順調だし、DNAの解読もあと一歩です。それに対して相手は白紙だ」

それは山之内にもわかっていた。あとは地道な積み重ねが残されているだけだ。

「所長の決定だ。所長なりの考えがあるのだろう。我々は従うだけだ」

山之内は静かな声で言った。自分はすでに舞台から降りた人間だ。しかし、彼らの努力には報いてやりたかった。

「あの所長のやりそうなことだ。国との共同研究に有頂天になっている。金も出るし、宣伝効果も抜群だ」

西村が吐き捨てるように言う。

「史郎会長はご存じなのですか」

由美子が山之内のほうを見た。山之内は何も答えることができなかった。すでに一週間も林野史郎には会っていない。何度か所長に容態を問い合わせたが、順調に回復しているという返事しか得られていない。重苦しい空気が研究室を覆っていた。

最初の連絡会の日だった。

本庄は文部科学省の役人二人と助教授以下八名、計十名のグループで乗り込んできた。

研究所側は、林野和平所長、飯田副所長、高木広報部長、会社の弁護士、そして山之内と第七セクターの四人が出席した。

会議は終始、本庄のペースで行なわれた。実験結果の報告と今後の方針を検討した。

本庄は予想通り、Ｐ４ラボの共同使用とペトロバグのサンプルとデータの提出を要請した。さらに新研究所が完成して共同研究が軌道に乗るまで、実験結果は定期的に報告することを義務づけられた。所長の林野和平が決定しているからには、山之内は了解するほかなかった。横に並ぶ研究員たちの悔しさがひしひしと感じられた。

突然ドアが開いた。全員の視線がドアの前に立つ男に集中した。

加藤運転手に支えられた林野史郎会長が、ステッキを突いて立っている。小柄な身体がさらに一回り痩せ、顔は異常に青白かった。

林野がゆっくりと、所長のほうに歩いた。所長は慌てて立ち上がり、席を空けた。

林野はテーブルの前に立ち、会議室全体を眺めてから椅子に座った。部屋の中は静まり返っている。

「会議を続けてもらおうかな」

ステッキに腕をおいたまま、穏やかな口調で言う。

「東京大学、本庄教授のバイオ研究室との共同研究の件です」

横の席に移った所長が言ったが、声が上ずっている。

本庄が戸惑った様子で頭を下げた。

「私はそのような話は聞いていないが」

「会長には、お身体の回復を一番に考えてもらいたいと――」

「契約書は？」

林野が所長の言葉を遮った。

「サインはまだですが、お互い合意済みで――」

「研究所の代表権は私にある。そうでしたな」

所長の横の弁護士に向かって言った。

弁護士が引きつった表情で頷く。

「お引き取り願おうか」

林野は、低いが、はっきりとした声で言った。

本庄以下十名は緊張した顔で林野史郎を見ていたが、その顔が驚きに変わった。

「私には共同研究の意志はない。本研究所の関係者以外の方はお引き取り願おうか」

林野会長は強い調子で繰り返した。

「待ってください、父さ――いや、会長」

所長が立ち上がった。

林野は杖《つえ》に凭《もた》れるようにして、所長を見上げた。

「研究所が大きく発展する絶好のチャンスです。私は所長として、この機会を逃したくありません」

「以前にも言ったはずです。この仕事は単なる一企業のものではないと」

「だから私は政府と──」

「今の政府が真に国民のためを考えているとは、とても思えない」

「しかし、研究所の将来を考えると、どうしても必要な選択だと私は思います」

いつになく執拗《しつよう》に食い下がった。

「私の意志に従えないようなら、ただちに辞表を出してもらいましょう」

所長の顔は蒼白《そうはく》になり、手は震えている。しかしそれ以上何も言わず、黙って座った。

「だが、この件は文部科学省も了承済みで……」

「林野微生物研究所は私企業です。政府に左右されることはありません。私に共同研究の意志はありません」

林野は本庄の言葉を無視して、強い口調で言い切った。

本庄が所長に目を移したが、所長は目を伏せたままだ。

突然、本庄が音を立てて席を立った。

「いずれ、後悔することになる」

吐き捨てるように言うと、荒々しくドアを開けて出ていった。

残りのメンバーも慌てて立ち上がり、後を追っていく。廊下を引き上げていく足音が響いてきた。

会議室は異様な沈黙に包まれている。

「今後みなさんは、自分が何を研究しているか、十分な自覚を持っていただきたい」

林野は居並ぶ人々の顔を、一人ひとり確認するように見て続けた。

「この研究は今までの研究とは違います。ペトロバグは、私たちが考えている以上に大きな社会的影響を与えるものです。現在、世界の一次エネルギーの四〇パーセントを石油が支えています。また、石油から生み出される物質にも限りがありません。しかし石油資源の分布は、主に中東を中心にした一部の国に限られています。ペトロバグはそのバランスを、良くも悪くも大きく崩すことになるのです。しかも、私たちはその特性さえもまだ十分には理解していない。この発見が、ドイツにおける毒ガス、アメリカにおける核爆弾とならないためにも、私たちはこの細菌の管理を十分に行なわなければならない。それが、私たちの使命なのです」

一気に言うと、林野は加藤に向かって合図した。

加藤は持っていたカバンからOHP用のシートを取り出し、プロジェクターの上に置いた。

由美子がカーテンを下ろすと、背後のスクリーンに巨大な化学プラントの予想図が映し出された。中央の円筒形サイロから無数のパイプが伸び、周囲のタンクにつながっている。

「ペトロバグによる、石油生成および精製プラントの概念図です」

林野はしばらく無言で眺めていたが、背筋を伸ばし、力強い声で言った。

「中央の円筒形サイロが石油生成の反応タンクです。このプラントは日産七千バレルの生産が可能です。原料は石油と同じ炭化水素、石炭です。各石油基地にはこの規模ものを五基建造します。炭鉱を油田に変えるのです」

林野が大きく息をついた。しばらく喘《あえ》ぐように空気をむさぼっていた。加藤が心配そうに見守っている。

「私はこの研究が、一研究所、一国家のものであるとは考えておりません。国家を超えた地球規模のものとしたい。残念ながら、現在の日本にはこのバクテリアを真に人類に役立つものとして管理していく能力があるとは思えません」

山之内は池袋の居酒屋での林野の話を思い出していた。林野史郎は、あの戦争を思っているに違いない。自分たちの科学知識を、二度と侵略と殺戮《さつりく》の道具としてはならない。二度とあのような愚かな行為を繰り返してはならない。

「いずれ時がくれば、世界に公表すべきものです。しかしそれまでは、ペトロバグは我々の研究所で独自に開発してゆきます」

林野はテーブルに両手をつき、目を閉じて息を弾ませた。

「もういいでしょう。会長の考えは十分に理解できました」

山之内が立ち上がって、林野の身体を支えた。

林野は山之内の言葉に顔を上げ、かすかに微笑んで頷いた。

研究は続けられた。

培養されたペトロバグはさらに増殖が進められ、各種の物質に対する反応速度が調べられた。石炭に対する石油生成能力は著しく高くなった。同時に、三台のＤＮＡシーケンサーによって、遺伝子の塩基配列が解読されていった。特に石油生成のメカニズム、ＤＮＡの未解読部分について精力的な解明作業が続けられた。

研究員は、連日実験室に泊まり込んで実験を続けた。

第4章　バイオハザード

1

ひっそりとした実験室に、山之内と相原由美子が残っていた。

翌日は日曜日で、みんな久しぶりに早く帰ったのだ。

由美子がディスプレイに次々に現われるペトロバグの塩基配列を眺めている。

山之内は海の見えるレストランで由美子と話して以来、自分が今までとは別の目で由美子を見ているのに気づいていた。もう二度と持つことはないだろうと思っていた感情だ。しかしその気持ちを意識的に封じ込め、消し去ろうと努めた。今はペトロバグのことだけを考えようと、自分に言い聞かせていた。

「明日の午後、つきあってくれないか」

由美子のほうに椅子を回して言った。

「ドキッとさせるようなことを言わないでください」

由美子がキーボードを叩く手を止めて、振り向いた。

「ドライブがしたくなってね」

「今度は帰りも私が運転します」

由美子は微笑んで頷いた。

翌日の午後、由美子が研究室に泊まり込んでいる山之内を迎えにきた。ジーンズに大きめの白いセーター。暖かそうなダッフルコートを着ている。派手な服装ではなかったが、白衣の由美子を見慣れている山之内には、話しかけるのがためらわれるほど華やいで見えた。

山之内は冷凍ボックスを持って、由美子の車に乗り込んだ。

二人は常磐自動車道を北に向かった。

前方には、筑波のゆったりした山並みが続いている。

「どこへ行くんですか。ただのドライブではないんでしょう」

「どうして？」

「先生が私とドライブするなんて……」

山之内の脳裏に、海辺のレストランでの由美子の言葉が浮かんだ。

「したらまずいかね」

「私は大歓迎です。でも……」

「微生物医学研究所の名は、聞いたことがあるだろう」

山之内は地図を見て、方向を指示しながら聞いた。

由美子が、わずかにがっかりしたような表情を見せて頷く。

「友人がいる。久しぶりに会いたくなった」

車は筑波研究学園都市に入った。

日曜日の町は車も人通りも少なく、静かな町並みが続いていた。

『微生物医学研究所』の看板のかかった正門を通ると、広い芝生が続いている。

山之内は、コンクリート打ち放しのモダンな建物の前に車を止めるよう指示した。一見、音楽ホールか美術館のような造りだ。

受付にいた警備員に名前を言うと、ビジターの名札を渡されて、正面のロビーで待つように言われた。

中央にあるミニ庭園に向かって椅子が並んでいるが、休日なので人は誰もいない。

「ホテルのロビーのようです。日本も学問と環境の関係を、少しは考えるようになったんですね」

由美子が壁に飾られた、身体の倍ほどもある砂漠を描いた日本画を見上げながら言う。ラクダが二頭、落日に向かって歩き、遠くにピラミッドが見えている。

正面のエレベーターが開いて、髭面の背の高い男が出てきた。白衣を羽織っているが、その下はTシャツにジーンズ、素足にサンダルを履いている。

男は山之内を見つけると、手を上げて大股で歩いてきた。山之内の足を見て、お互い目で頷き合ってから由美子に目を移した。

「宮部良介、中学からの悪友だ。こいつが医者になるとは、いまだに信じられない」

由美子は頭を下げた。

宮部が無遠慮に由美子を見つめている。

「お医者さんですか」

「臨床医ではなく基礎医学をやっている。顕微鏡で黴菌《ばいきん》を眺めるやつ」

「宮部は去年までプリンストン大学の病理学研究所にいた。相原君が日本に帰ってきた年に行ったんだ」

「惜しいことをした。もう一年早く行くべきだった」

宮部が陽に焼けた顔中に笑みを浮かべ、手を差し出した。

「日本のセキュリティは、アメリカに比べるとまだ幼稚園並みだ。いくら今日が休日だといってもね」

宮部はエレベーターに乗り込みながら言った。

由美子が頷いている。入口の自動ドアの横にガードマンが一人、暇そうに立っているだけだ。

アメリカでは、この種の研究所は、必ず銃を持った複数の警備員が二十四時間態勢で警備している。警察と警備会社に警報装置がつながっていて、異常が起これば五分以内に完全武装の警官とパトカーが研究所を取り囲む。

「実験室は使えるだろうな」

エレベーターの中で山之内は聞いた。

「大丈夫だ。規格は十分満たしているし、助手たちには昨日から立入禁止令を出している」

宮部がいたずらっぽい笑みを浮かべて答えた。

エレベーターを降りると、明るい廊下が続いている。

宮部は髑髏《どくろ》マークのプレートがかかった部屋のドアを開けた。宮部独特のジョークだ。

「私の研究室だ。奥が実験室になっている」

机の上には専門誌や書きかけの図表、数式を書きなぐった紙が、雑然と置かれている。壁際にはガラス戸のついた書棚があり、ウイスキーボトルが数本並んでいた。その横には中型の冷蔵庫。どこか山之内の室長室に似ていなくもない。

宮部はその部屋を通って奥のドアを開けた。ロッカーの並んだ小部屋だった。

「ここで着替えてくれ。相原さんには隣の部屋を使ってもらおう。助手の控室だ」

宮部は白衣とマスクを由美子に渡して、横のドアを指した。

三人は白衣に着替え、頭をすっぽり包む頭巾をかぶった。目にはゴーグルのようなプラスチック製のメガネをかける。手には外科手術用のゴム手袋をはめ、踵のない靴を履いている。Ｐ４ラボと同じような服装だった。

三人は実験室に入った。

「レベル３の実験室だ。個体に対する高い危険度、地域社会に対する低危険度の細菌に対する装備を備えている。二重ロック、排気系の完備、生物学的安全キャビネットの使用は、Ｐ４施設と同じだ。ここでは特にシャワーを設けている。出るときにはシャワー室を通ることになる」

宮部は部屋の横を目で指した。

二十センチ四方のガラス窓を通してシャワーのノズルが見える。

「ここでは、エボラやラッサより感染性が低く、エイズより高いものが扱える」

タイル張りの八メートル四方の部屋だった。基本的にはＰ４ラボと同じ構造だ。

由美子がわずかに顔をしかめた。動物が出す強い臭気が鼻をついたのだ。壁の二面に十以上の檻《おり》が並び、中にはウサギやラットがうずくまっている。端の檻にはサルもいた。部屋の中央に、Ｐ４ラボと同じような安全キャビネットが三つ置いてあった。

「資料は読んだか」

山之内は実験室の中を見まわしながら聞いた。

宮部が頷くと、由美子が驚いた表情で山之内のほうを向いた。

「実に興味深いバクテリアだ。いよいよ本物にお目にかかれると思うとゾクゾクする」

冗談めいた言葉とは裏腹に、宮部の顔から笑みは消えている。

「先生――」

由美子が口を開いたが、何も言わなかった。

「わかってるね。我々の目的はドライブだ」

「秘密のドライブですね。でも、大変なドライブになりそうです」

由美子が視線を宮部に移した。

「大丈夫。信頼できる男だ」

「合意の上じゃなかったのか」

宮部が二人を交互に見た。山之内は答えず、キャビネットに近づいた。

「キャビネットは密封されているだろうな」

「最新式の密封型安全キャビネットだ。レベル4のバイオハザードにも十分に対応できる。この中で解剖も組織検査もできる。CDCも使っている超最新式だ。今回の実験には十分すぎる装置だ」

宮部がキャビネットの前に立ち、右端に組み込まれている顕微鏡を指した。その横には、組織分析器と秤《はかり》がついている。CDCとはアメリカの疾病《しっぺい》予防管理センターだ。

「空気伝染はないと考えていい。体内での挙動が知りたい」

山之内は持っていた冷凍ボックスを開け、細菌保管容器を出した。さらに容器からガラス容器を取り出す。

宮部はゴムの手袋の上にもう一枚手袋をはめて、ガラス容器を受け取った。慎重に容器をキャビネットの端の取り入れ口に入れた。数分前とは別人のように引き締まった顔をしている。

壁ぎわの檻の前に行きしばらく考えていたが、慣れた手つきでウサギを檻から出して保定箱に入れた。ウサギは二、三度足をバタつかせたが、箱に入れられると観念したように動かなくなった。そのまま素早く、取り入れ口からキャビネットの中に入れた。

安全キャビネットに直結したゴム手袋に腕を入れて保管容器の蓋を外し、注射器に中の液体を吸い込む。

「ペトロバグですね」

由美子が山之内に向かって確認した。

山之内は無言で頷いた。目は宮部の手元に吸い寄せられている。

ウサギは由美子たちに目を向けたまま動かない。宮部がウサギの耳に注射針を刺し、〇・五ccほどの液体を押し込むと、保定箱から出した。離されたウサギは、ボックスの端に行ってうずくまった。

三人は固唾を飲んで見守った。一分が経った。さらに三十秒が過ぎた時、ウサギは崩れるように倒れた。そして二、三度激しく痙攣《けいれん》すると、動かなくなった。目は黒っぽい膜に覆われている。

「死んだ――」

由美子の口から低い声が洩《も》れた。

宮部は何も言わずゴム手袋に腕を入れ、ウサギの死を確認した。

キャビネットの中のプラスチック箱からメスとハサミを出し、ウサギの身体を切り裂き始めた。赤みを帯びた肉と内臓が現われる。個々の臓器は新鮮で、今にも動きだしそうだった。由美子が目をそらせた。

「血液と脳と肝臓の組織検査をしてみる」

宮部は手際よくウサギの脳と肝臓を凍結切片にして、ガラス板に挟み、標本を作った。顕微鏡にセットして、ゴム手袋から腕を抜いてボックスの横に置かれたディスプレイのスイッチを入れた。視野が明るくなり、赤く着色された映像が現われる。

「まず脳だ。急激な心臓停止は、神経系統に異常がある場合が多い」

「自律神経が侵されて、心臓停止が起こるのか」

「その通り。いろんなタイプの細胞死があるが、普通は病原菌の出す毒素が神経細胞を破壊する」

再びキャビネットのゴム手袋に腕を入れて、ディスプレイを見ながら標本を動かしていく。

「顕微鏡の画像はこのディスプレイに出る。まず二百倍」

宮部の事務的な声とともにディスプレイには黒っぽい染みが現われ、目に見える速度でその面積を増していく。

染みはたちまち画面を覆い尽くした。画面からは小波《さざなみ》に似た律動が感じられる。

「何だこれは」

宮部が声を上げた。

「オイルだ」

山之内はディスプレイを見たまま答えた。

「オイル？」

「石油だ。正しくは鎖状炭化水素。石油類似物だ。ペトロバグがウサギの脳を石油に変えている」

「すごい！　脳細胞が完全に分解されている。これじゃあ、身体全体の機能が一瞬のうちに停止してもおかしくはない」

宮部の声が興奮で上ずっている。

さらに宮部は標本を抜き取り、肝臓組織に替えた。

顕微鏡の視野の中に、くっきりと縁取られた細胞が並んでいる。

「きれいだ。肝臓はまだ侵されていない」

「血液はどうだ」

宮部は新しいガラス板に、ウサギの体内から取った血液をのせた。それを顕微鏡にかける。

ディスプレイに赤血球を含んだ血液組織が映し出される。宮部はガラス板を移動させた。

「待ってくれ」

山之内は叫んだ。

宮部の手の動きが止まる。赤血球、白血球、血小板の間に黒い染みが見える。

「自動スキャンにしようか」

「そうしてくれ」

山之内は食い入るように見つめている。

宮部がゴム手袋から腕を抜いて、顕微鏡のスイッチを押した。ディスプレイの中の視野がゆっくりと動いていく。

「ペトロバグです」

由美子が呟くような声を出した。

宮部が再びスイッチを押す。ディスプレイの視野の動きが止まり、その中で、血球に混ざって緑色の丸い細胞が細かい振動に似た動きを見せながら分裂していく。

「倍率を上げてくれ」

画像が揺れ、画面の中にペトロバグの姿が鮮明に映った。

「六百倍」

「すごい分裂速度です」

由美子が声を上げた。

宮部が顕微鏡から手を離して、深い溜息をついた。

再びウサギの前に行き、残りの脳を取り出した。脳はすでに三分の一が黒っぽく変色し、一部は形が崩れ始めている。次に心臓を取り出して、内部を切開した。

「血液に混じったバクテリアが全身に運ばれ、脳が最初に侵されるのだろう。しかし、このバクテリアの増殖速度は驚異的だ」

「伝染性について、どう思う」

「おまえの考えた通り、空気感染はまずないと考えていい。大きすぎてエアロゾル状態にはなりにくい。血液を主に、体液に混じって広がるものだ」

由美子がディスプレイを見ながらしゃべる宮部に視線を向け、次に山之内に移した。

宮部はペトロバグについて、すでにかなりの知識を持っている。

「私が実験データを送った」

由美子の視線に気づき、山之内が言った。

「しかし、伝染力はエイズよりはるかに高い。つまり、強力だということ」

宮部はそう言ってから、恐ろしさにおいてもね、と付け加えた。

三人は消毒液の入ったシャワーで全身を消毒して、宮部の部屋に戻った。

研究室というより大学生の下宿の部屋といった感じだった。机の横にはギターとウクレレがたてかけてある。

宮部は冷蔵庫から缶ビールを三缶出した。由美子は黙って受け取り、一気に半分を飲み干した。

「やはり帰りの運転は先生にお願いします」

「この様子だとウイスキーのほうがいいかな」

由美子の飲みっぷりを見た宮部が本箱のほうに行った。

「この際メチルアルコールだっていいですよ。身体中を消毒したい気分です」

ウイスキーをグラスに入れて由美子に渡し、自分もウイスキーに替えている。

「エイズは決して恐ろしい病気ではない。危険度はＬ３。感染力は低い。伝染経路もわかっている。予防は実に簡単。普通の生活を送ればいい。セックスの相手を特定し、麻薬はやらない。発病にも五年から十年の余裕がある。しかし、こいつは違うね。何かの拍子に体内に入れば、宿主は数分後から、遅くとも数時間後には必ず死ぬ。おまけに死体は分解されて石油になる」

宮部がグラスを手に持ったまま一気にしゃべる。まだ、十数分前の興奮がさめやらない様子だった。山之内も由美子も何も言わず、宮部の言葉を聞いていた。

「もう少し詳しい実験をしてみたい。体内での増殖速度やバクテリアに侵された宿主の変化を、もっと詳しく知りたいだろう」

それに、と言って言葉を止めた。

「まあいい、結果が出れば報告するよ」

「やってくれれば助かる。しかし……」

「わかってる。バクテリアは実験が済みしだい処分する。汚染物は石炭酸で消毒して焼却すればよかったな」

「それでいい。石炭酸に三十秒もつければペトロバグは死滅する。しかし、高温には強い。九十度の温度で十分以上生存している」

を後にした。


山之内と宮部は今後の実験と連絡について、二時間ほど話し合った。

山之内と由美子はこれから実験を続けるという宮部に別れを告げ、微生物医学研究所を後にした。

2

外に出ると、陽はすっかり沈んでいた。

山之内の運転する軽自動車は低いエンジン音を響かせて走った。

由美子は前方に広がる薄い闇を見つめたままだった。山之内も睨みつけるように前方を見ながらハンドルを握っている。二人の頭は次々に仲間を増やし、細胞を溶かしていくペトロバグでいっぱいだった。

常磐自動車道に入るとスピードを上げた。カラカラという音を出していたエンジンは、すぐに軽快な響きに変わった。

「先生は、このことを予想しておられたんですか」

黙っていた由美子が口を開いた。

「服部という研究所の研究員が、ガスコンロに身体を突っ込んで死んだのを覚えているか。ちょうどP４で事故が起こった日だ」

「そういえば新聞にも出ていましたね。ワイドショーでもとり上げられたそうです。私たちはP4の事故の後始末で走り回っていて、誰もお葬式には行きませんでしたが」

「おそらく、ペトロバグに侵された」

しゃべりながらも、山之内は身体の中を冷たいものが流れるのを感じた。

「P4ラボに忍び込んだのは彼だ。フラスコのかけらに血がついていた。その時、ペトロバグが体内に入った。そしてマンションに帰った時、バクテリアが脳を侵して死亡した。服部のあの異様な死は、おそらくそのせいだ。ペトロバグは人体に対してはもとより、生物細胞すべてに強力な毒性を持っている」

黙っている由美子に山之内は続けた。

「フラスコのかけらについていた血液は、服部の血液型と一致している。私が宮部に送って調べてもらった。服部の血液型は研究所のデータに載っていた」

「でも、それだけじゃあ……。血液型が同じ人はごまんといます」

由美子が納得できないという声を出した。

「私もそう思った。だから服部のロッカーを探して、実験用の帽子から毛髪を手に入れた。プライバシーの問題はこの際、勘弁してもらってね。それを宮部に送ってDNA鑑定をしてもらった。やはり同一人物との判定が出たよ」

「でも、なぜその人が……」

「ペトロバグを盗み出すためだろう」

「警察と保健所には……」

「パニックが起きる。それに、外部に出たペトロバグは、すでに消滅していると考えたんだ」

「火事で燃えてしまったと」

「そうだ。細菌保管容器は燃えてしまったし、服部の身体も燃えている。その後、不審な死者も報告されていない。Ｐ４ラボの外部に出たペトロバグは完全に消滅した」

「でも、死亡までにずいぶん時間的にずれがありますね。ウサギはすぐに死にました。脳だって、十分後には黒っぽくなって溶解が始まっていました」

「体重差だよ。それに、バクテリアの濃度と量の差だ。服部のほうが数十倍体重がある。バクテリアの濃度も薄かった。だから増殖し、脳を侵すまでに時間がかかった。それにしても数時間で死んでいる。これまでの病原菌に比べてすごい速さだ」

「先生はいつ調べたんですか、そんなこと」

「きみたちが帰ってからだ」

しばらく沈黙が続いた。

「私たちには教えてくれてもよかったのに」

由美子がぽつりと言う。

「もう少し調べてから知らせようと思っていた。パニックが起きるのは、極力避けたいからね」

「私たちは何が起ころうと大丈夫です」

自分の意志を確認するように言って、そのまま口を閉じた。

山之内も、何も言わず前方の闇を見つめていた。

一時間で車は都内に入った。高い位置にビルの光が見え始めた。

「これからどうなさるんですか」

由美子が思い出したように聞いた。

「わからない」

山之内は前方に広がる光の群れに目を向けたまま言った。

わからない。本当に——。自分はこれから何をすべきかわからなかった。こめかみが痛み始めた。とりあえず宮部からの詳しい報告を待って、林野史郎会長に報告しなければならない。最終決定はそれからだ。慌てるな、落ち着くんだ、心の中で呟いた。

宮部からの報告は翌日の朝にあった。彼は徹夜で実験したのだ。

生物体内での繁殖速度は予想以上に速かった。しかし、感染力は高くない。最も幸運だったのは、空気感染はしないことだ。だが、と言って宮部の声に緊張が交じった。

〈抗生物質が効かない。ペトロバグはバイコマイシンを含めて、すべての抗生物質に耐性を持っている〉

「わかるように言ってくれ」

〈体内に入ったペトロバグを殺す薬はないということだ。もっとも、抗生物質を使用す

る前に宿主は脳を侵されて死亡するがね〉

「頼んでおいた処理は？」

〈間違いなくやった。もっと詳しく調べたかったが、恐ろしくなった。あれは悪魔の細菌だ。デビルのバクテリアだ〉

山之内の耳に宮部の声が虚《うつ》ろに響いた。

その日の午後、山之内は会長室を訪ねた。

林野史郎会長は倒れてからは極力、人に会うのを避けてきた。それでも、昼すぎには研究所に来て、Ｐ４ラボに顔を出した。

控室で、Ｐ４ラボのモニターテレビを一時間ほど黙って見ている。そしてやはり何も言わずに帰っていく。林野の関心は、ペトロバグのみに集約されていた。

「ご覧に入れたいものがあります」

林野はしばらく無言で山之内を見ていた。林野の顔色は悪く、一段と痩せたようだ。

「いい報せではないようですね」

ゆっくりした口調で言った。山之内は頷いた。

山之内は研究員をＰ４ラボに集めた。

林野が加藤に付き添われて入ってきた。ビデオにしましょうかと言ったのを、林野が直接実験に立ち会うことを望んだのだ。

山之内は心が痛んだ。この老人に、これから行なう実験を見せるのは酷ではないのか。

しかし、その考えを振り払った。

ゴーグルとマスクで表情はわからなかったが、室内は緊張に満ちていた。

安全キャビネットの中には、ペットフードの入ったガラス製の食器が置かれている。林野が渡されたゴーグルをかけて、山之内に向かって頷いた。

山之内は安全キャビネットの側面に付いているスイッチの一つを押した。キャビネットを仕切っていたガラスの扉が上がる。一羽のウサギが怯えた目をこちらに向けている。

ウサギはしばらく探るようにあたりを見まわしていたが、やがてゆっくりとガラス食器のほうへ進んだ。少しの間匂いを嗅いだ後、ペットフードを食べ始めた。

三分の一ほど食べた後、崩れるように床に倒れた。そして、一度大きく身体を震わせると、動かなくなった。部屋中の目がウサギに集中している。

「死にました。脳細胞が侵され、心臓は瞬時に停止します」

「ペトロバグの影響ですか」

「ペットフードには、特殊カプセルに入ったペトロバグが混ぜられています。胃でカプセルは溶け、体内に入ったバクテリアはただちに血液内に吸収され、血液とともに急速に脳に達します。その時点で、おそらく数秒の間に脳細胞の破壊が起こると考えられます。同時に自律神経が侵され、心臓停止が起こります。おまけに、どんな抗生物質にも耐性を持っているそうです。友人の医師が調べてくれました」

「その後は……」

林野が呟くような声で聞いた。

山之内は答えなかった。その答えは目の前で進行を始めている。ウサギの鼻と口と耳から黒っぽい液体が滲《し》み出し始めた。それは血液よりも黒く、粘性を帯びている。

ウサギの身体が、徐々に細くなっていくように感じられた。流れ出た液体は、白い毛に染みをつけながら床に広がっていく。

「生物をも石油に変えてしまうのか——」

林野がかすれた声を出した。

「人間も同じだろうとのことです」

誰かの深い溜息が聞こえた。

「石油は生物の死骸が数億年の年月を経て生成されたものです。ペトロバグによって、その変化が瞬時に行なわれるのです。まさに一瞬のもとにです」

全員が声もなく、数ミリの特殊ガラスを隔てて広がっていく黒い液体を見ていた。

「これで、一つの特性をつかむことができたわけだ」

林野が黒い塊を見つめたまま冷静な口調で言う。

「幸い伝染力は強くないようです。空気感染は起こりません。体液、主に血液中で増殖、伝播《でんぱ》します」

山之内の言葉に林野が黙って頷く。

「ここは息苦しい。外に出ませんか」

林野が顔を上げ、立ち上がった。ゴーグルの奥の目が、赤く腫れたように見える。

加藤が手を貸してシャワー室を出た。

3

会議室に第七セクターの研究員が集まっていた。

一様に押し黙り、タールのような重苦しさが彼らの表情に漂っていた。西村も黙り込んでいる。数分前の現実が頭から離れないのだ。

林野が加藤に支えられて入ってきた。

西村が立ち上がって、椅子を譲った。林野はその椅子に倒れるように座り、ゆっくりと研究員を見まわした。

「こう考えてはどうです、みなさん」

西村が憂鬱な雰囲気を吹き払うように、おどけた声を上げた。

「私たちのバクテリアの食欲はすごい。このバクテリアを利用すれば、ゴミ公害などただちに解決される」

「ゴミには我々人間も含まれるのか」

富山が皮肉っぽく言った。

「もちろん。人間は最大の有害な生ゴミです。墓の心配は無用。死んでからも社会に貢献できる。リサイクルの極致だとは思いませんか」

西村の言葉に、誰も笑わなかった。

「科学の発見に危険はつきものだ。原子力だって始まりはそうだった。原子爆弾という形で登場して、数十万の人間を殺した。半導体だって、ICだって、ミサイルや爆弾の部品に使われている。しかし、人類に貢献しているほうがはるかに大きい」

「そう思って、自分を納得させているだけじゃないですか。そう信じなければ研究なんてやれませんよ。その点、我々のペトロバグはすばらしい。人間は殺されてからも人類に貢献できるんです。石油になって、燃やされるんです」

林野は子供を慈しむような視線を向けながら、研究員たちの自嘲気味な話を無言で聞いている。

やがて、誰も話さなくなった。みんな憂鬱な顔をして、黙り込んでいる。身体中の穴から溶けた内臓を出して死んでいるウサギの姿が、脳裏を占めているのだ。

林野が立ち上がった。加藤が慌てて身体を支えた。

「みなさん、本当にご苦労さまでした」

そう言って、深く頭を下げた。

「ペトロバグの取り扱いには、今後いっそう注意してください。この件については、所長には私から報告しておきます」

林野は静かな口調で言うと、部屋を出ていった。

その日は、全員が早く帰った。十時を過ぎた頃には、第七セクターには山之内しか残っていなかった。

山之内は明かりもつけず、室長室の机に座っていた。五年間のさまざまな思いが、脳裏を流れていった。その思いはすべて、数時間前のウサギの姿につながっていく。身体が震えた。恐れとも違う。もっと深く、静かで、重苦しく、畏敬に近いものだ。今まで感じたことのない感情だった。

窓から見える研究所の明かりは、非常灯を除いてすべて消えていた。壁の時計を見ると、午前一時を回ったところだった。

山之内はそっと立ち上がった。

部屋を出て、Ｐ４ラボに向かった。静まり返った廊下を足音を殺して歩いた。

セキュリティにカードを差し込んで、暗証番号を押した。カチャリと低い音がして鍵が外れる。そっとドアを押し開けて中に入った。シャワー室を通り、更衣室を通ってＰ４ラボに入っていく。

滅菌灯の青みを帯びた光が、明かりを消した実験室を照らしていた。マスクを通して、石炭酸の臭いが鼻孔に広がる。

安全キャビネットに近づいた。

ウサギはすでに消毒され、研究所内のマイクロ波を使用した特殊焼却炉で燃やされている。今ごろは一握りの灰になっているだろう。

何もないボックスをしばらく眺めた後、細菌保管箱のほうに歩いた。心臓の鼓動が激しくなり、雲の上を歩いているようだ。これからしようとすることが、自分でも信じられなかった。ゆっくりと手を伸ばした。

「先生……」

扉に手が触れた時、背後で低い声が聞こえた。

振り返ると部屋の隅に誰かが座っている。電子顕微鏡の陰になって姿は見えなかった。

山之内は目を凝らしてその姿を探った。

ゆっくりと立ち上がる気配がして、滅菌灯の明かりの中に黒い影が浮かび上がる。

「林野会長――」

山之内の口から低い声が洩れた。

「先生がいらっしゃるのはわかっていました」

林野の穏やかな声が響いた。二人はしばらくの間、何も言わず向き合っていた。

「先生の考えておられることはわかります」

「許してください」

山之内は影に目をすえ、低い声で言った。

「私には、どうしてもこのバクテリアの存在が納得できない。人類はこのバクテリアによって、取り返しがつかないことになる。そんな気がするのです」

「先生のおっしゃることはよくわかります。私も、黒い液体を出しながらウサギが死んでいく姿を見せられた時、同じことを考えました。ここでこうしていたのはそのためです」

コトリという音が響いた。杖が床を打ち、林野の影が近づいてくる。影は山之内の前で止まった。

「しかし、こうしてＰ４ラボでペトロバグと向き合っていると、考えが変わってきました。彼らの呼吸が聞こえてくるのです」

Ｐ４ラボの中には空気清浄器の出す唸りが静かに響いている。耳を澄ますと、その中にペトロバグの囁《ささや》きが聞こえてくるような気がする。

「ペトロバグに滅ぼされるのが人類の運命であれば、それもいいような気がしてきたのです。中東の地に眠っていたバクテリアが、新しい力を得て出現した。ペトロバグとは、地球が自らを守るために遣わした救世主かもしれません」

林野史郎はマスクをとって深い溜息をついた。

「どういうことです」

山之内は薄明かりの中に林野の表情を読み取ろうとした。しかし目の前には、実験衣を着た林野の青っぽい影があるだけだった。

「美しい水と森と空気の惑星。しかし今は……二酸化炭素による地球温暖化、オゾンホールの拡大、酸性雨の増大……アマゾンの森林は伐採され、海洋は汚染されています。砂漠化は近年、さらに広がっている。これらはすべて人類が行なってきたことの結果なのです。地球は傷つき、喘いでいるのです。もし、人類がいなかったら……滅びてしまったら……。そうは考えませんか」

林野の声が静まり返った空間に響いている。

「それでは、人類は滅んだほうがいいと……」

地球……それが避けられないのであるなら。すべての生命の源となる地球……かけがえのない地球……その地球を人類の勝手な欲望で滅ぼすことは許されません。この時代にペトロバグが現われた。それはなぜか。偶然以上のものを感じませんか。ペトロバグを通して、私には地球の悲鳴が聞こえるのです。傷つき、疲れきった地球の悲鳴が……」

林野が深く息を吐くのが聞こえた。

「三十数億年前、生命はバクテリアとして現われた。そして今、地球はバクテリアの力を借りて、すべての生物の絶えた太古の昔に戻ろうとしているのではないか。それならそれでいい。この細菌が人類にとって、さらなる繁栄をもたらすものか、絶滅への引き金になるのか。それは、私たちのあとに続く世代が決めることではないでしょうか」

林野がさらに続ける。

「昔、話しましたね。先生が生きることを放棄しておられた頃です。神は人間に使命をお与えになった。それは生き抜くことです。生き抜いて、人類という種を存続させることです。人間はそれに向かって全力を尽くすだけ。これはそのための一つの壁、試練ではないでしょうか」

「私は恐ろしい。ただ、恐ろしいのです。自分が創造に加わったものが、人類を危機にさらすことには耐えられません」

山之内は絞り出すような声で言った。

「私も恐ろしい。しかし、耐えなければなりません」

青っぽい闇が二人の中に溶け込んでくる。ペトロバグの囁きにも似た響きが聞こえる。

二人はしばらくの間、P4ラボの人工的な音に包まれた静けさの中に立ち尽くしていた。

4

控室には山之内とP4ラボの四人の研究員がいた。

部屋の両側の壁に向かって二つずつ机が並び、どの机にもパソコンが置いてある。その机の前に各自がさまざまな格好で座っていた。窓際の陽に焼けたソファーには、山之内が目を閉じて座っている。

昨日は一日中、控室で話し合った。今日も議論を始めて、すでに五時間が過ぎようとしていた。五人の顔には疲れが濃く滲んでいる。

ホワイトボードにはペトロバグの写真が貼られ、遺伝子構造、数式が描かれている。

バクテリアが脳細胞を侵していく過程のメカニズムと、生成タンパク質の種類と働きが論じられていた。

「封じ込めるだけで十分じゃないのかな。密閉された頑丈なタンクの中で反応を起こさせる」

「それでは原発と同じだ。万が一事故が起これば、世界的規模のものになる。人間を含めて生物を石油に変えるバクテリアが何トンもばらまかれるんだ」

「究極のバイオハザードですね」

「たかが数ミクロンの細菌です。感染力は強くない。さほどの脅威とは思えません」

「十四世紀半ばにヨーロッパに大流行したペストによって、四年間に、当時のヨーロッパ総人口の三分の一、少なくとも二千五百万人が死んだ。原因は細菌だ。さらに、その数分の一の天然痘ウイルスによって、インカ帝国六百万人、アステカ帝国三百五十万人死亡。一九一八年のスペイン風邪でも二千五百万。エボラやエイズは、世界中にパニックを引き起こしている。これらはすべて一ミクロン以下のウイルスが原因だ」

富山が机の上の資料を読み上げた。

「ヒットラーは六百万人、スターリンは八十五万人、ポル・ポトは百万人以上虐殺した。人間の力はバクテリアやウイルスには、はるかにおよばない」

「人類も微生物も似たようなものだ。常に周囲を滅ぼしながら、自らは生き残ろうとしている。利己的遺伝子。すべての生物は、遺伝子が生き残るための乗り物である、まさにその通り。人類の遺伝子と微生物の遺伝子。どっちが最後に生き残るか、たのしみだよ」

「そこからまた、新しい地球の歴史が始まる。我々が考えつかない生物が生まれるかもしれない」

「もういいですよ。十分です」

西村は両手を上げて富山たちを制した。

「ペトロバグを、人間の体内では生きられないバクテリアに変えればいいわけよね」

由美子が声を上げげた。憂鬱な空気を吹き飛ばすような、元気のある声だった。無理をして明るく振る舞っているのは誰の目にも明らかだった。

「理屈はそうだけど、それだけで安全だとは言い切れないだろう。皮膚についた場合はどうなるんだ。石炭やプラスチックは外部から侵食が進んでいる。それに、肺に入った場合はどうなるんだよ。体内には違いないけど、厳密には大気につながっているんだから。いずれにしても、自分の身体ではやりたくない実験だ」

西村が不貞腐《ふてくさ》れたように言う。

「その場合は、外部から組織をオイルに変えていくんだろうな。時間はかかるかもしれないが、細胞膜から侵食していく」

富山が身体を回して、机の上のポラロイド写真を取った。黒い塊――。ペトロバグがウサギの細胞を覆い尽くしている。

「おまけに、どんな抗生物質も効かない。要するに打つ手はないということか」

久保田が溜息をついた。

「遺伝子を変えて、生物細胞には反応を示さないようにすればいいんですよ。単に無機物、固形炭化水素のみに反応するバクテリアであれば問題ないじゃないですか」

由美子が同意を求めるように見まわした。

「手品じゃないんだよ。タネはどうするんだ」

「生息範囲を狭めたらどうです。生息ペーハーを極端に制限するとか、生息可能な酸素濃度を制限するんです」

「生息範囲を限定するのはうまいやり方じゃない。石油生成効率が二桁下がりますよ。石油生成バクテリアの意味がなくなるじゃないですか。効率を最大限生かしながら、身体に優しいバクテリアなんて、しょせん無理なんです」

西村が投げやりな口調で言う。

「石油生成能力を落とさずに、生体に対して無毒化する。夢のような話だ」

「石油を作る微生物。我々はすでに夢の微生物を作り上げた」

しばらく沈黙が続いた。

「意見は出尽くしたな」

富山が疲れた声を出した。

「結局、突然変異でも待つしかないということでしょうか」

「キャンベル博士に相談してみたらどうですか。彼は免疫学についても権威者です。いいアイディアを出してくれるかもしれません」

突然、由美子が言った。

「いい考えですね。僕が持ってってもいいですよ」

西村が続ける。

「狼に羊の健康診断を頼むようなものだ」

富山がとんでもないという顔で言った。

「僕もそう思う。返ってきた時には、キャンベル印のバクテリアになっています。特許で縛り上げられて星条旗模様のある細菌ですよ。とても、我々のペトロバグとは呼べない。メイド・イン・キャンベルです」

いつもはほとんどしゃべらない久保田が、珍しくはっきり意見を言った。やはり五年間研究を続けてやっと生み出したペトロバグの研究は、自分たちで最後までやりとげたいのだ。

「キャンベル印か。それでいいんじゃないかな。バクテリアの身体に印刷してあるわけじゃないだろ」

「キャンベル博士は、そんな人じゃありません」

「いろんな噂があるぜ」

「単なる噂です」

「いやにキャンベルの肩をもつね」

由美子が西村の言葉を無視して、ホワイトボードの前に行った。

「去年の『ネイチャー』の論文に、ドイツのルクセン博士のグループがAS571菌を無毒化する実験が載ってました。遺伝子配列のほんの一部を変えるだけです」

ホワイトボードに図式を書いて、説明を始めた。

「キャンベルの方法と同じじゃないか」

「ルクセンの方法は多少条件は違うけど、我々もやったじゃないですか。だけど、うまくいかなかった」

「うちでは放射線でも当ててみますか」

西村がヤケのように言う。

「キャンベルの所でうまくいくとは限らない。彼のところでやれるなら、我々にもやれる。必ずやりとげるんだ」

黙って聞いていた山之内が強い口調で言った。

研究員は連日P4ラボに泊まり込んで実験を続けた。

西村はミドリザルを使って生体実験を始めた。ペトロバグが生体に及ぼす影響の詳細なデータを得るためだ。

由美子は再びDNAの未解読部分の解明に取りかかった。さらにペトロバグに放射線を照射して、その影響をみる実験も開始された。あらゆる方法を試してみるつもりだった。進化の最も自然な方法で、突然変異を期待したのだ。

林野史郎は第七セクター実験室を全面的にバックアップした。物理的に、そして精神的に。

しかし、ペトロバグの無毒化はなかなか進まなかった。山之内をはじめ研究員たちの顔には、疲労と焦りの色が濃く滲んでいた。

5

山之内は林野会長に呼ばれた。

会長室に入ると、記憶にある匂いが山之内をとらえた。

ソファーに座っているのは、グリーンエンジェルの柴田だった。横に本部で見た黒人。もう一人は初めて見る男だった。紺のスーツを着て、書類入れを大事そうに膝の上に置いている。三人の背後の壁にもたれて、平岡が腕を組んで立っていた。

柴田が山之内を見てわずかに頭を下げた。山之内は柴田の前の椅子に座った。

林野が困惑した視線を山之内に向けている。

「ペトロバグが致死性の強い、伝染性バクテリアであるというのは事実ですか」

身体中の血液が一気に沸騰し、全身を駆けめぐった。

柴田がパイプを右手に、山之内を見つめている。

どこから漏れたのだ。研究所の職員は知らないはずだ。この三日間、P4ラボの研究員は全員が研究室に泊まり込んでいる。

「私たちには独自の情報網があると言ったでしょう。それより、どういうことですかな。ご説明願いましょう」

「その件に関しては、いずれ――」

林野が言いかけると、柴田が手を上げて制した。

「私たちは山之内博士に聞きたい」

「その通りです。しかし、実験は完全密封された部屋で行なわれています。ペトロバグが外部に漏れるということはありません。我々はペトロバグを全面的に管理しています」

山之内は覚悟を決めて言った。

林野が心配そうに見つめている。

「それは以前にもお聞きしました。だが我々は、あなた方がそのような危険なバクテリアを作り上げたということを問題にしているのです」

「しかし……」

山之内は言葉につまった。動悸が激しくなった。膝の上に組んだ両手が強張り、震え始めた。四人の視線が針のように全身に刺さる。

見かねた林野が言葉を続けた。

「医学上の病原体と同じです。伝染性はレベル3です。これは、エボラ熱より数倍低い伝染力です。ですが、エイズよりは高い伝染力と考えていただいて結構です。エイズが通常生活では伝染しない、ということは周知の事実です。同様に、ごく普通の接触では感染はしません」

「私たちは伝染力の問題を言っているのではありません。あなた方は人間にとって有害なバクテリアを作り上げた。神の摂理を犯したのです。それが問題なのです」

「そのような感情論には応じかねます」

「こういうのはどうですかな。この研究は一企業には少々荷が重すぎます。しかるべき研究機関と共同研究を行なうというのは」

柴田が一呼吸おいて言った。横のスーツの男が顔を上げた。

「おことわりします」

林野は穏やかに、しかしきっぱりとした口調で言った。

「ただちに、そのバクテリアの廃棄を申し入れたい」

柴田の顔から笑みが消え、顔つきが変わっている。

「我々はWHOに報告して、政府を通じて廃棄を勧告することになります。そうなると、研究所のダメージも大きいでしょう。それでも構いませんかな」

再び元の顔に戻っている。

四人は三十分ほどで帰った。

「金の神通力も今回ばかりは当てにはなりませんな。よほど大きな組織が動いているのでしょう」

林野が山之内の前に座り直した。山之内は思わず頭を下げた。

「申し訳ありません」

「やめて下さい。先生が謝ることはない。もっとご自分に自信を持つべきです。先生は偉大な科学者だ。さすが、私の見込んだ人だと思っています。そして、ペトロバグは人類の未来を左右する偉大な発見です。いや創造と言うべきでしたな」

林野がいたわりを込めた目で山之内を見つめている。

「人間が神の領域に踏み込んだのは、やはり間違いだったのかもしれません」

「いや、神がその力を与えたのです」

「しかし――」

「答えは未来が出します。いずれ私たちの孫やその子供たちの時代に評価され、感謝されるでしょう。偉大な発見とはそういうものです」

「そうであればいいのですが」

山之内は顔を曇らせた。

「彼らが何と言ってこようと、法的強制力はありません。私たちはすべてを合法的にやっている。それは厚生労働省も認めるでしょう。問題は世論と私たち内部にあります」

「私たち内部？」

山之内は聞き返した。

「彼らはペトロバグが生物におよぼす効果を知っていました」

「でも誰が……」

「この件に関しては、もう少し時間をいただけませんか」

林野が苦しそうに息を吐いた。それに、と言って、林野が山之内を見た。

山之内は無言で頷いた。

「先生はまだ迷っておられる。そうではありませんか」

「私は決心しています。もし真に必要なものなら、私たちの手で必ずペトロバグを人類の前に登場させます。これは第七セクターの研究員全員の望みでもあります」

山之内の言葉に林野がゆっくりと頷く。

「こうなると競争しかありませんな。彼らの廃棄命令が早いか、私たちの完成が早いか」

穏やかだが力強い口調だった。

ムハマッド・アル・ファラルは立ち上がり、マントルピースの前に歩いた。獅子の彫刻の頭に手を置き、ゆっくりと居並ぶ人々を見渡した。広い室内は静まり返り、ムハマッドの言葉を待っている。

「明日のメジャーとの会議では、五〇パーセントの値上げを通告したい。以後、OPECアラビアンライト公示価格は一バレル三十七ドル八セントとする」

ムハマッドは力強く宣言した。

ざわめきが起こった。

「二五パーセントではなかったのかな」

イラクのハミッドが言う。

「メジャーと世界を相手に戦争を仕かけようというのか」

「制裁措置がとられる」

「世界は中東の原油をボイコットするぞ」

次々に声が上がる。

「では聞こう。諸君は今の石油価格が妥当だというのか」

ムハマッドは部屋中に鋭い視線を配った。

誰も答えない。

「現在の一バレル二十四ドル七十二セントという価格は、誰が決めたと聞いているんだ。アッラーか。アッラーがこの馬鹿げた価格を決めたというのか」

ムハマッドは続けた。

「決めたのは、メジャーが代表する西欧諸国だ。需要と供給のバランス、世界への安定供給とか勝手な理屈で、自分たちの論理でつけた価値にすぎない。アッラーは我々に石油を与えてくださった。我々はそのアッラーの恵みを、不当な価格で切り売りしている。彼らの繁栄と富はそのおかげだ。我々は己の身を切り売りして、異教徒どもに媚を売っているのだ。この調子だと三十年も経たない間に石油は枯渇し、中東は昔通りの砂漠と貧困の国になる」

目の前にいる無能な奴らは、神の名さえ出せば無条件で服従する。己の意志など持たない愚か者だ。ムハマッドは妙な腹立ちと苛立《いらだ》ちを感じた。自分は孤立している。しかしいずれ、彼らもアッラーよりも自分に感謝する日がくるだろう。

「我々はいいとしても、他の産油国はついてくるかな」

クウェートのナキルが声を上げたが、ムハマッドは無視して続けた。

「一九六七年の六月戦争を思い出せ。アラブ外相団はバグダッドに集結した。我々はイスラエルを支持する西側に対する報復措置として即刻石油禁輸措置を提唱し、これを採択した。同時にエジプトによって、スエズ運河も閉鎖された」

しかし、と言ってムハマッドはテーブルに視線を向けた。

「我々は石油禁輸措置という戦略に失敗した。一部の国の裏切りによって——。彼らはボイコットに加わることを拒否したどころか、増産を始めたのだ」

声は怒りに震えていた。

イランのラフサンジャニが視線を下げた。この時イランは、石油禁輸措置に加わるのを拒否したのだ。さらに、ベネズエラは生産量を増した。そのためOPECの試みは失敗し、それ以後世界の石油の主導権はメジャーに移った。

部屋は静まり返っている。その中にムハマッドの声だけが高く響いた。

「スエズ運河閉鎖も大きな効果は生まなかった。すでにスエズ運河航行不能のスーパータンカーが建造され、それらは南アフリカの喜望峰を廻《まわ》っていたからだ。一週間後には、我々は自らの無力を悟った。我々にはメジャーに対抗する結束も、資金的準備もまったくなかったのだ。我々に対し、メジャーの動きは見事だった。禁輸の間も、彼らは世界に石油を供給し続けた。それに引き替え、我々は無力と無能を世界に暴露したのだ」

ムハマッドは大きく息をついた。そして続けた。

「だが四年後の一九七一年は違っていた。テヘラン協定において、初めて我々はメジャーを破ったのだ。バレル三十五セントの値上げと、七四年には五十三セントに持っていくという約束を勝ち取った。リビアの英雄によって、我々中東諸国は失っていた誇りと力を取り戻すことができたのだ。メジャーの専制に初めて中東の結束が勝った。石油が我々のものとなるための第一歩が踏み出されたのだ」

ムハマッドは男たちを睨むように見た。

「しかし湾岸戦争以来、形式はどうであれ、我々は再びアメリカをはじめ、西欧諸国、すなわちメジャーの屈辱的な支配を受け続けている。今こそアラブの力を結集して、世界に再び我々の力を示すべきだ」

ムハマッドは一気にしゃべった。

「そして今、我々は勝利を収めるのだ」

部屋の中は物音一つしなかった。

「それでは、もう一度聞こう。我々は石油公示価格の五〇パーセント値上げを通告する」

ムハマッドは叫ぶように言った。

異議を唱えるものは一人もいなかった。

「ありがとう、諸君。アラブは一つだ」

ムハマッドは軽く頷き、席に戻った。

「バクテリアの話はどうなりましたかな。石油を生成するという細菌です」

静かな声が響いた。

部屋中の視線が声の主に集中する。サウジアラビアのアブドゥルが、穏やかに全員の視線を受けとめている。

「アッラーが解決するだろう」

ムハマッドは一瞬眉を引き締め、きっぱりとした口調で言った。

アッラーの名が自然に口から出た。自分こそ、真のアッラーだ。アラブの神になるのだ。ムハマッドは心の中に刻みつけた。

6

ジョージ・ハヤセは成田に降り立った。

思わずコートの襟を立てた。

どんよりと曇った空が広がっている。今にも雨か雪が降りそうな天気だ。十五時間前に見たカリフォルニアの空は、雲ひとつなかった。

日系三世であるが、両親も祖父母も日本人だから外見は日本人と変わらない。先日四十五歳になったが、色白の表情のない顔は、三十代にも見えた。

空港ロビーに立って、あたりを見まわした。自分と同じ顔つき、肌の色をした者たちが慌ただしく通りすぎていく。

肩に衝撃を感じた。振り向くと、背後で土産物がはみ出るほど積んだカートを押した男が怒鳴っている。

〈ジャップ〉口の中で言って睨みつけると、男は急に口を閉ざして行ってしまった。

「何度来ても馴染めない国だ」

ハヤセは英語で言って、横の小柄な青年に目を向けた。

マイケル・イシガミ、二十一歳。父が日本人で、母親は白人と黒人の混血だった。青みがかった瞳と髪のウエイブが強い点を除けば、日本人と言っても疑う者はなかった。

ジーンズにUSCのロゴの入ったジャンパーを着ている。

他に一人の白人がいた。耳を隠した金髪、百八十センチ前後の引き締まった身体。身体にピッタリ合った灰色のスーツを着た、三十代前半の男だった。東部の大学のスクールタイをして、東部訛りの英語を嫌味たっぷりにしゃべった。ロサンゼルスを発つ前日に連絡があり、空港で落ち合ったのだ。その時サムと名乗った。入国の時パスポートを盗み見たが、間違いはなかった。サミュエル・クウエード、三十四歳。

三人はタクシーに乗り、東京都内に入った。

ホテルは赤坂にあるホテル・パシフィック。部屋は廊下を挟んで向かい合わせに、ダブルが二つとってある。ハヤセとマイケルが同じ部屋だった。

ハヤセは窓の側に立って、目の前に広がる東京を眺めた。

三十二階の部屋からは皇居の森が見える。それはビルの間に場違いのように存在している。あの森の中にハヤセが子供の頃からさんざん聞かされ、祖父母が異常なほどに敬っていた日本人の神がいる。そう思うと、自分でも驚くほどの懐かしさに似た感情と多少の不気味さを感じた。

「俺たちの国、日本だ」

ハヤセは日本語で言ってみたが、実感はなかった。

マイケルが窓の外をちらりと見て、すぐにまたテレビに視線を返した。テレビでは、十人ほどの水着姿の若い女が歓声を上げてプールサイドを走っている。

「独特の文化と思想を持つ国だ。今におまえにもそれがわかる」

ハヤセはマイケルを見て言った。

マイケルがリモコンのスイッチを押した。短い電子音を残し、テレビが消える。

「眠い」

マイケルは服を脱いで、素裸になってベッドに横になった。

乱立する高層ビルの間に、東京タワーが見える。やがて、背後から静かな寝息が聞こえてきた。ハヤセは振り返ってマイケルを見た。整った顔に引き締まった肉体。褐色のなめらかな肌――。額にかかった黒髪がかすかに揺れ、裸の胸が規則正しく上下している。

マイケルの横に座り、その寝顔を眺めた。彫りの深い顔はギリシャ彫刻を思わせた。顔の産毛が、窓から差し込む赤みを帯びた冬の陽に柔らかく輝いている。その頬にそっと手を触れた。マイケルはぴくりと身体を動かし薄く目を開けたが、それがハヤセだと気づくと再び目を閉じた。ハヤセは、飽きずにマイケルの寝顔を見つめていた。

やがて服を脱いで、マイケルに寄り添った。


OPECが要請した緊急価格会議は、五階の大会議室で行なわれていた。

ムハマッド・アル・ファラルはゆっくりと男たちを見渡した。

広い室内は静まり返っている。メジャーを中心に、二十人近い男たちがコの字形に並べられた席に着いていた。日本人の顔も見られる。

コの字の両側に座っている背広の男たちは、例外なく引きつった顔をしていた。その背後にはオブザーバーとして三十人以上の人が、会議のなりゆきを固唾を飲んで見守っていた。

たった今、ムハマッドがアラビアンライト・オイル公示価格の五〇パーセント値上げを通告したばかりだった。

「五〇パーセント値上げ？　一バレル三十七ドル八セントと聞こえましたが、私の聞き間違いではないでしょうな」

シェブロン社長のジョン・オマーが聞き返した。

「アッラーに感謝しなさい。あなたはよい耳をお持ちだ」

ムハマッドは笑みを浮かべて答えた。

「無茶だ。そんな値段で取引はできない」

オマーが思わず声を上げた。顔が興奮で赤らんでいる。

「第三次石油危機の到来だ」

「世界中でパニックが起きますぞ」

「そんな身勝手は許されん」

次々に声が上がる。

「では、他でお買いになるんですな」

ムハマッドは声のほうを睨みつけて、冷ややかに言った。

「少々、時間をいただけないだろうか」

しばらく沈黙が続いた後、輸入国を代表する形でオマーが言った。

「時間が解決するとは思えませんが。しかし、あなた方にも都合がおありでしょう。十二時間お待ちします」

ムハマッドは尊大に答えた。

オマーがムハマッドの横に座っているアブドゥルを盗み見ている。アブドゥルは腕をテーブルに乗せ、わずかに顔を下げて何かを考えているようにも、眠っているようにも見える。オマーは彼が口を開くことを期待しているのだろうが、その期待は裏切られる。我々は勝つのだ。

ムハマッドは閉会の言葉を告げた。

最上階にある、事務総長室に戻った。

窓の側に立つと冷気が染みてくる。みぞれ混じりの雨が窓ガラスを叩き、通りの向こうには、重厚な石造りの建物が雨の中に煙っている。冬のウィーンは淋しい町だ。

午後二時十五分。東洋の島国を思った。一人の男の顔が脳裏をよぎった。その男は死ななければならない。アッラー、つまり私に背いたのだ。だが、最後まで自分がなぜ死ぬのかわからないだろう。

〈狼は羊の檻に入った〉今朝、届いた連絡だった。七十二時間以内に計画は実行される。

石油を人の手で生成するなどという、神の意に反したバクテリアはこの世から抹殺する。

しかし、という思いもあった。これが科学の進歩であることは間違いなかった。我々は石油のおかげで砂漠に道路を作り、水を引き、偉大な町を作ることができた。ラクダと馬に代わり、エアコンの効いたロールスロイスやキャデラックで砂漠を走っている。今回はこれで終わる。しかしいずれ、同じようなバクテリアが発見され、我々を窮地に追い込むことだろう。それがバクテリアであるか、他の何かであるかはわからない。時代の流れだ。その時、我々はどうする。

科学の進歩を止めることはできない。それは人間が人間である証だ。だが、遅らせることはできる。私の世代では何としても阻止しなければならない。たとえ、アッラーの加護を願ってでも――。ムハマッドは苦笑した。この自分がアッラーに願いを請うとは。我こそ神だ。神であらねばならない。その間に一つのアラブを作るのだ。統一アラブは偉大な力を持つだろう。後のことは……。ムハマッドは深く息をついた。

7

底冷えのする日だった。

十二月に入り、街は急激に慌ただしさを増している。クリスマスソングが流れ、イルミネーションが輝きを際立たせていた。

林野と山之内は加藤の運転する車で都内に向かっていた。

林野が時折思い出したように、実験の進展具合と山之内の少年時代のことを聞いた。

車は首都高速に入り、三宅坂インターチェンジで下りた。霞が関の官庁街に入ってい
く。

「ところで、私の役割は何です。世間話の相手ではないでしょう」

今朝、突然林野から研究室に電話があり、ご一緒願えませんかと頼まれたのだ。研究棟の前で待っていた林野の顔を見ると、いい話ではないことは一目でわかった。

「一緒にいてくれるだけで心強い」

林野が山之内に向かって、かすかに笑みを浮かべる。

車は国会図書館前の通りに止まった。止まると同時に図書館から男が出てきて、素早く車に乗り込んでくる。

稲葉だった。車はそのまま走り始めた。内堀通りを北に向かって走っている。

「お忙しいところ、お時間をいただき申し訳ありませんでした」

林野が稲葉に頭を下げた。

「こんな形でしかお会いできなくて――」

稲葉が腫れぼったい目を押さえながら言う。数週間前、初めて会った時の快活さは微塵《みじん》もなく、疲れ切った表情をしている。

林野はペトロバグの危険性について手短に説明した。稲葉は視線を前方に固定したまま黙って聞いている。

車は皇居の濠《ほり》に沿って走った。濠の水面《みなも》が冬の陽光に冷たく輝いている。パレスホテルが見え始めた。いつの間にか南に向かって走っている
「もしこのことが公になると、政府の対応はいかがなものでしょうな」

「それは事実なんですね」

山之内に視線を向けて念を押すように聞いた。柴田は、まだ動いてはいないようだ。

山之内が頷くと、わずかに息を吐いた。

「バイオハザードの問題ですね。厚生労働省の管轄か環境省の管轄になるでしょう。厚生労働省なら国立感染症研究所、環境省なら総合環境政策局というところでしょうか。おそらく厚生労働省の可能性が強いでしょう。対象が微生物ですから。でも、事故は起こっていないんでしょう」

「万全の対策をとっています」

「だったら、今のところは問題ありません。研究開発途上のバクテリアの一性質ですから。報告の義務はあるかもしれませんがね。しかしこの場合、事故は起こっていないし、生物に対する致死性は、意図的に作り上げたものでもない――。どこに報告すればいいんだろう。警察じゃないいな」

しゃべりながら自分で首をかしげている。ただ、と言って考え込んだ。

「難しいのはマスコミ対策でしょうね。書きようによっては、とんでもない危険なバクテリアということになります。生物兵器にも匹敵する。そうなると、政府も静観できない。なんらかの対応を取ることになるでしょう」

車のスピードが落ちた。日比谷公園の横を通っている。

「でも、世の中には危険なバクテリアやウイルスは蔓延してるんですよね。院内感染のウイルスだってそうだ。放射性物質や劇薬だって巷《ちまた》に溢れている。ダイオキシンだって今まで垂れ流しだった。問題は管理体制なんですよ。危険だからってすべて禁止してしまうと、世の中が成り立たない。ペトロバグなんて特にそうだと思います」

「そう言っていただくと心強い」

林野の口調に安堵《あんど》のようなものが感じられた。

稲葉の携帯電話が鳴り始めた。稲葉はディスプレイを見て、音を消してそのままポケットに入れた。

「何とか乗り越えてください。僕は大いに期待してるんです。世界を変える発見だと信じています」

あらたまった口調で言った。

「全力を尽くしています」

「OPECが、とんでもない原油価格を提示してきました。その対応策で資源エネルギー庁はひっくり返っています。アメリカもヨーロッパも、世界中が同じでしょう。何もわかってない政治家も、今度は慌てているようです。経済界の突き上げが激しいのでしょう。二日間寝ていません。当分泊まり込みが続きそうです」

稲葉が息を吐いて腕時計を見る。

「こんな事態に振り回されないためにも、石油生成バクテリアの完成をお願いしたいのです」

車は再び国会図書館前に戻った。

稲葉が軽く頭を下げて車を降りた。車はそのまま走り始めた。バックミラーに、走り去る車を見つめる稲葉の姿が映っている。

翌朝、ハヤセはマイケルを連れて街に出た。

東京の地図は、二週間かけて頭に叩き込んである。

地下鉄丸ノ内線で新宿に出て、ＪＲの山手線に乗り換える。池袋で降りた。

ハヤセは脇道の多い複雑な道を通い慣れた道のように歩いた。表通りから裏道にそれ、ビルの間を十分近く歩き、雑居ビルの並ぶ一郭に着いた。

『日米通商』と小さな看板のかかったビルに入る。ダグラスが指定した貿易会社だった。アメリカの台所用品、造園用の雑貨を輸入している、社員数人の貿易会社だ。

ドアを開けると部屋には女性が一人いるだけだった。その化粧の濃い中年女性に名前を告げると、社長室に通された。

社長室は部屋の奥になっている。窓際の机には五十前後の日焼けした男が座っていた。中肉中背、髪を七、三にキッチリ分けた特徴のない顔。部屋の片隅には、ゴルフバッグが立てかけてある。男はハヤセとマイケルを見ると立ち上がった。

「お待ちしておりました」

机をまわってきてソファーを勧めた。

男はスズキと名乗った。スズキは部屋の隅から小型のスーツケースを持ってきて、テーブルの上に無造作に置いた。

ハヤセはポケットから出したキーでスーツケースを開けた。

中には三挺《ちょう》の自動拳銃と十個のマガジン、縦横二十センチ高さ十センチほどの包みが二個入っていた。

ハヤセはスーツケースから包みを出し、自分のほうに引き寄せた。さらに拳銃を取って素早く点検した。

「ベレッタM92F。装弾数十五、チェンバーのを入れると十六発。最高の銃だ。日本じゃなかなか手に入らない」

ハヤセが拳銃から顔を上げて、スズキを睨んだ。スズキはわざとらしく咳払いをして視線をはずした。

「送り主は日米エネルギー安全保障協会。産油国のロビイストか。民間機関だが大統領府との結びつきが強い。これじゃあ税関もフリーパスだ」

スズキが独り言のように呟いた。

ハヤセは無言で、慎重に包みをスーツケースに戻した。その上に拳銃を置き、ケースを閉じた。

顔を上げてスズキに目を移すと、スズキは封筒を差し出した。

「車の免許証です。あなたは大木良夫、四十三歳。横浜で印刷所に勤めています。家族は奥さんと子供一人。奥さんの名前は……」

スズキが紙切れを広げると、ハヤセは横からつまみ取った。

「読めるんですか」

紙切れを見ているハヤセに聞いた。

「そっちの若いのは山本健次。車の修理工です。二人とも実在します。まずいことが起こっても、四十八時間は身元が確保できる。それ以上はね――」

黙っているハヤセにスズキは肩をすくめた。

ハヤセはマイケルに免許証を渡した。どちらも写真は本物だった。

スズキがマイケルを舐《な》めるように見ている。ハヤセが睨むと、慌てて視線をそらせた。

スーツケースを持って立ち上がった。マイケルが後に続く。

二人は駅に出て、タクシーを拾った。

ホテルの部屋に戻り、サムを呼んだ。

「シティホテルのテレビでポルノをやってるのは、日本だけだな。しかし何だ、肝心な所のあのちらちらしたやつは」

サムがあくびをしながら言う。

ハヤセはサムの言葉を無視して、スーツケースの中身をテーブルの上に広げた。小型ナイフを出して、厳重に包装された小包みの一つを開けた。ノート型パソコンの厚さを三倍にしたほどの装置が入っている。

「小型のナパームだ。時間を設定しておけば燃料が飛び散って、十メートル四方を焼き尽くす。爆発力は大したことはないが、火力は強い。少々の水では消すことはできない」

ハヤセは武器をまとめてスーツケースにしまうと鍵をかけた。

「銃なしで仕事をしろというのか」

サムが不満そうな声をあげた。

「仕事のときに渡す。外出のとき銃を持つと危険だ。日本の警察は外国人の携帯品に敏感だ」

「――日本人は白人には弱いんだ」

ジャップは、と言いかけて、二人の顔を見て言い直した。

「前に来た時には、女は声をかければ必ずついてきた。男はしゃべりかけるだけでぶるってたぜ。それが今度は、仕事以外にはホテルの部屋を出るなだと」

「おまえが知ってるのは十年前の日本だ。今、日本には外国人が溢れている。外国人がらみの犯罪も多い。それだけポリスに目をつけられて危険なんだ」

ハヤセはサムを睨みつけて言った。

サムは何も言わず、肩をすくめた。納得したふうには見えない。この男は軽率すぎる。なぜ彼はこんな男をよこした。今度の仕事は、マイケルと二人だけでも十分やることができる。ハヤセの心に黒い影がよぎった。

8

「五〇パーセント？」

ジェラルド・リクターは聞き返した。

無意識のうちに声が大きくなっていた。受話器を握る手がわずかに震えている。

〈五〇パーセントです。間違いありません〉

オマーが繰り返した。

「情報では二五パーセントだと聞いていたが」

〈それは確かです。アラブ側も緊急に決定した様です。十時間前にＯＰＥＣの緊急首脳会議が開かれたと聞きましたが、おそらくその時に〉

リクターはしばらく考え込んでいた。

石油備蓄はアメリカで百九十日、ＥＣ諸国は平均百五十日といったところか。日本も前の石油危機の教訓から、百三十日分の備蓄があると聞く。戦略上の理由から、各国とも正確な数字は明らかにしていないが、おおむねそういうところだろう。

この数字に、アラブ以外の産油国に増産を頼めば、当分はアラブの石油を当てにしなくてもよい。その間にアラブのほうが音《ね》を上げる。

しかし、やつらがもちこたえれば……。やつらの結束が強ければ……。他の産油国がアラブに同調すれば……。リクターの頭をさまざまな図式が流れる。

何かあるに違いない。アラブの狂人どもは、何を考えている。ふっと、ビデオの映像が浮かんだ。粘性のある黒い液体が頭の中を満たしていく。

「アラブの連中は、バクテリアのことは知っているはずだな」

〈間違いありません。あの情報屋は優秀だが、信用できません。金さえ出せばどこにでも流すでしょう〉

「知っていて、このような強硬手段をとるとは」

〈彼らは強気です。よほど自信を持っているのでしょう。我々が必ず彼らの要求を飲むと〉

リクターの胸を不安がよぎり、しばらく沈黙した。

〈ＯＰＥＣとの話し合いは、いかがいたしましょう〉

返事を求めるオマーの声が聞こえる。

「放っておけ」

〈しかしこのニュースが流れると、スポット・マーケットも急騰します〉

「買い急ぐ必要はない。おまえはしばらくそっちで情報を集めろ」

リクターは受話器を置いた。横には秘書のトーマスが神妙な面持ちで立っている。

「よくない報せのようですね」

「アラブのやつらが我々に戦いを挑んできた」

「どういうことです」

「公示価格は三十七ドル八セント。ＯＰＥＣの値上げ幅は五〇パーセントだった」

「二五パーセントと聞いておりましたが」

リクターは頷いて目を閉じ、考え込んでいる。

アラブの強硬姿勢には根拠があるに違いない。胸をよぎった暗い影は、さらに濃さと深さを増していった。

「ＯＰＥＣの事務総長は誰だったかな」

目を開けて聞いた。

「ムハマッド・アル・ファラルです。アラブ首長国連邦、ビン・スルタン・オザル首長の第七王子です」

リクターの脳裏に、ローブをまとった精悍な男の姿が浮かんだ。

「あの男だ……」

呟くような声を出した。

五年以上前になるが、イギリスで会った。バッキンガム宮殿の晩餐会《ばんさんかい》だったか。ただ一人、ローブの男がいた。確か、ケンブリッジの大学院生だと聞いた。あの男に違いない。

民族主義の塊のような男だったが、西洋の合理性も身につけている。あの民族衣装も一種のポーズだろう。モスリムだと言ったが、アッラーなど信じていない。他のどんな神も彼の精神《こころ》の中にはいない。あの自信に溢れた目を見ればわかる。あの男にとって、従うべき神は自分自身なのだ。

「東京から連絡はないか」

「はい……」

トーマスが言葉を濁した。

「どうした」

「連絡が途絶えています。バクテリアが発見されてから、警備が厳しくなったと思われます」

「東京に連絡をとって、警戒するように伝えろ。アラブの連中が行動を起こすかもしれん。いや、もう動き始めていると考えたほうがいい」

「わかりました」

「我々も計画を急ぐ必要がある。動きだしたのはOPECばかりではあるまい。世界のすべての国が石油を求めている。大統領の特命を受けた国務長官が近々日本に出向くという話も聞いている。政府もいよいよ動きだしたようだ。が、日本政府の動きが鈍いのがどうも気になる」

「あの国の政府の反応が鈍いのは、いつものことです。危惧は無用でしょう」

「だったらいいが……」

リクターは椅子を回して窓のほうを向いた。

カーテンの隙間に、見慣れた風景が広がっている。物心ついた時から眺めていたものだ。

「あの男は日本に行った時、なぜバクテリアを手に入れてこなかったのだ」

腹立たしげに呟き、机を強く叩いた。しかしすぐに落ち着きを取り戻した。手は打ってある。二重、三重に――。

「すぐ博士に会いたい。連絡をとってくれ」

リクターは静かな声で言った。


部屋には異様な空気が満ちていた。

動物の出す体臭、排泄物《はいせつぶつ》の臭い。それに、死の匂いが混ざっている。

「P4ラボがついに動物園になったわけです。そして僕が飼育係、しかも死刑執行人を兼ねている」

西村が皮肉と自嘲を込めて言った。顔には疲れが滲み、目の奥には怯えすら感じられる。

東側の壁のテーブルには五つの檻が置かれていた。中にはミドリザルが入っているが、五匹とも死んだように横たわっている。

三匹は目を閉じたままで、ほとんど動かない。他の二匹も時折り身体を痙攣させるだけで、こちらを見つめる目は血のように赤い。

「ナンバー1から3のサルには、放射線を照射したペトロバグを注射しています。1が五十レム。2が百レム、3が二百レムです。4と5は抗生物質を投与しています」

西村がサルにつけたセンサーから引き出した体温、脈拍のモニターを操作しながら言う。

放射線照射により、わずかずつ遺伝子を変えたペトロバグを作り上げ、生体に及ぼす影響を調べようとしていた。同時に抗生物質に対する耐性実験も行なっている。

「症状はだいたい同じです。まず、高熱。次に呼吸困難。激しい発作。そして、ジ・エンド。石油化が始まります。いやもう、体内ではとっくに始まっているんです。この間、数時間。宮部さんの言ったように、ペトロバグは現在ある抗生物質には完全に耐性を持っています。これじゃあ、突然変異で生体に無害なものが生まれるのを待つしかないですね。しかし考えようによっては、飛躍的な進歩です。数日前の生存時間は数分ですからね。もっとも、注射するペトロバグは大幅に減らしていますが」

「ペトロバグの量と体重の相関関係はわからないか」

「影響があるのは最初の数時間です。体内での増殖が激しいので、一定数になれば後は爆発的に増えます。しょせん、無理な話なんですよ。だいたい実験体数が二桁少なすぎるんです。これじゃあ十年やったって、満足な結果は出せやしない」

西村の声が高くなった。富山が困惑した表情でこちらを見ている。

山之内にも西村の気持ちは十分すぎるくらいわかっていた。

「休憩してきます」

西村が乱暴にドアを開けると出ていった。

「彼も疲れているんです」

富山が山之内の側に来て言う。

「それに、サルを殺すのがつらいんです。すでに三十七匹殺してる。なのに思うような成果は出ない。これ以上やるには、もっと大きな研究施設の協力が必要です。優秀な病理学者のスタッフもね」

「わかっている」

成果を期待しているのではない。今はデータを取ることが目的なのだ。それには、サルにペトロバグを注射して、ただ殺すことだ。

「放射線によるペトロバグの変化は？」

「先生のおっしゃる通り、あまり期待できません。放射線下の生存領域は極端に広いです。七百レムを超えても生きています。人間だと数週間で死ぬ量です。ペトロバグは何としても生き抜こうという力に溢れています」

富山が皮肉を込めて言う。

「遺伝子の変化はどうだ」

「現在、相原君が調べています」

「大変だろうが頑張ってくれ」

山之内は富山の肩を軽く叩いた。

右端のサルがわずかに身体を起こし、二人に虚ろな目を向けている。山之内は無意識のうちに目をそらせていた。

9

眼下には、ビルの明かりとネオンと車のライトが入り交じる夜が広がっていた。

ハヤセとマイケルとサムの三人は、ホテルの最上階にあるレストランで夕食をとった。

九時を回ってから、ハヤセはマイケルを連れてホテルを出た。

「あの男も連れていったほうがいいんじゃないか」

マイケルがハヤセに言う。

「目立つのはよくない。いくら外国人が溢れているといっても、やはり目につく。日本では日本人が一番動きやすい」

「本番ではどうする」

「連れていかなければならんだろう。資料にはドアを開けるにはカードキーと暗証番号が必要だとあったが、実物のキーと番号は渡されてないからな。そのためにダグラスがよこした」

「俺だってドアくらい破れるぜ」

「ロスのグローサリーストアーやガソリンスタンドの錠前とは違う。この国には銃がない代わりに特殊キーが溢れているんだ」

「あんたならやれるだろう」

「九九パーセント。しかし、サムは一〇〇パーセントだ」

マイケルはまだ不満そうな顔をしている。

「サムはカードキーと暗証の専門家だ。自分では、MITの電子工学科を卒業していると触れまわっている」

「事実か」

「誰も知らん。仲間にも知り合いにもMITの卒業生はいないからな」

ハヤセはマイケルの肩を軽く叩き、それに、と付け加えた。

「サムは殺しのほうも専門家だ。目的の場所にいるのはターゲット一人だけじゃない」

ハヤセは無理やり自分を納得させようとしているのに気づいている。ダグラスがサムをよこしたのは、単に相棒としてだけではない。監視役でもあるのだ。彼は我々を信用してはいない。彼が信じる、少なくとも言葉を聞こうとする相手は、同じ肌の色をした人間だけだ。

地下鉄と電車を乗り継いで、研究所のある駅に降りた。十時をまわったところだった。

二人は研究所の正門前の通りをゆっくり歩いた。高さ二メートルほどのコンクリート塀が、道路に沿って続いている。人通りはなく、時折すごいスピードで、車が通りすぎていく。静かな住宅街のはずれ、といった感じだった。

正門の横に、警備員詰所がある。中に二人の警備員が暇そうに座っているのが見えた。車が一台、詰所の前に来て、停車することもなく中に入っていった。

「いつでもやれる」

マイケルが言った。

「そうだな」

アメリカでは、研究所と名がつく建物は上部に有刺鉄線がついた高い塀に囲まれている。門の前の警備員室には、拳銃を携帯した警備員が複数つめていた。それも、あんなくたびれた中年ではない。警備員室には警察と警備会社への非常ベルと直通電話がある。夜間には獰猛《どうもう》なドーベルマンを放しているところもある。

それに比べ、ここは拍子抜けするほどのんびりしていた。裏通りにあるコンビニにも、深夜にもかかわらず子供のような顔をした男女の店員がいるだけだった。この国の奴らは間抜けなのか抜け目がないのか、わからなくなる。

二人は正門から百メートルほど離れた交差点まで歩いた。

角にレストランを兼ねた喫茶店がある。このあたりでただ一軒開いている店だった。中に入って窓際に腰かけると、研究所の中の建物が見えた。六階建ての建物のいくつかに、まだ明かりがついている。

目標の第七セクターは建物に遮られて、外部からは見ることができない。

店の時計は十一時を過ぎている。

中年の太った女が注文をとりに来た。

「遅くまでやってるね」

ハヤセは発音に注意しながら、研究所の明かりを指した。

「十年ほど前までは、徹夜でやっててよく出前を頼まれたけど、今は十二時前にはみんな帰っちゃうよ」

女が研究所の建物に目をやって言う。

「昔は食事をしながらも、よく議論してたよ。難しい言葉を使ってね。こっちは、喧嘩《けんか》をしてるのかと勘違いしたくらいさ。読んでる本も、数字ばかりが並んでいる外国の本でさ。でも、今の若い人はマンガを読んでるかテレビを見てるかだよ。科学者も普通のサラリーマンと同じになっちまったね」

女は溜息をついて、注文を書きとる用意をした。

女の言った通り、十一時半を境に明かりが消え始めた。

十二時には一つの窓を残して消えてしまった。その明かりも、十二時十分になる前に消えた。

「まず実験室を爆破する。それから――」

ハヤセはテーブルの上に一枚の写真を置いた。

「世界を変える男だ。ダグラスがそう言った」

マイケルが写真を覗き込んだ。

白衣の山之内が挑むような目で二人を見つめている。


山之内は一時間前から室長室でビデオを見ていた。

ディスプレイの画面には、三匹のミドリザルが映っている。右端のサルはすでに死んで溶け始めている。左のサルは目を閉じて横たわっているが、死んではいなかった。時折り、かすかに身体を震わせ、目を開けてすがるような眼差しをビデオに向けている。

「タロウも死にました」

振り返ると、由美子がドアの横の壁にもたれて立っている。ジーンズにブルーのだぶだぶのセーターを着て、その上に白衣を羽織っていた。胸の前に分厚いファイルを抱えている。

「いま、ビデオに映っているサルです。死亡時間午前二時十二分」

ファイルを見ながら言った。

山之内は無言で頷いた。

由美子は黒縁のメガネを外し、そのつるで額にかかった髪をかき上げ、溜息をついた。化粧けのない顔が青ざめている。

「でも、誉《ほ》めてやってください。三日と十五時間三十八分生きました。最長記録です。アケミは二日と二時間。右端の溶けかかっているサルです」

ディスプレイを見つめる瞳が突然膨れあがったかと思うと、涙が流れ落ちた。

「わけのわからないことばかりです。第五染色体のX―52からX―73の領域が、どうしても解析できないんです。こんな遺伝子配列は常識では考えられません」

由美子は流れる涙を拭おうともせず言った。

「疲れているようだ」

山之内は立ち上がって、椅子を由美子の横に置いた。由美子はファイルを机に置き、崩れるように腰を下ろした。両腕で身体を抱くようにして目を閉じている。

「第七セクターは全員疲れています。この半年、まともに休んだ者は一人もいません」

由美子が顔を上げ、暗い視線を山之内に向けた。

山之内の精神《こころ》に重苦しいものが広がる。あの時も全員が疲れていた。疲れているのを承知で突っ走ったのだ。休んだほうがいい――、山之内は無意識のうちに呟いた。えっという顔で由美子が山之内を見た。

「明日は全員、定時に帰るんだ」

山之内は平静を装って言った。

「疲れているとろくなことがない。久しぶりに家族の顔を見て、ゆっくり風呂に入って眠ってくれ。ペトロバグは逃げない」

「先生も帰りますか」

「私はここにいるのが一番精神《こころ》が休まる」

「私もです」

そして何か言おうとして開きかけた口を閉じて、山之内を見つめている。

「きみも家でゆっくり休んだほうがいい」

山之内は戸惑いを含んだ声で言った。

「ここのベッドで寝ていってもいいですか」

由美子がベッドに視線を移した。

「組合が黙っていないだろうな。女性の深夜労働は禁止されてるんじゃないのか」

「何年前の話ですか。それに——」

由美子が山之内に挑むような眼差しを向けている。

「ダメですか」

何かを訴えるような視線に変わった。山之内は何と答えたらいいか、わからなかった。

「冗談です」

由美子は急に肩の力を抜いて微笑んだ。潤んだ瞳に、淋しさを滲ませた笑い——。

山之内はディスプレイの画面に目を移した。すでにアケミの半分以上が黒い液体に変化している。そのスピードはますます増している。

二人は無言でその画面を見ていた。

第5章　襲撃と陰謀

1

夜、十一時。ハヤセ、マイケル、サムの三人はホテルを出た。

街は師走の賑《にぎ》わいで溢れていた。ジングルベルの音楽が通りまで流れてくる。

酔っ払った若者のグループが道端に座り込んで大声で歌っていた。店の前では、客引きが最後の声を上げている。

三人とも拳銃を持っていた。ハヤセのデイパックには、菓子箱に入った小型ナパーム弾が入っている。サムも同じようなデイパックを背負っていた。

「俺の必需品だ」

ハヤセがサムの背中に目をやると、肩を揺すって答えた。

新宿駅近くのマクドナルドに入り、ハンバーガーを頼んだ。

隣の席では、スキー道具を持った若いグループが声を上げて笑っている。その中の茶髪の女が、しきりにマイケルのほうを見ている。ハヤセが睨み返すと、フンといった調子で横を向いた。サムが右手の中指を立てて、卑猥《ひわい》な笑いを浮かべている。

零時を過ぎてから店を出た。

中央線に乗り、立川方面に向かった。

国分寺で降り、駅から十五分ほど歩いて倉庫裏の空き地に行った。空き地には五、六台の車が停めてある。

三人は人影がないのを確認して、白のミニバンのところに行った。前日の夜、八王子で盗んできた車だ。ハヤセは二人が乗り込むのを確認して、慎重に車をスタートさせた。冷えたエンジンはしばらく咳き込むような音を出していたが、すぐに軽快な響きに変わった。

三十キロ前後のスピードで走った。この道は、昨夜二度往復した。骨の折れる仕事とは思えなかった。しかしダグラスが一人当たり二十万ドルを払うということは、何か特別なものがあるのだ。それは何だ。林野微生物研究所という名前から想像がつかないこともなかったが、自分には関係のないことだ。

この仕事が終わったら、引退を真剣に考えよう。テキサスに牧場を買って、マイケルと暮すのだ。

最近マイケルは、この仕事を仕事以上のものと感じ始めている。危険なことだ。ナイフを相手の延髄目がけて突き刺す瞬間や、銃の引き金を絞る瞬間に感じるあの陶酔にも似た高揚感――。それをマイケルも……。これ以上の殺しはやめたほうがいい。少なくともマイケルには、もう――。

思わずハンドルを握る腕に力を入れた。まばゆい光が頭の中に満ちる。大型トラックがかすめるように唸りを上げて通りすぎていく。マイケルが自分のほうを見ている。ハヤセは神経を運転に集中した。

三十分ほどで研究所に着いた。

研究所の裏手にあたる道路の端に車を止めた。静かな夜だった。どこからかテレビの音が聞こえてくる。

三人は塀の前に立った。道路の向かい側には、古びたビルの背面が黒々とした姿をさらしている。その横は駐車場。暖房用エアコンの唸りがかすかに聞こえる。周りの建物からは死角になる位置だった。ちょうど午前二時になったところだ。

ハヤセは電柱に登り、そこから塀に移って研究所の中に下りた。二人がハヤセに続く。

内部は図面で見た通りだった。植込みに沿って七十メートル北に行くと、研究棟に突き当たる。北側の三番目の窓がトイレになっている。トイレの窓にはアルミの格子が入っていたが、警報装置がないことを確かめ、三人で引っぱると低い音とともに簡単に外れた。

トイレから研究棟の内部に入った。

無人の廊下が続いている。ここからバイオ関係のセクションに入るには、もう一つドアを通らなければならない。そのドアを開けるには、カードと暗証番号が必要になる。

三人は非常灯の薄明かりの中を歩いた。五分で第一のドアにたどり着いた。予定通りだ。

サムがデイパックを下ろして、中からノート型パソコンを取り出した。コードの付いたカードを出してキースリットに差し込み、パソコンに接続する。スイッチを押すと、ディスプレイ上を数字が目まぐるしく変わっていく。

二分ほどで、一の位から五桁の数字が決まり始めた。

サムが慎重にドアのボタンを押していく。カチャッという低い音とともにドアが開いた。

空気がさらに緊張感を増した。ここからがバイオケミストリーのセクションになっている。目的の第七セクターは、廊下を曲がった突き当たりだ。

三人は動きを止めた。背後でドアの開く音がした。三人は制限酵素研究室の札のかかった部屋の前に置かれた、巨大な真空チェンバーの陰に隠れた。ほぼ同時に、廊下の明かりがつく。

二人の男が歩いてくる。一人は百九十センチ近くある大男、もう一人は、その肩ほどもない小柄な老人だった。足音とともに杖が廊下を打つ音が虚ろに響いた。

「誰もいないはずじゃなかったのか」

サムが消音器つきの銃を出した。大男の動きに合わせて銃口が動く。

Ｐ４ラボ控室は静まり返っていた。

山之内は由美子が置いていったデータを眺めていた。今夜は、研究員は山之内の言葉で全員七時前に帰っている。

彼は深夜の実験室が好きだった。これは学生の頃からだ。誰もいない実験室に一人いると、自分の存在がその一部になったような気がする。まわりの実験器具や本棚や机さえもが、自分に語りかけてくる。そんな時、頭の中をさまざまなアイディアが駆けめぐったものだ。

ドアの開く音がした。

振り向くと、林野史郎が立っている。

「先生、やはりここでしたか。アパートにうかがおうと電話しましたが、お留守のようだったので、やってきました」

林野が一歩一歩、歩みを確かめるように、杖を突きながら入ってくる。

山之内が立ち上がり手を貸そうとすると、目でそれを断った。横の椅子を引き寄せ、腰を下ろした。

「静かですな。昔を思い出します」

林野が言って、何かを感じ取るように、ゆっくりとあたりに目をやった。

「戦後一時期、ここは不夜城と呼ばれていました」

「フヤジョウ？」

「東京の外れ、ここら一体は畑の真ん中でした。そこにバラックを建てて、研究所の看板をあげました。創設当時は徹夜の連続でした。必死で、新しいものを作ろうとした。誰も考えつかないもの、人々が一番求めているもの。そうしないと生き残れなかった。多くの会社が設立され、姿を消していきました。みんな、生きることと生き残ることに精一杯だったのです」

「そして林野微生物研究所は生き残り、発展した」

「そういうことになりますかな」

林野は一瞬、満足そうに微笑んだ。しかし、すぐにまた表情を引き締めた。ところでと言って、山之内を見た。

「いやな話がいくつかあります」

「慣れていますよ」

山之内は笑みを作った。

この老人が自分をいたわろうとしているのが、痛いほどわかる。

「どこかの国がペトロバグを狙っているというものです」

「今のままでは殺人兵器です」

「それでも十分使用に耐えるという国も多くあります。いや、むしろそのほうがいいという国も多いでしょう」

山之内は無言で頷いた。

林野は申し訳なさそうな顔を山之内に向けた。

「石油が値上がりを始めています。昨日は、OPECが原油の公示価格を五〇パーセント値上げしました。それに伴って、スポット価格も上昇を続けています。スポット・マーケットに買いが集中したためです。第三次石油危機を見越して、買い占めも行なわれているらしい。大手ヘッジファンドも動いています。経済界はパニック状態です」

「それもペトロバグの影響ですか」

「おそらく——」

「ペトロバグが公になると、石油供給が安定すると思っていました」

「そのはずです。無尽蔵に近い供給源が確保されたのですから。安値で安定するはずです。ところがOPECは逆に大幅値上げを発表しました。スポット価格と他の原油国も、それに引きずられています。いずれ落ち着くとは思いますが」

「ペトロバグの毒性が公になったということでしょうか」

山之内は柴田の言葉を思い出した。彼がWHOに提訴してそれが認められれば、ペトロバグの廃棄はありうるかもしれない。

「それはないでしょう。石油業界にとっては、毒性よりペトロバグの存在のほうがはるかに脅威です」

林野が力強く言った。そして、わずかに顔を曇らせた。

「それに、もう一つ」

「直接行動が起こるかもしれません。私はこちらのほうが心配です」

「何者かがペトロバグを消し去るとでも」

「ありうることです」

それにと言って、林野が山之内を見つめた。

「先生がいなくなれば、バクテリアも永遠に消えてしまう」

「まさか――」

「私が最も心配していることです。噂だけでも石油価格に影響します。誰かが、そういう噂を流しているのかもしれません。そして、ことによれば、実行に移そうとする愚か者がいないとは限りません」

「では、アラブが」

「わかりません。中国かも北朝鮮かもしれません。アラブと何らかの取引があってもおかしくない。北朝鮮は懸命に石油を求めている。アメリカやロシアだって可能性があります。実際、石油が値上がりして大儲《おおもう》けしている者はアメリカやヨーロッパに多い。もちろん、日本にもいます。いまや先生の存在が、世界の石油価格に大影響を与えている。つまり、世界経済に影響を与えているという意味です」

林野が冗談ぽく言って、低く笑った。

「第七セクターの警備を厳重にしました。見まわりの回数を増やし、出入口に赤外線センサーを取り付けました。午後九時以降の出入りには気をつけてください。緊急措置ですが、引っかかると火事なみの騒ぎになります。できるだけ早く警備体制を整えます」

「気がつきませんでした」

「先生の生活圏はここですからな」

林野がポケットからリモコン装置を出して山之内に渡した。

「これでセンサーを解除できます。早急にペトロバグも分散して保管しましょう。そのための場所も考えています」

林野がふうっと大きく息をついた。

「もう一つ」

「何でもどうぞ。もう何も恐くはない」

山之内は笑みを浮かべて言った。

「ここに、キャンベル研究所のキャンベル博士が来ましたね」

山之内は頷いた。

「彼は軍ときわめて関係の深い人物らしい。アメリカ軍です」

「今は知りませんが、昔は陸軍の研究をやっていたことがあります。X線が染色体に与える影響だったと思います。一見、陸軍の研究とは思えませんが、おそらく、核爆弾が人体に与える影響を調べるものでしょう。アメリカではよくある話です」

アメリカは軍・産・学のつながりが非常に強い。昔、山之内がプリンストン大学に留学していた時も、実験室に軍服姿の軍人が見学に来て驚いた覚えがある。遺伝子組み換えには欠かせない制限酵素の開発のスポンサーが海軍だった。

「ペトロバグを軍が利用するというのですか」

林野が頷く。

「きわめて致死性の高いバクテリア、ペトロバグに侵された人間は原形を留めません。最高の生物兵器だと思いませんか。しかも、その開発は石油生成バクテリアとしてカモフラージュできます」

「彼は言われているほど悪い男ではありません。やり方は強引だが、天才には違いありません。それに、科学を愛しています」

山之内はキャンベルが時折り見せる、子供のように無邪気な好奇心を思い出していた。あれは確かに科学者の目だ。

「だといいのですが——」

林野が下を向いて考え込んでいる。やがて、決心したように顔を上げて山之内を見た。

「謝らなければならないことがあります。所長の和平のことです」

心なしか声が震えた。

「和平は、近藤という東日新聞の記者に情報を流していました」

山之内は何も言えなかった。

やはりという思いと、まさかという思いが交錯した。林野のためにも、考えまいとしてきたことだ。

「今日、和平と会って話してきました。和平はすべてを急ぎすぎているようです。我が息子ながら思慮に欠けるところがある。年寄りの私が、慎重を期しているというのに」

林野は淋しそうに笑った。

「私はあの戦争を二度と繰り返さない——平和こそ人類の宝である。そう信じて自分の息子に和平という名をつけました。ペトロバグこそ、人類の平和に通じると確信していたのですが。その思いを彼がわかってくれれば——」

祈るような声を出した。

山之内は視線をそらせた。林野が気の毒で正視できなかったのだ。

「この責任はいずれ必ずとらせます」

林野が深々と頭を下げた。

「これで最後です」

林野は杖を机に置いて、ほっとした表情で身体を椅子にもたせかけた。

二人はしばらく黙っていた。空調の音が静かに響いている。

「私にペトロバグを見せてくださらんか」

突然、林野が顔を上げて言った。

山之内は頷いて立ち上がり、ディスプレイのスイッチを入れた。ディスプレイは、P4ラボの顕微鏡につながっている。スイッチを何度か押すと画面が変わり、染色されたペトロバグが現われた。赤みを帯びたミドリの球が震えるように蠢いている。

「美しい——」

林野は椅子から身体を離して、溜息をついた。

「ええ——」

〈バクテリアの美しさに魅せられました〉

山之内の脳裏に、由美子の言葉が浮かんだ。

2

サムの銃口は警備員の胸に照準を合わせて移動している。

その銃身をハヤセがつかんだ。ハヤセは唇に人さし指を当てた。

警備員は老人が入っていったドアの前にしゃがみ、片隅を調べていた。

突然、顔を上げた。立ち上がり、こっちにやってくる。ハヤセはつかんでいたサムの銃身を離した。銃口が再び警備員の胸を追う。警備員の足音が高く響く。

サムの引き金にかける指が、ピクリと動いた。

警備員が立ち止まった。無線が鳴り始めたのだ。警備員は胸の無線機を取り、何事か話していたが、出口のほうに戻っていく。

三人は動かなかった。身体がそのまま固まっていくように感じられる。

サムが一歩踏みだした。ハヤセはその腕を摑んだ。ハヤセは迷った。このまま引き返すことは、サムが納得しまい。しかし、誰かいるとなると面倒なことになる。余計な殺しはしたくない。

サムの航空券は今夜の八時だ。十八時間後にはヨーロッパに向かう空の上だ。だが、自分とマイケルには、あと一つ仕事がある。

「行こう」

ハヤセは迷いを振り払い、一歩を踏みだした。二人が後に続く。

サムが第七セクターのカード式ドアを開けた。

「動くな！」

ハヤセが低いが鋭い声を出して、サムの肩を押さえた。サムの身体が凍りつく。ハヤセはドアの角にペンライトを当てた。警備員がかがみ込んでいた所だ。

「赤外線センサーだ」

「そんなものないはずだ。資料には何も書いてない」

ハヤセは答えず、ドアの角にペンライトを走らせた。壁に沿って、三十センチ間隔に五個の赤外線発生器が取り付けてある。

「ラッキーだった。今のところセンサーには触れていない」

「電源を探して切るんだ」

サムが震えるような声で言って、ポケットからナイフを出した。

「配線がどう走っているかわからない。とにかく動くな」

ハヤセは受け取ったナイフで発生器の横の壁を削った。

壁は意外と脆《もろ》く、すぐにコードを探り出すことができた。明らかに、最近取り付けたものだ。

ハヤセはためらった。保護回路がついていれば、切断するとセンサーに触れたと同じ反応が起こる。

「早くしろ。足が痺れている」

サムが唸るような声を出した。

手のひらがじっとりと湿っている。ハヤセは握っているナイフに力を込めた。何事も起こらない。サムがその場に崩れるように座り込んだ。三人はしばらく無言で荒い息を吐いていた。

ハヤセは立ち上がって歩き始めた。

廊下を曲がった瞬間、再び立ち止まった。

前方の部屋の一つに、明かりがついている。警備員と一緒にいた老人がいるのだろう。振り返って、目で前方の明かりを示した。目的のＰ４ラボは、あの部屋の奥にある。サムが左手をポケットに入れている。ナイフを握っているのだ。

廊下で音がした。

金属の触れ合う甲高い音だ。足音のようにも聞こえた。

「警備員でしょう。私の帰りが遅いので探しに来たのかもしれません」

山之内は立とうとする林野を引きとめ、ドアのほうに行った。

ドアを開けると同時に頭に強い衝撃を受け、床に膝をついた。立ち上がろうとした時、再び頭を殴られ床に倒れた。

「殺すな《ドント・キル》、マイケ――」

朦朧とした意識の中で男の声を聞いた。英語だ。必死で意識を集中させた。

「奥の実験室だ。急げ」

低い押し殺した声が聞こえる。

山之内は閉じそうになる目を懸命に開けた。

机の横に林野が倒れている。その前に、銃を持った若い男がこちら向きに立っている。

林野の身体が動いた。杖にすがって立ち上がろうともがいている。

「動くな！」

男が振り返って、林野に向かって叫んだ。こんどは日本語だった。

男は山之内に背を見せている。山之内は倒れたまま、あたりに目を走らせた。西村の机の足元にダンベルがある。そっと腕を伸ばしダンベルを掴んだ。ずっしりとした重みが伝わる。

必死に起き上がると、全身の力を込め、男の背中に叩きつけた。男はつんのめってロッカーに身体をぶつける。

山之内は男の背中に組みついた。拳銃を持つ腕を摑み、ロッカーの角に打ちつける。拳銃が男の手を離れ、床に落ちた。

男が大きく身体を振り、山之内を振り飛ばした。

男のこぶしが顎と腹に食い込む。それに耐え、思い切り頭を男の顔にぶつけた。ひるんだすきに男の頭を摑み、何度も壁に打ちつけた。壁の薬品棚が倒れ、ガラス片が床に飛び散る。

男は壁に沿って崩れるように倒れ、動かなくなった。

山之内はよろめきながら、林野のところにいって助け起こした。

「奴らはＰ４のほうに。ペトロバグが……」

林野が呻《うめ》くような声を出した。

山之内は立ち上がり、消えそうになる意識を奮い起こし、Ｐ４ラボに向かった。右膝が針を刺し込まれたように痛んでいる。

「先生！」

林野の声に振り返った。ダンベルを振りかぶった男の姿がある。

ダンベルを振り下ろす寸前、男の顔から血飛沫が上がった。

ダンベルは頭をかすめ、肩に当たった。後ろに弾き飛ばされ、激しい音を立てて壁に激突する。

　顔を赤く染めてスローモーションのように倒れていく男の背後に、壁にもたれて拳銃を構えている林野の姿を見た。林野の撃った銃弾が後頭部から男の頭を貫通したのだ。

　山之内は床に倒れたまま、何度も深く息を吸い込んだ。痛みは感じなかった。頭の中に空白が広がっていく。


　林野史郎は銃を手に必死で立ち上がった。

　山之内が倒れるのを見て、身体中の血が頭に集中していた。全身が自分のものではないようで、意志だけで前に進んだ。

　倒れている若者の周りには血溜まりができている。山之内の前に跪き、首筋に手を当てた。脈はしっかりしている。

　シャワー室と更衣室のドアがすべて開き、Ｐ４ラボの中で人影が動いているのが見える。再び立ち上がり、何かに憑《つ》かれたように歩きだした。

　Ｐ４ラボに入った。

　金髪の男が壊れた安全キャビネットの上にかがみ、取り出した細菌保管ボックスをデイパックの中に入れようとしている。左手に持った銃の銃口を、壁際に立つ男に向けている。こちらは日本人だ。情況を理解しようとしたが、頭はパニックを起こして、何も考えることができない。

反射的に銃を金髪の男に向けた。

男の銃口が林野を捉える。

林野は引き金を引いた。男は細菌保管ボックスを落とし、床に倒れた。

その瞬間、壁際の日本人が飛びかかってきた。

林野は銃を発射した。日本人の肩に赤いものが広がる。同時に手と顔に強い衝撃を受けた。日本人の手が銃を叩き落とし、顔を殴りつけたのだ。

林野はよろめいてキャビネットの中に手をついた。砕けたガラスが手のひらに刺さったが、痛みは感じなかった。

振り向くと日本人が迫ってくる。林野は腕を振って顔を打った。日本人の顔に赤い筋が走る。

日本人は呻き声を上げて林野に激しくぶつかる。林野は床に倒れながら、日本人がP4ラボを飛び出していくのを見た。

黒い影だ。誰かが自分の顔を覗き込んでいる。

影はすぐに消え、横に移動した。その影はしばらく動かなかった。

山之内は意識を取り戻した。隣を見ると若い男が倒れている。顔が血に染まり、床に血溜まりができている。

壁にすがって立ち上がった。後頭部が割れるように痛む。触ると傷口がはっきりわかり、ねっとりとした血の感触が伝わる。

Ｐ４ラボに通じる通路に出た。すべてのドアが開き、実験室が見えた。安全キャビネットの前に人が倒れている。金髪の男だ。林野会長は——。突然、全身に震えが走った。五年前の記憶が頭の中に溢れた。吐き気が込み上げ、通路の隅に吐いた。何が起こった。落ち着け。心の中で叫び続けた。

鈍い爆発音が響く。Ｐ４ラボが明るく輝いて、爆風とともに炎が噴き出してくる。熱風を全身に浴び、床に叩きつけられた。

「ペトロバグが……」

山之内はよろめきながら立ち上がった。

再び爆発音が聞こえる。振り返ると、控室からも炎が出ている。山之内はかまわず、Ｐ４ラボに向かって進んだ。

水が降りかかる。スプリンクラーが作動を始めたのだ。水を口に含むと、いくらか意識がはっきりした。

Ｐ４ラボの床には炎が広がっている。炎は壁をなめ、すでにサルの檻は火に包まれている。実験前のサルが一匹、檻に取りすがって悲鳴を上げている。思わず顔をそむけた。

「先生……」

林野史郎の声が聞こえる。顔を上げると、林野が炎の中に立っている。何かを訴えるように山之内を見ている。そして、すべてを納得したように頷いた。

「会長！」

山之内はＰ４ラボの中に入ろうとした。

「来るな！」

林野が叫んだ。

その時、全身に熱風が吹きつけ、床に伏せてそれを避けた。

開いたままだったドアが閉じていく。

緊急開閉スイッチを押したが、ドアは開かない。中からロックしてあるのだ。覗き窓に顔をつけ、必死でドアを叩いた。

林野が山之内のほうを見ている。その背中はすでに炎に包まれている。彼は何かを語りかけるように口を動かした。そして、安全キャビネットの前に歩き、その上に倒れこんだ。

「研究を続けろ。私の身体が……」

山之内には、そう聞こえた。

山之内は覗き窓にしがみつき、茫然《ぼうぜん》と眺めた。林野が安全キャビネットから起き上がり、スプリンクラーに向かって歩いていく。そして、その下に崩れるように倒れた。

炎を上げる林野史郎の上に、スプリンクラーの水が降り注いでいる。

一瞬、山之内に向かって微笑んだようにも思えた。

由美子は第七セクターに向かって歩いていた。手には大型の魔法瓶が握られている。

久しぶりに八時前にマンションに帰ったが、何もすることがない。冷蔵庫の中を調べると、食品の半分は傷んでいた。前回スーパーに買い物に行ったのは、半月も前だから無理はなかった。傷んだものをゴミ袋に片づけ、何とか使えそうなものをシンクに積み上げた。それらも長くもつとは思えなかった。しばらく考えてから、シチューを作り始めた。自信を持って作ることのできる唯一の料理だった。

二時間かけてシチューを作り、テレビを見ながら食べた。まだ半分以上残っている。山之内に食べさせたい。ふと思いつくと、その思いでいっぱいになった。研究室の彼の部屋には電熱器と鍋がある。何度かインスタントラーメンを作って食べているのを見た。

これから行けば二時すぎになるが、彼はまだ起きているだろう。顕微鏡をのぞいているか、コンピュータのディスプレイを見ているか——。P４ラボで、恒温槽へ試験管をセットしているかもしれない。彼が起きていることは間違いない。

研究所に着いて、顔見知りの警備員に挨拶をして研究棟に向かった。

その時、鳴り響くサイレンを聞いた。服部がP４ラボに忍び込んだ時と同じだった。振り返ると警備員が研究棟を指さし、何か叫んでいる。由美子の精神《こころ》を黒いものが覆った。魔法瓶が由美子の手を離れ、地面に当たって鈍い音を立てた。

「先生……。山之内先生……」

走りながら声に出した。

研究棟に入ろうとした時、飛び出してきた男とぶつかりそうになった。男は由美子を撥《は》ねのけるように腕を振ると、研究棟の裏に向かって走っていった。

守衛室から警備員が一人走ってくる。由美子は第七セクターに向かって走った。廊下を曲がると、煙が立ち籠め熱気が襲った。ロックの付いたドアが、開いたままになっている。

P4ラボに向かったが、思わず立ち止まった。

煙の中から男が出てくる。全身が煤《すす》で汚れ、額から血を流している。男は由美子を見ると、何かを訴えるように腕を前に差し出した。男はよろめきながら歩いてくる。

男の身体が揺れ、崩れるように倒れていく。由美子は駆け寄り、山之内の身体を抱き留めた。

ハヤセはやっとのことで塀の下にたどりついた。

振り返ると研究所の窓から炎が噴き出すのが見える。

「マイケル……」

ハヤセは呟いた。

Ｐ４ラボから飛び出したところに、マイケルと髭の男が倒れていた。しかしマイケルは、もはやマイケルではなかった。端整なギリシャ彫刻のような顔は、半分を吹き飛ばされた醜い肉塊に変わり果てていた。

胸と胃の奥から同時に突き上げるものがあった。しゃがみ込みたくなるのを我慢して、意志の力で走り続けた。

なんとか塀を乗り越え、通りに向かって歩きだした。サイレンを鳴らした消防車が二台とパトカーが一台通りすぎていく。車を停めたあたりに人が集まっている。

ハヤセは逆方向に歩き始めた。肩の痛みが全身に広がってくる。どこかで傷の具合を調べなくては――。いつの間にか小走りになっていた。

三十分も走って公園を見つけた。

砂場の横に象の形をした滑り台があり、下が空洞になっている。その中に入って腰を下ろした。

上着を脱いでセーターの襟から手を入れ、肩を調べた。指先が傷口に触れ、思わず顔をしかめた。血はさほど流れていない。弾はかすっただけのようだ。ハンカチを肩と下着の間に入れた。顔がひりひりする。頬に触ると指先に血とガラス片がついた。あの老いぼれだ。同時に髭の男の顔が浮かんだ。やはり最初に殺しておくべきだった。

腕の時計は三時五十二分を表示している。電車が動きだすまでにまだ一時間以上ある。車を盗もうかとも考えたが、危険すぎる。

「サノバ・ビッチ！」

吐き捨てるように言って唾を吐いた。しかし、何が起こった？

頭が混乱して考えがまとまらない。マイケル……ああマイケル……。

目を閉じて、頭の中を整理しようとした。自分はＰ４ラボに入り、小型ナパーム爆弾をセットした。五分後にタイマーを合わせ、スイッチを押した。

その時、見張り役だったはずのサムが飛び込んできたのだ。安全キャビネットの前に行き、銃を連射してキャビネットを壊した。サムはキャビネットの中から何かを取り出した。それを、デイパックから出した大型の魔法瓶のような容器に入れようとした。止めようとした俺に銃を向けた。明らかに俺を撃とうとした。老いぼれが入ってきたのはその時だ。サムは何をしようとした――。

ガラス箱の中には、細菌が入っていることはわかっている。重要な細菌であることもわかる。それを研究所ごと消滅しろという命令ではなかったのか。だが、サムの行動は――。

やつは細菌を持ち出す命令を受けていたのだ。だからダグラスはＬＡを発つ日に、突然サムを送り込んで来た。ダグラスが俺を裏切った。くそっ！　マイケル……、ああマイケル。

全身が震えた。あの髭の男がマイケルを殺したのか。しかし今頃は、やつも黒い塊になっている。涙が流れだした。膝を立て、抱え込むようにして身体を丸めた。寒い。寒気が全身にしみ込んでくる。

寒さに耐え切れず、コンビニでも探そうと滑り台の下から出た。

顔にヒヤリとした感触を覚えた。

目を上げると、白いものが舞っている。雪だ。「雪を見てみたい」ロサンゼルス空港で飛行機に乗り込む時、マイケルが言った言葉を思い出した。手を出して受けようとしたが、大粒の雪は手のひらに当たった瞬間に消えていく。ふと思い出した。研究棟の出口ですれ違った女がいる。顔を覚えられたかもしれない――。

始発電車に乗って、ホテルに帰った。

部屋のドアを開けると同時に、張りつめていた神経が切れた。一気に疲労が押し寄せ、ベッドに倒れ込んだ。一瞬、マイケルの顔が浮かんだ。その姿に引き込まれるように、意識が消えていった。

3

ジョン・キャンベルは、革張りの椅子に身体を縮めるようにして座っていた。

自分の半分ほどしかない目の前の老人が、時に自分以上に巨大に見える。他に二人の男がいるが、俺には関係のない人間だ。どうせ、どこかの石油会社の社長か会長だろう。

出かかったあくびを嚙み殺した。緊張がかえってあくびを誘発したのだ。寝不足なのも事実だった。久しぶりに研究所から自宅に帰って、やっと寝ついたところを電話で起こされた。老人の秘書が十時間以内にくるように告げた。時計を見ると、午前三時すぎだった。

何年かぶりに研究に没頭していた。日本から帰って以来、ほとんど研究所に泊まり込んでいる。アルミエア洞窟の採取土壌から何万種ものバクテリアを分離したが、石油生成能力のあるバクテリアなど存在しない。あきらめそうになるたびに、リクターから送られてきたビデオとペトロバグのデータを見た。

サンディエゴからニューヨークまで、空の上だけで五時間かかる。おまけに時差の関係で一日つぶれる。東部の人間は、時差などという言葉は考えたことがないのだ。世界は東部時間で動いていると信じているやつらだ。おまけに、リクターにはリクター時間というものまである。それこそ、世界の標準時間だと思い込んでいる。

「それで、博士のご意見はどうですかな」

リクターが葉巻の煙をくゆらせながら聞いた。

「有望です。データで見る限りにおいては」

キャンベルは意識を集中させた。へたな返事をしてこの老人の機嫌をそこねたら、面倒なことになる。世界は自分を中心に回っていると錯覚している男だ。

「とくに石炭に対する石油化の速度は著しく、その反応率は――」

リクターが手を上げて、キャンベルの言葉を遮った。

「その有望なバクテリアが我が国の、それも私の研究所で発見されなかったのは実に残念ですな」

皮肉を込めた言い方だった。

キャンベルはハンカチを出して額を拭いた。この部屋は暑すぎる。しかし〈私の研究所〉とは、言い過ぎではないかな。あれは、〈俺の研究所〉だ。確かに、現在キャンベル研究所は一〇〇パーセント、ロックフェラー財団の資金で運営されている。七年前、倒産寸前の研究所はロックフェラー財団の資金で蘇った。

以後、他の研究所のように金集めで走り回る必要はなかった。十分な運営資金と情報提供で、多くの成果を上げることができた。バイオテクノロジーの分野では、世界最高峰とさえ言われている。しかしそれも、俺が多くの優秀な科学者を集め、常に世界の注目を浴びる研究テーマを選択してきたからだ。

「報告を受けて、私の研究所でもただちにアルミエア洞窟に人を派遣して、土壌採取を行ないました」

「それで、バクテリアは見つけたのかね」

「現在、土壌のスクリーニングを行なっていますが、野生株特定までには至っておりません」

リクターはゆっくりと首を振った。

「なぜジャップにできて、我々にできないのかね」

「それは――」

キャンベルは言葉に詰まった。

この男に、科学の何たるかがわかるわけがない。真の科学というものは、天才のひらめきによって方向づけられる。それは単に頭が並み外れていいだけではない。時代により、研究環境にもより、社会にもよる。そして、何より大きな力は運である。今回の山之内には、そのすべてがあったのだ。我々には運がない。あのアルミエア洞窟には、十年近く前、ほんの数キロの所まで行って引き返している。

しかしその時、その土壌を採取しても、バクテリアの分離、特定まではいかなかっただろう。DNA読み取り技術も今ほど確立してはいなかった。まして遺伝子組み換えなど、夢の技術だった。科学の偉大な発見とは、常に時代とともにあるのだ。

「研究所には、すでに一億七千万ドルを注《つ》ぎ込んでいる」

「それなりの成果は上げています」

リクターは顔を上げて、キャンベルを睨むように見た。

「特にバイオテクノロジーと結晶科学の分野では――」

「私が最初に言ったことを覚えているかね」

リクターはキャンベルの言葉を無視して言った。

「はい……」

「はっきり言ったはずだ。私が研究所を援助する目的は、石油生成バクテリアの発見だ、とね。他のことには一切興味がない」

リクターは強い調子で言った。

「まあいい。ジャップに先を越されたことはどうしようもない。いかにして、この遅れを取り戻すかだ」

「現在、送られてきた実験データを分析しております。彼らもＤＮＡの読み取りは行なっていますが、データには抜けている部分が多くて、コピーを作るのは難しいのです」

「彼らは、それを自力で作り上げた」

「しかし最新の報告によりますと、このバクテリアは致命的な欠陥を持っているようです。無機物ばかりではなく、有機物までも炭化水素化合物に変えてしまうとか」

キャンベルはその場を取り繕おうと必死だった。科学を理解しようとしない男に、科学の話をしても無駄なことはわかっているが。

「どういうことかね」

「つまり、人間も石油に変えてしまうということです」

リクターの視線がキャンベルに固定された。

「バクテリアというからには、伝染性はあるのかね」

「そのようです。ただし、さほど強くはないそうですが」

リクターはしばらく黙って考えていた。

「人間に対して毒性があるとすれば、実用化はできるのか」

「問題ありません。密閉型のプラントを造ればいいことです。しかし、彼らは毒性を消す研究を行なっているようです」

「可能なのか」

「たとえば、ある環境でのみ生息できるバクテリアに変えてやるのです。空気に触れるとただちに死滅するとか、人間の体内では生きられないようにするのです。他には――」

ドアをノックする音がした。リクターはオマーに入れるように合図した。

フォフマンが入ってきた。キャンベルを見て、リクターに視線を移した。リクターは頷いた。

「林野微生物研究所が爆破されました」

フォフマンはプリンター用紙をリクターに手渡した。

リクターは用紙に目を通してから、それをキャンベルに回した。

「バクテリアが全滅した……」

リクターは低い声で言って、崩れるように椅子に座った。

キャンベルは食い入るように用紙を見ている。ペトロバグ、爆破、死滅……といった言葉が切れ切れに目に飛び込んでくる。死者は三名。山之内明、その名前を探したが――ない。

「彼が自ら爆破したのでは——」

キャンベルは用紙から目を上げて言った。

「馬鹿な」

リクターが身体を起こし、キャンベルを見た。

「研究所が汚染され、仕方なくとった行動かもしれません。あの男なら、やる可能性があります。いや必ずやります」

キャンベルは山之内の顔を思い浮かべた。あの男には、どこか理解できないところがある。この私にさえだ。ペトロバグが生体に及ぼす影響を考えれば、あの男は自らの栄光など考えないに違いない。キャンベルは動揺を覚えた。この感情は何だ。嫉妬か。いや、それればかりではない。俺は、あの男が好きなのかもしれない——。

「あの男は——」

「アラブが動いていると聞いています」

フォフマンがキャンベルの言葉を遮った。

「山之内とかいう科学者はどうなった」

「不明です」

「至急調べるんだ」

リクターが怒鳴るように言って、全員に出ていくように合図した。

キャンベルは立ち上がった。腰が激しく痛み、思わず顔を歪めた。

リクターは人気《ひとけ》のなくなった部屋で、椅子に座って目を閉じた。

バクテリアが全滅した……。では、あのダグラスとかいう男からの電話は——ペトロバグを三百万ドルで売り渡すという話は、やはり眉唾だったか。

これがアラブの仕業だとしたら、このままでは済むはずがない。あの野蛮人どもは、次にどんな手を打ってくるか。

原油価格はこのまま上昇を続けるだろう。メジャーの中にも、買いに走るものが出るかもしれない。いや、すでに出ているに違いない。いずれ政府が介入してくるだろう。二〇〇〇年の時もそうだった。大統領は原油の高騰を抑えるために、市場原理を無視して産油国を訪問して増産を請うて歩いたのだ。あの無能なやつらは、事態をかき回すだけだ。

自分は負けたのかもしれないと、ふっと思った。アラブの罠《わな》にはまったのか、ジャップのやつらに翻弄されたのか。リクターは大きく息を吐いて、その考えを消し去ろうとした。

まだ負けてはいない。戦いはこれからだ。まだ方法はある。萎えようとする精神《こころ》を奮い立たせた。

4

夕方の祈りが終わった直後だった。

ムハマッドはホテルに帰るため執務室を出た。廊下を歩き始めた時、秘書が追ってきて緊急電話が入ったことを告げた。

ムハマッドは執務室に戻り、受話器を取った。訛りのある英語が聞こえてくる。

「研究所爆破に成功しました。これであの細菌は地球上には存在しません」

声は三名の死亡を告げた。一人は研究所の会長、林野史郎。残り二人は研究所にナパーム弾を仕かけた侵入者であることを言った。ムハマッドは頷きながら聞いていた。

「我々の手の者は全滅したのか」

「一人は逃げのびた模様です」

「山之内という科学者は？」

「重傷を負って、病院に収容されています」

「予定の行動を取ってほしい」

「わかりました」

電話の声から、一瞬ためらう気配が伝わってくる。

「どうした」

「何でもありません。一つ、気になる情報があります。メジャーが動いている模様です。ドクター・ジョン・キャンベルという男が、ジェラルド・リクターに呼ばれてニューヨークに行きました」

「何者だね、その男は」

「キャンベル研究所の所長です。サンディエゴの民間研究所ですが、ロックフェラー財団が資金の全面援助をしています。キャンベルはプリンストン大学で学位を取った科学者で、分子生物学とかいう学問分野では世界の第一人者です」

「バクテリアに関係があるのかね」

「山之内明のアメリカ時代の友人です。バイオテクノロジーに関する共同研究もあります。ひと月ほど前には林野微生物研究所を訪問して、山之内に会っています」

「わかった。引き続き調査してくれ」

ムハマッドは受話器を置いた。これで、当面の問題は片づいた。あとは山之内という科学者が残るだけだが、こちらも問題ないだろう。民間人の殺害など、プロにとってはたやすい仕事だ。

ムハマッドはそのまま椅子に座って、深い溜息をついた。全身に強い虚脱感が広がっていく。急に疲労を感じた。

あとは、メジャーのやつらがどう出てくるかだ。特にあのジェラルド・リクターというロックフェラー家の男は油断ならない。バクテリアに関する情報もとっくに摑んでいることだろう。このまま黙っているはずがない。何らかの手を打っているはずだ。この機を逃したら、メジャーのやつらに完全に食い物にされる。やるか、やられるかだ。メジャーを叩き潰し、アラブの帝国を作り上げるのだ。しかし──。なぜか不安を感じた。そしてそれは、ビデオで見た細菌のように全身に広がっていく。

その不安を吹き払うように受話器を取った。

「緊急会議の用意をしてくれ」

ムハマッドは薄い笑いを浮かべ、立ち上がった。

ハヤセは夕方近くになって目を覚ました。

窓から差し込む光は鈍い灰色を帯びている。ロスの陽光とは大違いだ。いやな国だ。無意識に腕を横にやってまさぐっていた。急に意識が鮮明になり、重苦しい悲しみが全身を満たした。

「マイケル……」

ベッドから身体を起こした。

全身がだるく微熱があった。関節が鈍い痛みを持っている。喉が腫れて呼吸が苦しい。長時間、雪の中に潜んでいたので風邪をひいたのか。

ルームサービスに電話して、手に入るだけの夕刊と英字紙を持ってくるよう頼んだ。

ボーイが四紙の夕刊と英字紙の朝刊を持ってきた。ボーイはハヤセの顔をチラチラ見ている。

「女だ……」

ハヤセは頬の傷に手をやってあいまいに笑った。

ボーイは卑猥な笑みを浮かべて頷いたが、すぐに不審そうな表情に変わった。慌てると日本語のたどたどしくなる男が、四紙もの日本語の新聞を頼んだのを不思議に思っているのか。だが千円札のチップを渡すと、その顔は再び笑みに溢れた。

どの新聞にも、研究所爆破の記事は出ていた。

日本人の顔写真が大きく出ている。林野微生物研究所会長、林野史郎だ。他に二名の男の死亡も確認されていた。しかし、その身元はまだ確認されていない。

二時間かけてようやく、記事の概要を摑むことができた。それによると研究所関係者で死んだのは林野史郎一人で、主任研究員の山之内明は爆破で重傷を負ったが、命には別状ないことが書かれていた。

新聞を壁に叩きつけた。あの髭の男が山之内明だった。

カバンから山之内の写真を取り出し、ボールペンで鼻の下と顎を塗り潰した。たしかにあの男だ。痩せて目つきが鋭くなっていたが、間違いなくあの髭の男だ。マイケルを殺した男。頭に血が上ってくる。全身が熱くなり、激しく息をついた。落ち着け、落ち着くんだ。

しばらく窓の外を見ていた。闇の中にネオンの輝きが広がっている。その中にマイケルの姿が浮かんだ。淋しそうな目でこっちを見ている。

立ち上がり、クローゼットに入れてあるスーツケースを出した。

ケースを開けて、中身をテーブルの上に並べた。百万円の札束が二個。その横に拳銃を置いた。マガジンは四個残っている。

洗面所に行って、服を脱いで肩の傷を調べた。そげ落ちた肉の上に血漿《けっしょう》が固まっている。動かすと皮膚が引きつり痛みが走った。頰には赤いみみず腫れが残っている。あの老いぼれめ、声を上げて罵った。激しい怒りがこみあげたが、黒焦げの死体を思って気持ちを鎮めた。

カバンから軍用の消毒用塗り薬と抗生物質を取ってきた。鏡を見ながら消毒薬を貼り付け、抗生物質を飲んだ。

へたに動くと危険だ。新聞には、自分のことは何一つ書かれてはいない。気づいてはいないのだ。あの女も、自分が侵入者の一人だとは思っていないのかもしれない。

突然、全身に悪寒が走った。寒い。風邪がますますひどくなっている。

暖房をいっぱいに上げた。汗が流れ始めたが寒気は治まらなかった。とにかく食事をして、もうひと眠りしよう。まず体力を回復することだ。それから、今後のことを考えよう。山之内を殺害することを——。

八時になっている。食欲はないが、食べておかなければならない。

ルームサービスに電話して、ベジタリアン用の夕食を頼んだ。

5

叫び声が聞こえる。誰の声だ――。

身体中が熱く、焼けたタガで締めつけられるような圧迫感を感じる。全身が燃えるようだ。暗黒の中に底無しの穴が続いている。奥からひやりとした風が吹き上げてくる。このままその中に吸い込まれていきたい。

誰かが呼んでいる。細く弱々しい声だ。しかし、心の中にしみ込むような優しさを含んでいる。声のほうに行こうとしたが、身体が動かない。

山之内は目を覚ました。

白い顔が自分を見ている。彫りの深い、美しい顔。切れ長の目には不安と焦燥が入り交じっている。その目が細かく震え、今にも涙が溢れそうだ。

「先生……」

柔らかい声がした。相原由美子だ。身体を起こそうとして、思わず呻き声を洩らした。

「動かないで」

今度は男の声だ。

由美子を押し退けて白衣の男が現われ、ペンライトで目の中を覗き込んだ。

「誰だ……」

喉の奥から声を絞り出した。

「お医者様です」

由美子が反対側から身体を押さえた。

「何が起こった」

「実験室が爆破されて、先生は気を失っていました」

「どのくらい……」

「十五時間ほどです」

徐々に記憶が蘇ってきた。

第七セクターを出ようとしたところで人影を見た。由美子によく似ていた。夢を見ていると思った。全身の力を振り絞って影に向かって歩いた。その瞬間、気を失ったのだ。

「会長は……」

出しかけた声が消えた。

懸命に記憶の断片をかき集めた。P4ラボの中に林野史郎の姿が見える。炎に包まれて、安全キャビネットの上に倒れていった。彼は……。たしかに自分に語りかけていた。

〈研究を続けろ。私の身体が……〉

「会長を含む三名の遺体が確認されました。現在はこの大学病院に収容されていますが、明日の朝、検死が行なわれ、遺族に引き渡されます。ただし、林野会長の遺体は、遺族の強い希望で解剖は行なわず、ただちに火葬されるそうです。損傷が特にひどいので、警察も同意しました。所長が政治的にも動いたようですが」

由美子が言う。

山之内は目を閉じた。全身が小刻みに震えだし、涙が溢れてくる。

医者が看護師に命じて、注射器を取り出した。

「それは――」

声を振り絞って聞いた。

「鎮痛剤です。睡眠薬も入っています。眠ったほうがいい」

「やめてくれないか」

自分でも思ってみなかった大声だった。医者と看護師が驚いた顔で見ている。起き上がろうとして、呻き声を出した。頭が割れるように痛い。

「動かないでください。先生は頭に怪我をなさっています。腕と足には火傷《やけど》も」

由美子が泣きそうな声を出して山之内の身体を支えた。

「痛みはありません。私は大丈夫です」

山之内は由美子の腕を振り払った。

今、眠るわけにはいかない。痛みには慣れている。

「わかりましたから安静にしていてください。ひどい怪我なんだから」

医者は山之内の真剣な表情と強情さに呆れながら、看護師をつれて出ていった。

「富山たちは」

「後始末をしています。危険なものも多いですから」

「みんなを集めてくれ」

山之内はベッドに身体を横たえながら言った。頭が割れるように痛む。気をゆるめると、そのまま意識が消えていってしまいそうだ。眠るな、唇を血が出るほど嚙み締め、自分に言い聞かせた。

「急いでくれ」

言葉を発するたびに山之内は苦痛に顔を歪めた。由美子は黙って頷いた。

「研究所の状態も詳しく調べてくれ」

部屋を出ていこうとする由美子に言った。

一時間後には、第七セクターの四人が病室に集まっていた。

病室には沈んだ空気が満ちている。

「研究所は？」

山之内が聞いた。

「第七セクター部分は全焼しました。土壌保管場所も含めて。野生株も全部燃えてしまいました。今度こそ終わりです」

富山が沈痛な面持ちで答える。

「あんなバクテリアはなくなったほうがよかったんだ」

西村が続ける。

「そうかもしれませんね。これで少なくとも、世界が石油で溢れることは避けられそうです」

久保田が皮肉っぽく言った。

「でも、このままでは――」

由美子が何か言おうとして言葉を詰まらせ、唇を噛んだ。

山之内には彼女の言葉はわかっていた。ここにいる全員の気持ちでもあるはずだった。みな、黙り込んでいる。

「何とかならないかな」

西村がぽつりと言った。

「野生株は全滅だし、今度は採取土壌も燃えてしまいました。もう一度、アルミエア洞窟まで行って取ってきますか」

「取ってきたからといって、また特定できるとは限らない。巡り合いの確率は宝くじで一等を当てるのと同じようなものだ」

「私たちは一度それを当てた」

「でも、P4ラボは燃えてしまった。僕たちはどこで――」

「また作ればいいさ」

「会長が亡くなったから、今度は今までのようにはいかないだろう」

山之内は無言で四人が話すのを聞いていた。

目を閉じると、林野史郎の姿が浮かんでくる。Ｐ４ラボのガラスドアの向こうから、炎に包まれながら必死で語りかけてきた。

「くそっ！　何でだ」

西村が吐き捨てて壁を蹴った。由美子が睨みつけると、ゴメンナサイと小声で言って頭を下げた。富山がしきりに手のひらを閉じたり握ったりしている。彼が行き詰まったときの癖だ。

「全員がもう一度ペトロバグの研究を続ける意志が強いと思うが、間違いないか」

山之内は四人の顔を一人ひとり見ていった。

誰も答えなかった。しかし、彼らの気持ちは伝わってくる。

山之内はベッドの上に起き上がろうとして苦痛に顔を歪めた。由美子が慌ててその身体を支えた。

「動いてはだめです。頭は七針縫ったし、腕と足に火傷をなさっているんです。しばらく、ペトロバグについては忘れてください」

由美子の言葉を無視して上半身を起こすと、左腕の付け根から肘にかけて激しい痛みが走った。

「急いで研究所に行って、細菌保管ボックスを持ってきてくれ。冷凍装置の付いているボックスだ」

山之内は富山に向かって言った。

「何をするつもりです」

「ペトロバグを救いに行く」

四人は顔を見合わせた。

「林野会長の遺体は?」

「地下の死体安置室です。まさか……」

由美子は言いかけた言葉を飲んだ。他の三人も驚きを隠せない顔で山之内を見ている。

「ゴム手袋と五十ccの注射器を用意してくれ。針は十八ゲージ。できるだけ長いやつだ」

久保田が私がやりますと言って立ち上がった。

「林野会長の体内でペトロバグは生きている。しかし、限度がある。急がなくては」

「まさか。あの火の中で」

「実験では、高温にも強かった。だが、そろそろタイムリミットだろう」

「でも、遺体はほぼ炭化しているそうです」

「林野会長は、自ら安全キャビネット内のペトロバグの培地の中に倒れられた。そしてスプリンクラーの下に行った。まるで、ペトロバグを炎と熱から守るように。自分自身を宿主にして、ペトロバグを生かそうとした」

山之内は林野史郎の姿を思い浮かべていた。

Ｐ４ラボの中から、炎に包まれながら何かを訴えるように山之内を見ていた林野の目が、ありありと思い出される。

「あの爆発は高温で一気に焼き尽くすものだ。外部ほど内部の損傷は激しくないはずだ」

「可能性はあるな」

富山が腕組みをして頷いている。

「やってみるか。会長もそう望んでるはずだ」

西村はまだ納得できないという顔だったが、呟いた。

「私たちは注射器と防護用具を探してきます。大学、病院、すべてあたれ」

富山はてきぱきと指示を出して、久保田と部屋を出ていった。

「微生物医学研究所の宮部に連絡をとりたい」

西村がポケットから携帯電話を出して山之内に渡した。

宮部は研究室にいた。テレビと新聞で事件を知り、探していたところだと言った。山之内は用件を伝えた。

〈脳組織か肝臓組織が一番いいんだが、素人に解剖しろというのは無理だろう。見つかると犯罪になる。死体損傷というやつだ。それに、感染する可能性が高い。バクテリアに侵されている内臓から直接細胞を取り出すんだ。脳と肝臓付近の組織液を二、三カ所ずつ採取してくれ。脳は眼孔から針を入れる。おそらく内臓はかなりバクテリアに侵されているだろうから、バクテリアも一緒に採取できる。慎重にやれ。手袋とマスクを忘れるな。ゴーグルもだ。手袋は二重にするんだ。血液や体液には絶対に触るな。傷口は徹底的に防護するんだ。組織液が一滴の一万分の一でもおまえの体内に入ったら、おまえも石油になる〉

宮部は組織液を採取するための注意を十五分もかけて説明した。

〈組織を採取したら、遺体は石炭酸で消毒して、できるだけ早く焼却するよう病院に伝えろ〉

久保田は二十分でゴム手袋と注射器を捜してきた。さらにポケットからスキー用のゴーグルを三つ取り出した。三十分後には、富山が細菌保管ボックスを持って帰ってきた。冷凍装置の付いているボックスだ。

午後十一時。山之内は富山に支えられてベッドを降りた。

由美子に残るよう言ったが、一緒に行くと譲らなかった。

結局、病室には西村が残ることになった。口では残念がったが、ほっとした様子が窺えた。病院の前には久保田が車で待機している。採取した組織液は、ただちに宮部の待つ微生物医学研究所に運ばれる。

廊下に人影はなかった。

角のナースステーションから明かりが漏れ、低い話し声が聞こえる。

山之内は二人に両脇を支えられるようにして歩いた。

エレベーターに乗って地下に下りた。死体安置室は廊下の突き当たりにある。

重いドアを開けると、ひやりとした空気が三人を包んだ。コンクリートの地肌の部屋に、三つのストレッチャーが並んでいる。右端が林野史郎の遺体だった。残りの二体は研究所に忍び込み、P4ラボを爆破した犯人たちのものだ。炭化して、灰に近かった部分もあると聞いていた。林野はスプリンクラーの水を浴びていたので、一番損傷が少なかったのだ。

三人は林野の遺体の前に立った。

山之内はゴム手袋を二枚重ねてはめ、白い布を取った。由美子が一瞬目をそらせたが、すぐにそれを恥じるように視線を戻した。黒い塊が横たわっている。表面は固く、水を吸って湿っているようだった。

「思ったよりひどいですね」

「ああ……」

山之内は声を詰まらせた。

しばらくの間、黙って林野の遺体を見つめていた。自分の恩人が黒い塊になって目の前に横たわっている。林野は安全キャビネットの中に倒れた後、這ってスプリンクラーの下まで身体を移動させた。自分の体内にとり入れたペトロバグを熱から守ろうとしたのだ。そしてその上を炎が覆った。しかし消火までの時間は短かった。見かけほど火の浸透は深くないはずだ。体内の中央部は、まだダメージのない組織として残っているに違いない。

「先生、急ぎましょう」

由美子の声で山之内は我に返った。

富山が注射器を取り出し、針をセットして山之内に渡す。

「表面は完全に炭素化しています。ひどいものです」

「問題は体内だ」

山之内は慎重に、異常に長い注射器の針を胸に刺した。

初め通りにくかった針も、五センチほど刺すと手応えが軟らかくなった。山之内は針を刺すのを止めて、ピストンを引いた。注射器の内部に黒っぽい液体が吸い込まれてくる。

「あと五カ所です」

山之内は注射器を由美子に渡した。全身が痛み始めた。右膝がちぎれそうだ。

由美子は受け取った注射器に抽出器官名を書いたラベルを貼り、細菌保管ボックスに入れた。富山が新しい注射器に針をセットして、山之内に手渡す。山之内は頭部と心臓と肝臓に針を刺して、林野の体液を採取した。

三十分ほどで三人は死体安置室を出た。

エレベーターに乗って一階に上がる。

由美子が今にも泣き出しそうな目で、富山に身体を支えられた山之内を見つめている。

「早く行け」

山之内は由美子の肩を軽く押した。

由美子は頷き、組織液の入った冷凍ボックスを肩にかけ、小走りに病院前で待つ久保田の車に向かった。

山之内は大きく息を吐いた。全身から力が抜け、その場に崩れそうになった。身体中が痙攣を起こしたように細かく震えている。炭の塊のようになった林野の姿と、車に乗り込む由美子の姿がダブって見えた。エレベーターの壁に寄りかかり、なんとか身体を支えた。

6

久保田は常磐自動車道を百五十キロ前後のスピードで走った。

普段おとなしい久保田からは信じられない運転だった。由美子は助手席に座り、冷凍ボックスを抱きかかえていた。

筑波には午前二時すぎに着いた。

微生物医学研究所の前には宮部良介が立っていた。

ただちに五階の宮部の研究室に向かった。

三人は十分で実験衣に着替えて、実験室に入った。

実験室には数十の培地の用意ができていた。宮部は手早く細菌保管ボックスから林野史郎の組織液の入った注射器を取り出し、机の上に並べていく。

慣れた手つきで、しかし慎重に安全キャビネットの中に入れた。由美子と久保田が固唾を飲んで見守っている。

「さあ、どうかな」

宮部はゴム手袋に手を入れ、ガラス板を顕微鏡にセットした。

ディスプレイのスイッチを入れ、ゆっくりとスキャンしていく。画面の端に黒っぽい塊が現われる。

「ペトロバグです」

画面が現われた瞬間、由美子が叫んだ。

「死んでる」

由美子が呟くような声を出した。

写真の静止画面のように、動きを止めた細菌が見える。いつも見慣れているものより黒ずんでいる。

「まだわからない」

宮部は一通りスキャンし終わってから、次のガラス板に変えた。

「今度は肝臓だ」

画面が変わる。青黒く変色したペトロバグが現われ、時折り痙攣するように動いた。

「生きています」

由美子が声を上げた。

「だが、死にかけている。培養は無理だ。せめて分裂機能が残っていれば……」

宮部は独り言のように呟いている。

「あとは脳だ」

慎重にガラス板を顕微鏡にセットした。

「ペトロバグです。でも……」

「弱ってるな。以前の細菌に比べて分裂速度は数百分の一以下だ」

宮部は独り言のように言った。

「この菌を中心に培養する。念のために他の部分も試してはみるが、結果が出るまでに、一週間はかかる」

「わかっています」

三人は手分けして、組織液を植え付けた培地を恒温槽に入れた。

二時間ほどで作業は終了した。

「山之内は？」

実験室を出て研究室に戻ってから宮部が聞いた。

「頭を七針縫って手と足に火傷をしていますが、大丈夫です」

由美子は富山に支えられ、自分を見送っていた山之内を思い浮かべた。

宮部が缶ビールを差し出したが、由美子は首を振って断った。久保田がハンドルを握る動作をしたが、由美子は反応を示さない。宮部は頷いて缶ビールを冷蔵庫に戻した。

「タフな奴だ。でも、あれで神経はけっこう細いんです」

宮部は溜息をつきながら言った。

「わかってます」

「足が悪いのはご存じでしょう」

「ええ……」

「あいつは必ず右足から踏み出すんです」

由美子は頷いた。山之内が歩きだす前に、かすかに息を吸い込むのにも気づいていた。

「悪いのは右足です」

宮部はふうっと溜息をついた。

久保田が今にも飛び出しそうな目をして聞いている。

「かなりな痛みがあるはずなんです。あいつを診《み》た友人の医者がそう言ってました。その痛みを無視して無理に右足から歩きだす」

宮部は立ち上がり、冷蔵庫から一度戻した缶ビールを取り出すと、栓を開けて一口飲んだ。

「だから、ちょっと目には、右足が悪いなんて誰も気がつきません。最初は、医者にも見放されていました。しかしあいつはリハビリであそこまで回復させた。血の滲むような努力をしました。医者も呆れていた。なぜだか、わかりますか」

由美子は無言で首を振った。

「人に事故の後遺症と悟られるのが嫌なんです。あの事故で同情されるのが嫌なんです。自分自身を痛めつけて、自分を罰しているんです。あいつは、事故の全責任を一人で背負って生きてるんです。そしてそれが、生き残った自分の義務だと思い込んでいる」

由美子は、シャワー室で見た山之内の後ろ姿を思い浮かべていた。唇を嚙みしめ、涙をこみ上げてくるものがあった。思わず横を向いて顔を隠した。

らえていた。

「あいつは、あの事故ですべてを失った。地位も研究者としての実績も。家族も去っていった。このままでは自分さえも失ってしまう」

宮部は一気にビールを飲み干し、由美子を見つめた。

「いたわってやってください。不器用で運の悪いやつなんです。学生時代から、貧乏くじばかり引いている」

由美子は黙って頷いた。


ＯＰＥＣ本部、第五会議室は静まり返っていた。

夜の砂漠のような静けさの中に、針をばらまいたような緊張が漂っている。

今ここで、緊急価格会議が開かれていた。

「来週から各国の産油量を、三〇パーセント、カットしてもらいたい」

ムハマッドの穏やかだが力強い声が響きわたった。

一瞬の間をおき、室内は私語に満ちた。

「無理な話だ。我が国の経済は破綻する」

イラクのハミッドが立ち上がり、絶望的な声を上げた。

「我が国の経済の九〇パーセントが石油輸出による外貨に頼っている。三〇パーセントカットは死活問題だ」

「そんなことは、あんたの国だけでやってくれ」

さまざまな声が乱れ飛んだ。

ムハマッドはテーブルに両手を乗せ、落ち着いた表情で聞いていた。

「しかし、三〇パーセントの値上げを実施すれば、どうかな」

ムハマッドは淡々とした口調で言った。

一瞬、静寂がおとずれ、かすかなざわめきに変わっていく。

「先週、五〇パーセント値上げしたばかりだ。先週分に上乗せするとなると、大幅な値上げになる。メジャーが黙っていない」

「その通りだ。他の国も必ず反発する。非ＯＰＥＣに乗り換える国も出てくる」

「そんな国は放っておけ。現在、我々の原油生産量が世界の四五パーセントを占めている。その石油なしに世界の経済が成り立っていくと思うのか。すべての責任は私がとる。

非ＯＰＥＣも必ず我々についてくる。我々が団結すれば、メジャーやヘッジファンドなどに負けるはずがない。ただし、最後まで団結できればの話だ」

ムハマッドは胸を張り、威厳を込めて言った。

サウジアラビアのアブドゥルが立ち上がった。

「世界経済はやっと混乱から立ち直ったばかりだ。再び混乱に導くのは、いかがなものかな」

「そうなれば、まさに世界経済は我々の石油で成り立っていると証明したことになる。しかし、今度もすぐに落ち着く。我々の思い通りの結末で」

ムハマッドは冷ややかな声で答えた。

「今、世界の半分近くが我々の石油で動いていることは事実だ。ということは、石油の安定供給こそ我々の役目ではないのですかな。アッラーの恵みは世界に分け与えるべきだと思うが。憎しみの時代は終わらせねばならない。世界は安定と平和を求めている。我々は世界の構成員の一員として、責任を果たすべきではないのかな。それこそアッラーの意志だと思うのだが」

アブドゥルが静かな口調で言う。

「では、メジャーと西欧諸国は、アラブを真に彼らの仲間と見ているというのか。自分たちの友人であると考えているのか」

ムハマッドはアブドゥルを睨みつけるように見て、続けた。

「答えはノーだ。彼らにとって、我々アラブは搾取の対象にすぎない。石油が枯渇すれば、ただの砂漠の小国にすぎない。彼らは洟も引っかけないだろう。我々はまだ力のあるうちに、強力な国家に生まれ変わらなければならないのだ。そのためには、我々の唯一最大の武器である石油を温存し、有効に使わなければならない」

　あらゆる私語が消え、部屋中は静まり返っている。

「アラブの結束の強さを欧米諸国に見せつけてやろうではないか」

　ムハマッドは断固とした意志を示した。

第6章　復活に向けて

1

林野史郎の遺体は翌朝、病院から直ちに火葬場に運ばれ、荼毘《だび》に付された。

他の二つの遺体は、山之内と研究所の要請により、富山と由美子が立ち合い、厳重な管理のもとで解剖が行なわれた。感染はなく、遺体は焼却された。

林野の葬儀は、三日後に自宅近所の寺で行なわれた。経済界、政界、その他五百人以上の人が集まった。

『石油生成バクテリアの発見と消滅。林野微生物研究所、山之内明博士の研究グループは石油を生成するバクテリアを発見したが、何者かによって破壊、消滅させられた。犯人は外国人か？』

『ペトロバグの悲劇。林野微生物研究所の山之内明博士のグループによって発見、改良された石油生成バクテリア〝ペトロバグ〟が、ナパーム弾によって焼き尽くされた。再生は絶望的と見られている。侵入者の一人は白人との目撃者の証言もある』

林野微生物研究所爆破事件は、各種マスコミによって大々的に報じられた。

山之内は林野の葬儀に出た後、病院にこもっていた。爆発の時に受けた傷は、順調に回復している。警察の取り調べは何度か受けたが、病院にいることによってマスコミの取材を避けることができたのは幸運だった。

研究所が爆破されて四日が過ぎた。

師走の慌ただしさをよそに、Ｐ４ラボの研究員たちは連日、研究室の後片づけに忙殺されていた。第七セクターのあった部分は見事なほど焼き払われ、特にＰ４ラボは瓦礫《がれき》の山と化していた。警察は、爆破に使用された爆発物は米軍のナパーム型爆弾であると結論づけた。瞬時に高温を出し一帯を焼き尽くすが、熱量的にはさほど大きなものではない。

東日新聞の記者、近藤将文はエレベーターを降りて廊下を歩いていた。

乾いた靴音が人気《ひとけ》のないリノリウムの床にこだましている。休日の病院は人が消え失《う》せたように静かだった。近藤は早足で歩いた。病院には独特の空気があると思う。それは近藤にとって死を連想させるもので、恐怖さえ感じる。

ドアの前で立ち止まった。

山之内明。名札を確かめノックしようとした時、ドアが内側から開いた。五十年配の看護師が検診表とタオルを持って出てきた。近藤を見て軽く頭を下げ、脇をすり抜けエレベーターのほうに歩いていく。

近藤は閉まりかけたドアの把手を持って、隙間から病室を覗いた。

思わず息を飲んだ。鼓動が激しくなり、把手を持つ手が震えた。ベッドの前に上半身裸の男が背を向けて立っている。

近藤の目は、男の背中に釘づけになっていた。

右肩から尻にかけて、斜めに幅二十センチ以上に肉がえぐられた痕がついている。他の部分の皮膚も赤黒く変色し、ケロイド状の引きつれが背中の三分の二以上を覆っていた。その引きつれはパジャマのズボンの中にも続いている。

男はベッドの上のパジャマを取り、腕を通した。

近藤はそっとドアを閉めた。

急いで廊下を引き返した。喉から水分が消え失せ、空気が気管に引っかかった。

エレベーターの前に、病室から出てきた看護師が待っていた。近藤は看護師の横に並んだ。ドアが開き、二人は乗り込んだ。他に誰もいない。

「山之内さんの背中ひどいね」

近藤はかすれた声を出した。

「見たの?」

看護師が近藤に非難の目を向ける。

「偶然ね。悪気はなかったんだ」

「私も初めて見た時は驚いたわよ。よく生きてたものだってね」

「今度の爆破事件が原因かな」

「古い傷よ。五年も前の傷。うちの先生たちの中に、昔、山之内さんを治療した先生がいらしたのよ。あの人、大学の先生だったの。大学で爆発事故があって、学生さんを救《たす》けようとして怪我したのよ。炎の中に飛び込んで、焼けた鉄骨の下に入って押し上げようとしたんですって」

看護師が顔をしかめて続ける。

「足の傷もずいぶんひどかったらしい。右膝の複雑骨折。よく歩けたって。今でも針の山を植え込んでるようなものですって。でも不思議よね。あの人、そんな素振りも見せないもの」

近藤の全身を冷たい衝撃が貫いた。

「その先生が言ってたわ。あの世から帰ってきた男だ。神様は、あの男によほどさせたいことがあったんだろうって」

空白になった頭の中に看護師の声が響いた。よろけるようにエレベーターの壁に手をついて、身体を支えた。

「それが今度の事故でしょう。本当に気の毒よね」

くぐもった声が虚ろに聞こえている。

「大丈夫ですか」

気がつくとドアが開き、〝開〟のボタンを押した看護師が顔を覗き込んでいる。

「大丈夫です。ありがとう」

近藤が答えると、看護師はエレベーターを出て何度も振り返りながら歩いていった。

近藤はロビーに出た。薄暗いロビーでしばらく椅子に座っていた。ふらふらと立ち上がり、よろめきながら病院を出た。

気がつくと公園に立っていた。

十二月の夜の公園に人影はなかった。

噴水の正面にあるベンチに腰を下ろした。冷たい風が吹き抜けていく。遠くで酔っ払いがわめいているのが聞こえた。街灯の明かりが冬枯れた公園の木立を照らしている。顔を上げると、噴水の向こうの葉を落とした木々の間に病院の明かりが見えた。脳裏には、醜くえぐれた山之内の背中が焼きついている。

消し去ろうと何度もきつく目を閉じた。しかしその姿は、ますます鮮明に蘇ってくる。心の中で何か大きなものが揺らぎ、崩れようとしているのがわかった。鮎美は死んだ。だが山之内は生きている。近藤は繰り返し、自分に言い聞かせた。俺はやはり山之内を許せない。

近藤は立ち上がった。

地下鉄に乗ろうと思ったが、駅がどちらの方向か思い出せない。頭が思考を拒否している。頭の中にあるのは、山之内の背中に刻まれた、えぐれた穴と、引きつれ変色した肌だけだった。近藤は再びベンチに崩れ込んだ。

ドアが開いて男が二人入ってきた。

一人は中肉中背、おっとりした丸顔の男だった。五十代半ばだろう。頭に白いものが目立つ。横に長身の三十代の男が立っている。

「刑事さんです」

見舞いにきていた由美子が二人を見て言った。

山之内はゆっくり男に視線を向けた。まだ意思と神経が完全に連動しておらず、もどかしさを感じた。事件以来、何度か警察が訪ねてきたが、二人とも初めての顔だった。

「坂上です」

年配のほうが、警察手帳と一緒に〈警視庁捜査一課警部〉の肩書きのある名刺を出した。若い男は何も言わず、横に立っている。

山之内は受け取った名刺と男を見比べた。男は閉じそうな目で、黙って山之内を見つめている。刑事の知り合いはいなかったが、刑事らしい刑事というのだろうか、テレビや映画で見慣れている、どこか胡散臭い雰囲気が滲み出ている。

坂上は山之内の頭の包帯を替えていた中年の看護師を見て、何も言わないのを確かめてから話し始めた。

「お聞きしたいことがあります」

顔に似合わず穏やかな声だった。

「警察にはすべて話したつもりですが」

山之内の脳裏に五年前の光景がよぎった。

何度も事情聴取に出頭を求められた。任意出頭であったが、断れるものではなかった。狭い取り調べ室で、十時間以上も同じことを執拗に聞かれた。結局、不起訴に終わったが、刑事は不満の色をありありと浮かべていた。

「侵入者は二人でしたね」

「私が見たのは二人ということです。一人は金髪の白人でした。もう一人は日本人です。若い男でした。私が知っているのはそれだけです」

山之内はすでに何度も答えたことを繰り返した。

「顔を隠してはいなかったのですね」

「はい」

坂上はしばらく黙って考え込んでいた。

「それがどうかしたのですか」

「あなたを殺すつもりだったのかもしれない」

山之内は顔を上げて坂上を見た。由美子の身体がぴくりと動いた。

「違います。私は、殺すなという声を聞いています。英語でした」

何度も記憶をたどったが、頭を殴られた瞬間の記憶は霧の中だ。しかし、「殺すな《ドント・キル》」という言葉は不思議と脳裏に焼きついている。どの男が言ったかはわからないが、英語を母国語とする者の発音だった。

「犯人たちが研究室の完全破壊を狙ったのは確かです。それは、バクテリアを消し去るためでしょう。さらに完全にバクテリアを消滅させるためには、あなたもいないほうがいいのではないですか」

「だが、私は生きている」

「それですよね、わからないのは」

坂上が首をかしげている。

「ところで、こちらのお嬢さんはもう一人仲間がいたと言ってるんですがね」

坂上が由美子のほうを向く。

「私が研究棟に入ろうとした時、飛び出してきた男がいました。覚えているのは男の頬に小さな引っかき傷があった、ということだけです」

「ということは、もう一人いた、ということにはなりませんか。その男は死んではいない。顔つき、身体つき、特徴がわかるとありがたいんですがね。どんなことでもいいんです」

「思い出そうとしてるんです。でも、だめなんです」

由美子が高い声を上げた。警察で何度も聞かれたことだった。

「もう少し協力的になってください。大事なことなんです」

「本当に覚えていないんです。あの時は、先生のことで頭がいっぱいでした」

山之内は必死で考えていた。Ｐ４ラボの中で声を聞いたような気がする。さらに、顔を覗き込んでいた黒い影――。しかし、確かではない。あの時のことは、頭全体が薄いベールに覆われたようにぼやけている。はっきりしているのは、燃えさかる炎の中に立つ林野史郎の姿だけだ。

思い出そうと意識を集中すると頭が痛みだした。

「いい加減にしてください」

由美子が声を荒らげた。

「先生はまだ傷が治りきっていないんです」

由美子の声は興奮で震えている。二人の刑事は意外そうな顔で由美子を見ている。

「他に目撃者はいないのですか」

山之内は由美子を制して聞いた。

「今、付近の聞き込みをやっていますが、時間が時間です。あのあたりは深夜の通行人はゼロに等しい。今のところ、犯人の目撃者はあなた方だけなんです」

「外国人を含むグループは目立つのではないですか」

「それを唯一の頼みとしているんですがね」

ただし、と言って坂上は何かを考え込む様子をした。

「二日前の真夜中近く、二人組の男が研究所近くの喫茶店に入っています。そこで、研究所のことを聞いたそうです。若い男がひどくハンサムだったので店の人が覚えていましてね。もう一人のほうは記憶にないそうです」

何か思い出したら連絡をくださいと言って、坂上はドアのほうに歩いた。

ドアの前で振り返って山之内を見た。

「気をつけてください。ひょっとしてあなたも狙われているかもしれない。私個人としては、警備の者をつけたいんです。でも、上が何もわかっちゃいなくてね」

しばらく山之内を見つめた後、軽く息を吐いて気弱そうに微笑んだ。

二人は丁寧に頭を下げて出ていった。

「そんなに反抗的になる必要はない」

坂上たちの靴音が聞こえなくなってから、山之内が言った。由美子は顔中に不満を表わしている。

「昨日も警察に呼ばれて、三時間も同じことを聞かれてるんです。なんだか、私が犯罪者のような気がしてきます」

由美子は眉をひそめた。

「警察なんてそんなもんだ」

「でも――。本当にもう一人いて、先生の命を狙っていたら――」

由美子が言葉を止めて、その考えを振り払うように頭を振った。

「研究棟の前ですれちがった男――日本人でした。どこか中性的で、能面を思わせる顔」

呟くように言う。

明るい陽ざしが病室に差し込んでくる。

山之内はぼんやり外を眺めていた。左腕にまだ痛みがあったが、林野を失った心の痛みに比べれば問題にもならない。

目蓋を閉じれば、炎に包まれた林野の姿が浮かんでくる。それが五年前の大学の研究室爆発に重なっていく。炭素化した黒い遺体。爆発で吹き飛び、焼け焦げて原形を留めていない装置の数々。身体中が熱くなり、動悸が激しくなった。思わず叫びそうになるのをやっとこらえた。

「先生、大丈夫ですか」

ちょうど研究所から戻ってきた由美子が声をかけた。ハンカチを出して、山之内の額の汗を拭いた。

「宮部からの連絡はまだか」

「まだ五日しか経っていません。培養には一週間はかかります。ペトロバグのダメージも大きかったので、もっとかかるかもしれません」

宮部のところから帰ってから、由美子の態度が微妙に変わっているのに山之内は気づいていた。以前と違う——哀しみを含んだ目には違いないが、何かもっと大きなもので山之内を包み込むような眼差しを感じる。

その時ノックの音が聞こえ、応える前にドアが開いた。

東日新聞の記者、近藤将文が入ってきた。由美子を見て軽く頭を下げた。

「いかがですか」

近藤は慇懃な口調で言い、メロンの箱をテーブルの上に置いた。

「きみには遺憾ながら、しぶとく生きていますよ」

山之内は近藤を目で追った。

「本当に、しぶとい人だ」

近藤はかすかに笑い、窓際の椅子を引き寄せて座った。

「今度は私は被害者だ。犯人は別にいますよ」

山之内は近藤の目を見つめた。

「誰もあなたがやったとは言ってませんよ。今回はね」

「何の用です。ただの見舞いではないでしょう」

「いえ、ただの見舞いです」

それにと言って、顔の表情を引き締めた。

「今、あなたに値段がついているそうです」

「私に値段？」

山之内は聞き返した。

由美子が動きを止めて、二人を見ている。

「そうです。五億とか十億とかいった値段です。もっと高額がついているという噂もある」

「どういうことです」

「石油を求めている国は、世界には腐るほどあるということです。北朝鮮、ロシア、キューバ、台湾。まだまだありますよ。国ばかりではありません。アメリカやロシアのマフィアもあなたを拉致できれば、金のなる木を手に入れたと同じことです。たとえ百億払っても、十分もとは取れるでしょう」

「私には何の価値もない。あるのはペトロバグだ。しかし、ペトロバグは消滅した」

「あなたさえ確保すれば、バクテリアの再生は可能ではないのですかね。たとえ何年かかろうとも、その価値はある。少なくとも私ならそう考えます。関心を示していないのは日本政府だけでしょう。腹が据わっているのか、馬鹿なのか。たぶんあとのほうなんでしょうがね」

そう言ってかすかに笑った。

山之内は答えなかった。同じようなことを言っていた、若い官僚がいたことを思い出した。

「逆に、あなたがいなくなることで利益を得る国や団体も、けっこう多いんじゃないですか——」

近藤の顔から笑みが消え、山之内を見据えている。

「私は一介の科学者だと言っているでしょう」

「しばらく、ペトロバグのことは忘れたらいかがです。よくない噂も聞いています。最近、サルがよく死ぬとか——。もう、記事にする必要もなくなりましたがね」

そう言って、近藤は立ち上がった。

「それだけですか」

「それだけです」

近藤がドアの前で立ち止まり、振り返った。相原さんでしたね、と言って由美子に視線を向けた。由美子はお茶を淹《い》れる手を止めて顔を上げた。

「山之内さんの周辺ではよく人が死ぬ。サルばかりじゃなくてね。あなたも気をつけたほうがいい」

薄笑いを浮かべて言った。

「それじゃあ、お大事に」

山之内に軽く手を上げて、部屋を出ていった。

2

ＯＰＥＣ本部の大会議場は人で溢れていた。

窓側の席にＯＰＥＣの首脳陣が座り、反対側にはメジャーを中心とした石油輸入国の代表が座っていた。そのまわりを報道陣が取り囲んでいる。

「我々OPEC閣僚会議は、新たな石油公示価格を設定した」

ムハマッド・アル・ファラルが力強く宣言した。声は興奮で震えている。

大会議場に緊張がみなぎった。

「来年度の公示価格を一バレル五十二ドル七十二セントとする」

ムハマッドの声は大会議場に響き渡った。

会場にはざわめきが満ちた。

「前回の値上げ幅と合わせると、一〇〇パーセントの値上げではないか」

エクソンのヘムストンが言う。

「とうてい受け入れることはできない」

「アラブは世界のオイル流通機構を破壊する気か」

さまざまな声が飛びかうなか、オマーだけが静かに目を閉じて何事か考えている。

ムハマッドは表情ひとつ変えず、その声を聞いていた。

会議はOPECの一方的な価格提示で二十分ほどで終わった。

ひっそりとした会議場に、ムハマッドは一人残っていた。

ついにやった。メジャーと世界に、アラブの力を見せつけてやったのだ。奴らが屈伏するのは時間の問題だ。跪き、増産を願うだろう。身体の奥から、ゆっくりと満足感がわき起こってくる。

その時、ドアが開いた。サウジのアブドゥルが入ってきた。

「五十二ドルとは少々やりすぎたのではないですかな」

ムハマッドの前に立ったアブドゥルが静かな口調で言う。

「いやなら、買わなければいい」

「確かにそうだが、我々も世界の一国家として振る舞う必要があると思うのだが」

アブドゥルが諭すように言って続ける。

「もはや石油は我々のものであって我々のものではない。世界秩序を担うものとして、責任ある対応をとらなければならない。アッラーもそう望んでおられる」

アブドゥルの言葉に、ムハマッドは彼を睨みつけた。

こんな男がいるから、アラブは西欧諸国の奴隷とならねばならなかった。これからは違う。私がアラブを率いるのだ。石油の力を使って、アラブを強大な統一国家にしてみせる。私がアッラーだ。私が神になる。

ムハマッドは冷ややかな視線をアブドゥルに投げかけると、会議場をあとにした。

ＯＰＥＣの再値上げの公表とともに、石油価格は急激に高騰を始めた。

翌日の午後には、スポット価格が一バレル五十五ドル二十セントを超えた。

メジャーを含めて、世界中の石油関連会社が買い占めに奔走し始めた。非ＯＰＥＣの石油産出国も次々に値上げを発表し、第三次石油危機を告げる報道が、目立ち始めた。

アメリカ合衆国大統領が、中東各国首脳に自粛を要請する声明を出した。ＥＣ諸国も相次いで世界経済の危機を訴えた。

世界の目は中東に集中した。


リクターは一時間も前から部屋の中を歩き回っていた。

額には汗が滲み、胸に手をやれば不気味なほどの脈動を感じる。血圧も上昇しているだろう。医者が見たら腰を抜かすに違いない。しかし、じっとしていることはできなかった。部屋の隅にはフォフマンが引きつった顔で立っている。

「何時だ」

リクターは十分前と同じ質問を繰り返した。

「三時十七分です」

フォフマンが答える。ただし、真夜中のです、と口の中で呟いた。

「一バレル五十二ドル七十二セントだと。これが、ＯＰＥＣ閣僚会議が設定した最低価格だというのか」

リクターは吐き捨てるように言った。

「この価格が世界の石油価格として定着したらどうなる。我々は破滅だ。ＯＰＥＣの奴隷になれというのか。オマーはどうした。やつはこの決定を黙って見ていたのか」

リクターは立ち止まり、拳を握りしめ背筋を伸ばした。

「やつらは我々に宣戦布告をしてきたんだ」

フォフマンに向かって怒鳴った。

「しかし、来週には政府が……」

「政府が本格的に動き始めるのは、パニックが起きてからだ。おまけに、政府に何ができる。備蓄石油の何パーセントを市場に流すというのだ。アラブのブタどもは笑ってみているだけだ。それとも、中東に軍を動かして油田を占拠するか。せいぜい駐留軍撤退を条件に、値下げを頼む程度だ」

リクターは吐き捨てるように言った。頭部の芯がズキリと痛んだ。一瞬身を強ばらせたが、その痛みは数秒間脳の中を駆けめぐり、消えていった。

「バクテリアはどうした。石油を精製するというバクテリアはどうしたんだ」

リクターは振り返り、怒鳴るように言った。

「あれはすでに消滅したと……」

フォフマンの顔は青ざめ、今にも逃げ出しそうだ。

「あのバクテリアさえ手に入っていれば――」

キャンベルはなぜ野生株を持って帰らなかった。科学者など信用したのが愚かだった。

リクターはガラス窓に両手をついた。あのバクテリアさえ手に入っていれば――。ロの中で繰り返した。

私は怯えている、とリクターは思った。この異常な興奮は怯えからくるものだ。七十数年の間に、立ち止まり後退したことはあるが、怯えたことはなかった。しかし今、自分の中に湧き起こってくるこの感情はなんだ。アラブのやつらの勝ち誇った笑い声が聞こえる。

いずれ政府が乗り出してくるだろう。備蓄石油の放出を匂わせて、OPECに増産を迫るか。友好国を救ってくれと、大統領が世界秩序を説くため中東を訪問するか。挙げ句の果てに、あのバカ者どもは待ってましたとばかり私の領域に土足で踏み込んでくる。今までの恩など関係ない顔をして。

リクターは頭をかきむしった。窓の側に行きガラスに額を押しつけた。冷気が伝わり、熱が夜の闇に吸い込まれるように引いていく。わずかながら冷静さを取り戻した。

手は打ってある。明日にでも朗報が届くかもしれない。しかし、時間が――。

3

山之内はぼんやり窓の外を見ていた。

入院してから、すでに一週間が過ぎようとしている。傷は激しく動きさえしなければ、ほとんど痛まなくなった。

宮部からの連絡はなかった。何度か電話をしようと思ったが、そのたびに思いとどまった。由美子の話だとペトロバグはかなりダメージを受けている。宮部も全力を尽くしているのだろうが、もし培養できなければ……。慌ててその考えを振り払った。

由美子が、研究所の様子を報告に来ていた。

林野史郎の息子、林野和平所長は、第七セクターの廃止を決定した。それを聞いても、なんの感情の変化も起きなかった。

「富山君たちはどう言ってる。今後のことだが……」

「先生についていくと」

「私に？」

「先生と一緒に仕事をしたいということです」

由美子は持ってきた花を花瓶に挿しながら言った。

「きみはどうする。キャンベルの所に行ったらどうだ」

由美子が手を止めて山之内のほうを見る。

「先生、私は――」

驚くほど真剣な目だった。声が震えている。

その時、ノックとともに医師と看護師が入ってきた。後ろにストレッチャーを押した二人の看護人がついている。

「研究所の片づけがありますから」

ピンクと赤のバラの入った花瓶をベッドの横の机に置いて由美子は出ていった。

「気分はどうですか」

背の高い医師が山之内の脈をとりながら聞いた。

「まだ頭は痛みますが、腕の痛みはとれました」

「検査室のほうに移動します。その前に鎮痛剤を射《う》っておきましょう」

看護師が用意していた注射器を取り出す。〈検査がありますので、痛み止めは射ちません。しばらく我慢してください〉ほんの十分ばかり前の看護師の言葉を思い出した。山之内の脳裏に不安が走った。声を出そうとした瞬間、その口を看護人の大きな手が覆う。

「急げ！」

医師が短く言う。

二人の看護人が両腕を押さえつける。左腕の傷に激痛が走り、思わず力が抜ける。注射針が腕に刺さったが、懸命に身体を捩《ねじ》ると針が腕から抜けた。

「もっと強く押さえて」

看護師が甲高い声を上げた。

全身から力が消え、意識が遠のいていく。必死で意識を呼び戻そうとした。もう一度身体を揺すって、看護師を振り払った。注射器が飛ばされ、壁に当たるのが見えた。机の花瓶が倒れて、ピンクと赤のバラが床に広がる。

意識が消えていく。そのまま転がされるようにして、ストレッチャーに移された。白い布が首までかけられ、酸素吸入器で顔が覆われた。押さえられたまま、ストレッチャーが部屋から引き出される。

山之内は唇を噛みしめた。まだ、頭の隅に欠けらほどの意識が残っている。だが、力が入らない。目を開けたが視界が薄い膜に覆われ、頭の芯にストレッチャーの振動が伝わってくる。なんとか顔を横にして視界を移した。

由美子だ。エレベーターの前に立っている。声を出そうとしたが、喉が押しつぶされたようで声が出ない。ストレッチャーは由美子の前を通り、突き当たりの荷物用エレベーターに直行した。

エレベーターのドアが開いた。

懸命に足を動かした。激痛が全身を貫き、一瞬、意識が鮮明になった。低い呻きのような声が出る。しかし、酸素マスクに遮られて声にはならない。必死に首を振った。

由美子がこちらを見ている。エレベーターのドアが閉まり始める。全身の力を込めて、看護人が支えていた点滴スタンドを蹴った。スタンドが倒れドアが開く。由美子がこっちに向かって走ってくるのが見えた。意識が薄れていく。

山之内たちを乗せたエレベーターのドアは、由美子の目の前で閉まった。

坂上刑事と近藤記者の言葉が浮かんだ。急いで元のエレベーターに戻った。彼らは山之内を病院から連れ出そうとしている。一階のボタンを押した。

一階ロビーでドアが開いた。

由美子はロビーを見回したがストレッチャーは見あたらない。彼らは地下の駐車場だ。慌ててPのボタンを押した。閉まりかけたドアを坊主頭の男が押さえた。背後に、三人の男が立っている。

「相原由美子さん。山之内さんのところの相原さんだね」

坊主頭が言う。

三十前後だろう。髭の剃りあとの濃い精悍な顔をしているが、まだどこかに幼さを残す不思議な雰囲気の男だ。初めて見る顔だが、敵ではないと感じた。

「一緒に来てください、先生が」

由美子は男の腕をつかんで、エレベーターに引き込んだ。

他の三人も乗り込んでくる。

地下の駐車場に着いて、エレベーターが開くと同時に飛び出した。

駐車場を見回すと、角に駐車してある白い大型バンのバックドアが開いてストレッチャーを積み込もうとしている。

「誘拐よ、誘拐。あの人たち、先生を誘拐しようとしているの」

由美子は大声で叫んだ。

坊主頭と連れの若い男たちがバンに向かって走った。

山之内をバンに乗せようとしていた医師と看護人の服を着た男が、男たちに気がついて手を止めた。

「助けて。誘拐です」

由美子はさらに大声を出した。

看護人の一人が内ポケットに手を入れたが、医師の格好をした男が止めた。入口から他の車が入ってくる。由美子の声がもう一度響いた。

男たちは山之内が乗ったストレッチャーを壁のほうに押しやる。坊主頭たちがストレッチャーに駆け寄る隙に男たちはバンに乗り込んだ。車のドアが閉まる前に激しくエンジンを吹かし、出口に向かって勢いよくスタートさせた。

「先生！」

由美子がストレッチャーを覗き込むと、山之内は目を閉じて、ぐったりしている。

坊主頭と三人の若者がストレッチャーを押して病室に戻った。

由美子がナースステーションで事情を説明すると、緊張で強ばった顔の医師が山之内の病室に向かった。


三十分ほどで山之内は意識を取り戻した。

注射されたのは睡眠薬。量が少なかったので、すぐに口がきけるようになった。

由美子の連絡を受けて、Ｐ４ラボの研究員たちも病室に駆けつけてきた。

「平岡だ」

坊主頭が山之内に向かって頭を下げた。

「覚えています。大東愛国会とグリーンエンジェルの……」

山之内はベッドの上に身体を起こした。

「あのときは失礼した」

平岡が微笑んだ。

由美子が不思議そうな顔をして見ている。山之内は林野史郎と一緒に会ったことがあることを話した。

「あの人たち、研究所を爆破した人の仲間ですか」

「だったら、山之内さんを殺すだろう」

平岡がぶっきらぼうに言う。

「じゃあ――」

「北朝鮮かイラクか。アメリカかイタリアのマフィアかもしれない。最近はロシアのマフィアも国際的な力を持ってきている。何をやるかわからん連中は世界中にいる。山之内さんは人気者なんだ。みんな、あんたを自分の国に招待したがっている」

平岡が目で山之内を指した。

「しかし、なぜあなたが――」

山之内が聞いた。

「じいさんとはウマがあってね。いろいろ頼まれてた。じいさん、あれでなかなかの策士でね。多くの団体に寄付をしてたんだよ。頼まれれば、ほとんど拒まなかった。ただし、自分の金がどう使われているかには、多少の興味があったんだ。たまたま大東愛国会にいた私と、飲み屋で知り合ってね。その金の使われ方を調べるよう頼まれた」

「スパイですか」

由美子が聞くと、平岡がニヤリと笑った。

山之内は、池袋のグリーンエンジェルに行った帰りに寄った居酒屋を思い出した。

「他にもいろいろ頼まれていた。じいさんは一年ほど前から、あんたらの研究施設を他に移すことを計画してたんだ。あんたらに何事にも煩わされず、研究に集中してもらいたい、と言っていた。いずれ、林野微生物研究所とは独立した組織にするつもりだった。ところが、ペトロバグの発見が外部に漏れてその計画が早まった。所長との問題もあったからな。所長の話は聞いたか」

山之内は黙って頷いた。

平岡が一瞬、眉をひそめた。

「すべての準備を整えてからと思っていたが、計画を早める必要がある。ペトロバグは何としても完成させる。これがじいさんの遺志だ」

ただし、と言って肩をすくめた。

「このどさくさで、新研究所のキーが紛失した。じいさんが保管していたんだ」

その時、ノックとともにドアが開いた。

全員の視線が集中する。

宮部良介が入ってきた。目のまわりに隈《くま》ができ、全身に疲れが滲んでいる。

山之内はベッドから降りようとして、富山に止められた。

「どうでした?」

黙っている山之内に代わって由美子が聞いた。

宮部が山之内の視線を避けるように顔を下げる。

「——全力を尽くしたが——ペトロバグは死滅した」

部屋の中に冬の冷たい空気が満ちた。

山之内は目を窓の外に移した。いつの間にか雪が降り始めている。

雪は見る間に勢いを増し、視界を白いベールで包んでいく。

4

リクターはがっくりと肩を落とし、椅子に座っていた。

部屋の隅には、フォフマンが怯えた顔で控えている。一時間ほど前に、山之内の拉致に失敗したとの報告を受けたばかりだった。どうしてこうも役立たずばかりがそろっているのか。全員、無能なやつらだ。リクターは何度も叫びたい衝動に駆られては、それを圧し殺した。

無意識に窓の側に歩いた。

深夜のマンハッタン。不気味な闇の中に明かりの消えたビルが、巨大な遺跡のように黒い影を浮かばせている。地獄とはこのようなところかと、リクターは思った。

リクターは意識を現実に引き戻し、その幻影を消し去った。

鏡面となった夜の闇に、歪んだ顔が浮かび上がる。皺の刻まれた醜い顔――。神に祝福されたとは言いがたいその顔に、薄笑いが浮かんだ。その笑いは徐々に顔中に広がっていく。まだ、アラブのブタどもに負けたわけではない。

「ノーマンに電話しろ。ノーマン上院議員だ」

リクターは振り返って言った。

「しかし……」

フォフマンは時計を見た。先ほどから十五分が過ぎているだけだ。

「かまわん。叩き起こして、すぐ来るように伝えろ」

リクターは怒鳴った。

フォフマンが慌てて受話器を取る。

アーノルド・ノーマンはイエローキャブの後部座席にふんぞり返っていた。

疲れてはいたが、これから起こることを考えれば眠るどころではなかった。あの老人の考えることは想像がつかない。

ワシントンDCの自宅に電話があったのは今朝の三時半。秘書は遠慮がちに直ちにニューヨークにおいでいただきたいと言ったが、横では老人がわめいていたことだろう。今、石油業界はパニックだ。政府の対応策を聞き出そうというのか。いや、あの老人のほうが私らより情報収集には長けている。——では何の用だ。ノーマンはいまいましげに呟いた。来年は大統領選挙だ。おまけに、上院の選挙が重なる。とにかく老人の機嫌をそこねることは得策ではない。

電話を切ってからあらためてベッドに入ったが、眠れるものではなかった。

ニューヨークへの一番機は九時までない。鉄道《アムトラック》にしようかと思ったが、あんな箱の中に三時間近くも閉じ込められるのは耐えられないと思い直し、結局、飛行機にした。

ノーマンがリクターの部屋に着いたのは、正午前だった。

秘書にリクターはまだ眠っていると告げられると、緊張が一挙に崩れて腹立たしさに変わった。私を何だと思っている。アメリカ合衆国上院議員、アーノルド・ノーマンだ。

ノーマンはソファーに座り、部屋の中を見回した。

巨大な執務机、背後の星条旗とロックフェラー・センターの象徴であるプロメテウス像を縫いこんだ旗——まるで大統領執務室だ。カーテンの閉められた部屋は、昼間なのか夜なのかすらわからなかった。あの老人がこの穴蔵に住み、世界に指令を送っているのだと思うと背筋に冷たいものが走った。ノーマンは車中の広告で見た、今夜のブロードウェイの芝居について考えようとした。

「ノーマン君」

突然の声にノーマンは飛び上がった。

目の前にリクターが立って、見下ろしている。いつの間にか眠っていたのだ。

「お元気そうで、なによりです」

ノーマンはずり落ちそうな姿勢から慌てて座り直した。

「ところで用件だが、きみは日本の政界とつながりが深かったな。議員とも知り合いが多いと聞いている」

リクターは机を回って椅子に腰かけた。引き出しを開けて、葉巻を取り出す。

「三度、訪問しました。最初は学生時代、あとの二回は議員になってからです。ワシントンに来る日本の政治家は、必ず私のオフィスを訪れます。テキサスとユタに日本の自動車会社を誘致しましたのも私の――」

リクターはノーマンの言葉を遮り、トーマスに合図を送った。

トーマスがこれまでの経緯を話した。

上院議員は頷きながら聞いていた。その落ち着き払った態度に反して、頭の中にはさまざまな思惑が渦巻いていた。来年の大統領選挙と上院選挙に向けて、石油業界の支持が全面的に得られれば、何にも増して強力な味方となる。しかし、石油生成バクテリアとは――。話がジェラルド・リクターからのものでなければ、笑い飛ばして終わりだ。

それにしても――老人は私に何を言おうとしている。石油関係の議員で、最有力者はフンベルトだ。私は石油などというドロ臭いものとは無縁だ。

「それで、私にできることは何でしょう」

ノーマンがしかめ面をリクターに向ける。この老人に対してできる精一杯の虚勢だった。

「OPECが石油価格を大幅値上げしたのは知ってるだろうな。一バレル五十二ドルだ。スポットオイル価格は、今週中に六十ドルになる。近い将来、やつらはもっと上げてくるだろう。非OPECも追従値上げに踏み切った」

「昨日から政府も緊急会議を開いております。しかし、なにぶん緊急のことでして――エネルギー省長官は戦略的石油備蓄の中から緊急用として二百万バレルを暖房用に放出する手筈を整えていますし、その間に大統領自らが中東諸国にという声も上がって――」

「政府に期待しているのではない」

リクターはノーマンに黙るように左手を上げた。

椅子から立ち上がり、葉巻をくゆらせながらノーマンの前に立った。

一時間後、ノーマンは飛行場に向かうタクシーの中にいた。

携帯電話で秘書のヤスダを呼び出し、直ちに事務所で待機するよう指示した。こぼれそうになる笑みを噛み殺して、今後のことを頭の中で組み立てた。

ここ数週間、大統領と側近の間にやたらとジャパンという言葉が出ていたが、このことだったのか。大統領の特命を受けた国務長官が日本を訪問するという話は、単なる噂ではなかったのだ。しかし今となっては――。

日本の経済産業大臣には会ったことがある。たしか今年だ。一緒に夕食を食べ、写真を撮った。ノーマンは目を閉じ、懸命にその名前と顔を思い出そうとしたが何も浮かばない。日本人の顔はどれも同じに見える。のっぺりとした顔つき。やたら笑みを浮かべているか、むっつりと黙り込んでいる。自分には理解しがたい人種だ。アメリカ議会きっての日本通と言われてはいるが、日系人秘書のジョージ・ヤスダがいるからだ。彼の日本語は完璧だ。彼のおかげで、日本から来る議員の大半はノーマンに会いにくる。日本についての知識は、真珠湾を不当に攻撃した卑怯者《ひきょうもの》だということと、選挙前に米国の日本企業に頼み込んで雇用を一パーセント上げるか、日本をこきおろせば、支持率が確実に二パーセント上がるということだけだ。

袖口を上げて腕時計を見た。そうだ、この時計はあの大臣が土産に持ってきたものだ。午後三時。二時間後にはオフィスに到着する。それからヤスダに相談しよう。彼なら、どの議員に接触すればベストか知っている。今夜中に日本と連絡がとれるだろう。リクターには、明日の朝までに連絡すると言ってある。ふっと息をついてから、今日が日曜日なのに気づいた。

いつの間にかタクシーが止まって、黒人の運転手が振り返ってこちらを見ている。外を見ると、空港ビルの前に止まっていた。ノーマンはチップを三ドルはずんで、タクシーを降りた。

5

ハヤセはベッドから起き上がった。

洗面所に行って、鏡を見て息を飲んだ。赤黒く変色した顔はまるで陽に焼け過ぎた老人だ。肩の傷はすでにかさぶたで覆われている。腕を回してみたが、鈍い痛みが肩から胸の筋肉に伝わるだけで動きに支障はなかった。頬の傷は、薄い皮膚ができ、赤い筋になっている。

洗面所に唾を吐くと、黒っぽい血が混じった唾が排水孔に吸い込まれていく。身体全体が熱っぽかったが、傷口に注意しながらぬるめのフロに入ると熱は消えてしまった。しかし、倦怠感《けんたいかん》を伴う不快感は身体全体にしみ込んでいる。

ルームサービスに電話して、ベジタリアン用の朝食と新聞を頼んだ。英字紙を一紙と日本の新聞を三紙だ。

朝食と新聞を持ってきたいつもの若いボーイが愛想のいい笑いを浮かべた。ハヤセが千円のチップを渡すと、サンキューを繰り返して出ていった。

英字新聞には研究所爆破に関する記事は出ていなかった。日本の二紙には出ていたが、扱いは小さい。社会面に遺体の身元割り出しが困難なことを述べている。

東日新聞には、『日本の遺伝子工学の不透明さ』と題して、署名記事があった。最初に元東京大学助教授山之内明の経歴を述べている。そして、林野微生物研究所爆破事件は、最近のバイオ産業に著しい、企業が営利主義に走った結果生じた事件、という考えが述べられていた。執筆記者は近藤将文。山之内明に関する記述が興味深かった。中立を保とうと努力はしているが、明らかに、特別の感情を持った者の書き方だ。長年の仕事上からの直感だった。ハヤセはその記事を破り、ポケットに入れた。

午後二時を過ぎてから、ホテルを出た。

外気に触れると全身に悪寒が走った。思わず足を止めて、震えが治まるのを待った。鈍い頭痛が続いている。スモッグを通して降ってくる薄い光が、身体に突き刺さるようだ。ポケットからサングラスを出してかけた。口の中で粘つく唾を吐くと、道路に赤黒い染みが広がった。四、五歳の子供の手を引いた女が、顔をしかめて血の染みを避けて通っていく。

ホテルから百メートルほど歩いてタクシーに乗った。

行き先を告げてから目を閉じた。目蓋が重く、一度閉じると開けるのにかなり強い意志が必要だった。

気がつくと、新聞社の前に立っていた。

ポケットから朝刊の切り抜きを出した。受付で大木良夫の偽名を使い、記事の署名にあった近藤の名前を告げた。

若い女性はハヤセの顔を見て一瞬息を飲んだが、すぐにぎこちない笑みを浮かべて隣の広い打合せ室を指して待つように言った。そこでは数組のグループが打ち合わせをしている。

五分ほどして、三十すぎの男が現われた。

しばらくあたりを見回してから、ハヤセの前に来た。

「大木さんですか」

ハヤセの顔を見て聞いた。ハヤセは頷いた。

近藤はハヤセの向かいのソファーに腰かけ、名刺を出した。

ハヤセは新聞の切り抜きをテーブルの上に置いた。

「山之内明という人がどこに入院しているか、知りたいのですが」

一語一語、区切るように発音した。途中でハンカチを出して、口許を覆った。口中がひどく粘ついてきたのだ。

「山之内氏とどういうご関係ですか」

「高校時代の友人です。偶然、記事を見たものですから」

ハヤセは高校の名と所在地、テニスクラブが一緒だったことを言った。山之内が県の大会で準優勝したことも付け加えた。すべてダグラスの資料に載っていたことだ。大学の研究室爆発事故についてもそれとなく触れた。

「大学をやめてから、連絡がとれなかったのです。それが偶然、あなたの記事で彼の名前を見ました。他の友人たちも消息を知りたがっています。見舞いに行きたいのです」

「失礼ですが、何か身元のわかるものを」

「あいにく名刺を切らしております。私は横浜の印刷会社に勤めています」

運転免許証を出して見せた。スズキが用意してくれたものだ。

近藤がハヤセと免許証の写真を見比べている。ハヤセはサングラスを取り、背筋をのばした。充血した目は腫れぼったく、多少顔つきが変わっているが写真は自分のものだ。

「スキーに行って、風邪を引いてしまいましてね。これでも大分よくなったんです。一昨日《おととい》は最悪でした」

ハヤセは気の弱そうな笑みを浮かべた。

近藤は迷っていたが、病院の名前を言った。

今の自分を見れば、同情こそすれ危険な男とは思わないだろう。

ハヤセは礼を言って立ち上がった。近藤が座ったままハヤセを見上げている。ハヤセは背後に近藤の視線を感じながら出口に向かった。

新聞社の前でタクシーに乗った。

運転手に病院の名前を告げて目を閉じた。

渋滞にぶつかり、十キロしか離れていない病院に着くのに一時間かかった。

ハヤセは病院に入った。

広い待合室の空気は生暖かく、淀んでいた。病院特有の消毒液を含んだ臭いが漂っている。その臭いを嗅ぐと吐き気が込み上げてきた。

吐き気をこらえて受付まで行った。

受付のパネルを見ると、四階から七階までが病室になっている。

山之内の病室を聞こうと思ったが、思い直した。爆破事件の後だ。警察が張り込んでいるかもしれない。危険は冒したくなかった。各階を歩いて、入院者の名前をチェックしてまわるしかない。新聞に載っているのだから、偽名を使っていることはないだろう。

エレベーターのほうに歩き始めた。


病室には四人の研究員と平岡たちが集まっていた。

拉致未遂事件から山之内の病室には、平岡の部下が二人泊まり込んでいる。

山之内は宮部の報告を受けてから、ほとんど何も言わず考え込んでいた。

「マンションのパソコンに入れておいたんです」

西村が十枚近いCDとMOをポケットから取り出した。

「ペトロバグのDNA配列のデータの一部と、ミドリザルの実験データが入っています。

他にビデオもあります」

「違反じゃないか。データを持ち出すのは」

「結果主義でいきましょうよ。これだけ残ったのでも、奇跡的なんだから」

富山がいつも持ち歩いている大きなカバンを椅子の上に置いて、中からスライドとビデオの束を出した。

「ペトロバグの分裂過程の映像です。家で整理をしていて焼却を免れました」

「私は第五染色体のX—52からX—73の領域の最新データを持っています。生体内での増殖過程のシミュレーションプログラムも無事です。サルのデータを入力すればほぼ完成です」

由美子が富山に続いて言った。久保田が呆れたように首を振っている。

「僕の持ち出しは関連論文程度しかありませんよ」

「それにしても、半分も残っていない」

西村が気の抜けたような声を出すと、全員が黙り込んだ。

「ゼロよりいい。残りのデータを分析して次に備えるんだ。遺伝子配列さえ解明すれば、なんとかなる」

それに、と言って山之内は指先で頭を叩いた。

「我々のここには今までの知識と経験が詰まっている。そして何より、やり遂げようという精神がある」

全員が山之内の言葉に聞き入っている。

「ここに長くいるのは危険です。明日にでもどこかに移りましょう」

由美子が我に返ったように言う。

「どこに行くと言うんですか。僕が泊まり込みます」

「私のことなら心配ない。ペトロバグの再生に全力を尽くしてほしい」

「新しい研究所に移る準備は進めている。キーを手配しているが二、三日かかる。いざとなったら、ドアを打ち破ればいいだけだが」

平岡の言葉に全員が顔を見合わせた。

ノックの音とともにドアが開いた。

部屋中の視線が集中した。

林野和平所長が立っている。所長は山之内の前に行き、持っていたカバンを差し出した。

「父の遺品です。書斎の金庫に入っていました。あなたは父の遺志を継いでください。私は微力ながら父の残したものを守り、発展させていきたい」

所長が山之内を見つめて言った。今までに見たことのないほど穏やかで、威厳さえ感じさせる話し方だ。

所長は軽く頭を下げ、部屋を出ていった。

山之内はカバンを開けて中身を見た。しばらく無言で見ていたが、カバンを富山に差し出した。中にはCDやMOをはじめ、フロッピーやビデオが入っている。

「すごいね、DNA配列の最新データ、過去の実験データ、すべてそろってる。たぶん、ほとんどのデータと資料があるんだ。会長はいつコピーをして持ち出したんだ」

「あの人、僕よりコンピュータは詳しかったからね。いずれにしても、少し気分が楽になった」

西村がベッドの上に並べられた資料を手に取って声を上げている。

「実験開始からの日記もある。五年前からだぜ。ペトロバグが作られてからの日記は特に詳しい。実験ノートに近いぜ」

富山が大学ノートを繰りながら言った。

ふと、テーブルの上を見ると封筒が乗っている。

「所長が置いてったものです」

由美子が山之内に渡した。

中に鍵の束が入っている。

「保養所のキーだ」

平岡が山之内から受け取って言った。

山之内は窓際に行った。病院を出ていく林野和平の姿が見える。父親をひと回り大きくしたような姿。その姿が一瞬、林野史郎にダブって見えた。

由美子は、平岡と新研究所の準備があるという四人を病院の駐車場まで送っていった。

山之内の傷はほぼ治ったが、体力が著しく低下している。林野史郎、ペトロバグと続けて失った精神的な影響が大きいのだろう。

一階でエレベーターに乗り、七階のボタンを押した。

四階でエレベーターが開き、五人の男女が入ってきた。その中の一人、三人を隔てた位置に立つサングラスの男の顔が激しく記憶の殻《から》を破った。思わず横を向いて顔を隠した。あの男だ――。驚くほど変わってはいるが、研究所の入口でぶつかりそうになった男。横目で男を見ると、男も由美子を見ている。

エレベーターが五階に止まった。

由美子はドアが閉まる寸前に、腹の大きな若い女と子供の手を握った男の間をすり抜けて降りた。閉まりかけたドアに、男がすばやく腕を伸ばすのが見える。

由美子は懸命に走った。

「走らないで。ここをどこだと思ってるのよ」

厳しい声を上げる看護師を突き飛ばして、廊下の端のエレベーターに飛び込んだ。

エレベーターには、車椅子に乗った老婦人と孫らしい十代の少女が乗っていた。息を弾ませている由美子を驚いた顔で見ている。由美子は二人に精一杯の笑顔を向けた。あの男は先生を――。一瞬迷ったが、三階のボタンを押した。

三階で降りると、階段に向かって走った。

男は病室のある四階から調べているに違いなかった。七階まで行くのは時間の問題だ。

階段を駆け上がり、七階のドアをそっと開けたが、廊下に男は見当たらない。

あたりに注意しながら山之内の病室に戻った。

「あの男がいました。研究所から逃げ出してきた男です」

由美子が息を弾ませて言う。

「警察に連絡してくれ」

「時間がありません。すぐここを出ましょう。銃を持っていると聞いています」

由美子はロッカーから山之内のコートを出しながら言った。

「階段を使いましょう。走りますが我慢してください」

ドアの隙間から廊下を覗いたが、誰もいない。

山之内を支えて階段に続くドアに向かった。

ドアを半分開けた時、強い力でドアが押され、男の半身がのぞいた。全身の力を込めてドアにぶつかる。男が弾かれ、壁に当たる音が聞こえた。

山之内の腕を摑んで、廊下の端にある荷物用エレベーターの前まで走った。

下りのスイッチを押しながら階数表示を見上げると、二階で止まったままだ。

階段のドアから男がよろめきながら出てくる。早く！　やっと上り始めた階数表示を見ながら、祈るように呟いた。

エレベーターが止まりドアが開き始める。

男が立ち止まり、ポケットから何かを取り出す。拳銃だ。山之内が由美子を押しのけ、男との間に立った。男が銃を持つ腕を上げる。由美子は渾身《こんしん》の力で山之内をエレベーターの中に引き入れた。

止まるな、速く。心の中で叫び続けた。これほどエレベーターの速度が遅く感じられたことはなかった。山之内は壁にもたれ、苦しそうに喘いでいる。エレベーターは止まることなく駐車場まで直行した。

由美子は自分の軽自動車に乗り込んでキーを回した。

スターターの音が響くだけでエンジンがかからない。泣きたい気持ちになった時、エンジンは太い音を出して回り始めた。

ブレーキを外しアクセルを踏むと、車はスリップ音を響かせ飛び出した。

駐車場の出口で料金を払い終えた時、病院の玄関から男が走り出てくるのが見えた。

由美子は反対方向にハンドルを切り、アクセルをいっぱいに踏み込む。立ち尽くす男の姿をバックミラーに見ながら車は左折した。

「みんなのところに行きましょう」

由美子は荒い息を吐きながら、ハンドルを握る手に力を込めた。

ノーマン上院議員の自宅はジョージタウン大学の近くにある。

閑静な住宅地で、ひっそりとした広い道路の両側に趣きのある住宅が並んでいる。道路には、スピードを落としたフォードが静かに走り、老夫婦がゆったりと散歩していた。古き良き時代のアメリカ、その代表のような町だと思っている。

最初は事務所に呼びつけたが、思い直して自宅にした。あの事務所は盗聴されているという噂があった。

ノーマンは秘書のジョージ・ヤスダを前にして、一時間もしゃべり続けた。ヤスダは時折り頷くだけで、感情を抜き取ったような顔で聞いている。

話し終わり、ノーマンは背筋をのばすと、あらためてヤスダを見た。ヤスダは黙って考え込んでいる。スタンフォード大学ロースクールを二番で卒業したという、この黒い髪に黒い瞳の日系人は、何を考えている。

「阿部議員はいかがでしょう」

ヤスダが顔を上げて言った。

ノーマンはその顔を思い浮かべようとしたが、顔と名前が結びつかない。いや、名前も初めて聞いた気がする。

「日本の経済産業大臣です。八月にボストンで夕食をご一緒されました」

ノーマンは頷いた。やっと一つの顔が浮かんだ。あの陰気な議員だ。食事の間中、笑顔一つ見せなかった。あれでよく選挙に当選したものだ。やはり俺には日本人は理解できない。

「あの方は、あれでなかなか政治力があります。日本政界の裏の実力者にも知己《ちき》がいると聞いております」

「裏の実力者?」

「そうです。ジェラルド・リクター氏のような」

「すぐ阿部に連絡をとってくれ」

ノーマンは少し考えてから腹を決めた。

どうせこの日系人の言うことを聞くしかないのだと。

6

山之内と四人の研究員を乗せたバンは、関越自動車道を北に向けて走っていた。

前座席に平岡と二人の若い男が座り、後部二列の座席に山之内、由美子、富山、久保田、西村の第七セクターの研究員が座っている。運転は二人の若い男が交互にした。途中、サービスエリアに寄って休憩し、その他は走り続けた。

藤岡から上信越自動車道に入り、松井田妙義インターチェンジで高速を降りた。

いつの間にか四方を雪をかぶった山々に囲まれ、前方には妙義山の雄々しい姿が見えていた。妙義山の麓に林野微生物研究所の保養所がある。

保養所の山荘に着いた時は午後八時を過ぎていた。

あたりは闇に包まれ、車のライトに照らされた山荘が雪の中に浮かび上がった。木造二階建ての山荘で、二階部分をベランダが取り巻いている。

「静かなところだ」

山之内は雪の中に立って、ライトに浮かんだ林を見ていた。

「一番近い町まで十二キロ。北一キロのところに、保険会社の保養所があるが、冬はまず誰もいない」

平岡は足で雪を踏み固めながら、積雪の具合を確かめている。

雪が十センチほど積もっている。今年は雪が少ないらしい。大雪が降ると、このあたりは完全に雪に閉ざされる。近くには鹿や猪《いのしし》も出るということだった。

「こんな淋しいところ――心配です」

由美子があたりを見まわしながら、独り言のように言った。

バンから、食糧、燃料、研究資料が運び込まれた。山荘の裏手には、倉庫を兼ねたガレージがある。

「ガソリン二百リットル、灯油五百リットル。燃料も食糧もひと冬分たっぷりある。その他の日用品も十分用意している。自家発電装置も地下にある。閉じこもるには最高のところだ」

平岡が不安そうに周囲を見つめる由美子を安心させるように言った。

ドアを入ると、小学校の教室ほどのリビングになっている。中央には、十人がゆったり座ることができる大きなテーブルがあった。

「食堂を兼ねた会議室だ」

平岡が部屋の隅の暖炉を点検しながら言う。

隅には二階に上がる幅の広い階段がある。吹き抜けになっていて、二階にはぐるりと廊下が取り囲んでいた。

「リビングの奥は、キッチンとバスルーム、管理人用の部屋になっている。管理人は置く気はないがね。客室は二階に六部屋ある」

平岡が室内を見まわしながら説明した。

林野史郎が研究所の保養所として二年前に購入したが、第七セクターの研究が進むにつれ、急遽、研究室用に変更したのだ。

山之内は平岡に案内されて地下の実験室に下りていった。

実験室に改造する作業はほぼ完成していた。P4設備も備えられていた。すでにDNAシーケンサー、マイクロアレイ解析装置の設置も終わっている。

経済産業大臣、阿部義孝は時計を見た。

まだ、五分しか経っていない。永田町近くにある事務所のソファーで秘書を待っていた。

やっと廊下を走ってくる足音が聞こえた。それにしても、アメリカ人というやつは自分が世界の中心にいると信じている。電話があったのは朝の五時だ。ワシントンとは十四時間の時差があるから、向こうは午後三時だ。

しかし、ノーマン上院議員の真意はどこにある。彼はジェラルド・リクターの名を挙げた。その名前は聞いたことがある。バクテリアの話は、ここひと月あまり何度となく聞かされてきたが、日本政府の関係者で、少なくとも自分のまわりでは真剣に考えた者などいない。

いや、一人いる。稲葉とかいう若い経済産業省の役人だ。うるさく面会を求めてきたが、後援会女性部の幹部との会食で急いでいたので追い返した。あれがそうだったのか。彼は今後の日本の将来を決定づける話があると言って、秘書にしつこく迫ったと聞いている。日本が石油の輸出国になるとか、言っていたらしい。

石油など金さえ出せばいくらでも手に入る。一九七三年、七九年の石油危機も、政府内部の者で危機だと信じたものはいなかった。すべて、石油業界の作り出した幻影だ。石油製品は天井知らずの値上がりをみせ、国民はまやかしに見事に踊った。その危機で一番儲けたのは石油業界なのだ。そして一部は我々にも回ってきた。

林野微生物研究所の名前は爆破の記事を読んで初めて知った。山之内明という科学者など問題外だ。来週開かれる初の出版記念パーティーのほうが、百倍も気にかかる。この石油価格高騰も、どこか胡散臭い。どこかの国のヘッジファンドかメジャーがまた大儲けを企《たくら》んでいるだけではないのか。だが、そろそろポーズだけでも腰を上げねばならない。夜にでも外務大臣に電話を入れておこう。

ドアが荒々しく開き、林野微生物研究所の資料を抱えた秘書が飛び込んできた。

額に汗を滲ませ、荒い息を吐いている。秘書はまず新聞記事のコピーを読み上げ、会社四季報による研究所の概要を説明し始めた。

「この山之内明、理学博士というのは？」

阿部は秘書の言葉を遮り、経歴と写真を見ながら聞いた。

「元東京大学理学部の助教授です。五年ほど前になりますが、実験室のタンクが爆発した事件を覚えていらっしゃいますか」

阿部はしばらく考え込んだ。五年前というと総選挙の前の年だ。企業を回って金集めに奔走していた。覚えているはずがない。

「夏でしたか。マスコミではかなり話題になりました。女子学生を含む学生三名が死亡いたしました。その責任をとって大学を辞職しております。その後林野微生物研究所に入って、研究を続けていたものと思われます」

「しかし、この石油生成バクテリアなるものは、果たして本当に存在するのかね」

「はあ……。たしかに最近マスコミで騒がれていますが……私にはなんとも申しかねます」

秘書が曖昧な言葉を吐いた。

「ただごとではないな」

二十分後、阿部は呟いた。資料を見ているうちに、心にひっかかるものがあった。ノーマンの頼みは二つあった。一つは、ペトロバグなる石油生成バクテリアの生存と山之内の研究復帰の情報を公の機関で流すこと。もう一つは、研究所爆破に関する詳しい捜査状況を報せることである。二つ目はともかく、一つ目は自分の力に余るものだ。デマを流せというのか。へたをすると、命取りになりかねない。おまけに、それがどれだけ自分のメリットになるというのだ。即座に断ることもできた。しかしそうしなかったのは、ノーマンの秘書がジェラルド・リクターの名を出したからだ。その名が喉に刺さった棘《とげ》のように残った。その棘は、今、精神《こころ》の中で膨れ上がっていく。これまで、いくつかの危機を乗り越えてきた自分の政治的直感からだ。

その日、阿部は予定をすべてキャンセルした。そして、目白に電話を入れた。

阿部の乗った黒のベンツは、ひっそりとした屋敷の門をくぐった。檜《ひのき》造りの玄関の前に止まると三人の男が寄ってきて、車のドアを開けた。男たちは阿部のまわりを取り囲むようにして屋敷の中に入った。

暖炉の火が赤々と燃えている。部屋の中は暑すぎた。

阿部はハンカチを出して、額に滲んだ汗を拭った。汗は暑さからばかりではない。この部屋に漂う異様ともいえる威圧感は、いつも阿部の神経を異常に締めつける。

「座りなさい」

暖炉を背にして座っている黒い影が言った。

聞こえるか聞こえないかの、嗄れた声だった。阿部はその影の正面のソファーに座った。

阿部はノーマン上院議員の話を伝えた。この老人には隠し立てはしないほうがいい。むしろ自分をさらけ出して、指示を仰ぐのだ。

「その話には興味がある」

ジェラルド・リクターの名を出すと、老人の瞳が動いたような気がした。

「恐れ入ります」

「で、どうするつもりかな」

「ノーマンの要請どおり、その石油生成バクテリアと山之内とかいう科学者の健在の情報を流すつもりです」

阿部は老人の反応を見て、決心した。

「そうなれば、世界の石油価格の暴落は必至だな。一〇〇パーセントの値上げを公示したOPECは大打撃をこうむるだろう」

「その通りです。その前に石油業界首脳を集めて、対応は協議いたします」

阿部は勢いづいて言った。つい数分前までは想像もしていなかった言葉だ。思いがけない展開になりそうだった。

「どうやって流すつもりだ」

「それは——まだ考えてはおりません」

「私に任せておけ」

「はい……」

「爆破したのはどこの組織かな」

「警視庁に問い合わせましたが、まだ不明だとか。ただし、爆発物はナパーム爆弾。タイマーも軍事用のものだったそうです。おそらく、外国のかなり大規模な組織が関係している可能性があると申しておりました。警視庁では、産業スパイがらみの事件と見ているようです。詳細な調査報告書を提出するよう申しておきました」

「私のほうでも調べてみよう」

阿部は三十分ほどで部屋を出た。

外気が脳の奥まで痺れさせた。

この老人と会うと、寿命が数年は確実に縮む。そのくせ、すべての議員が老人の声がかかるのを密《ひそ》かに待ち望んでいる。しかし、老人の関心の深さはこれまでで最高だった。政界では、この老人に会った回数で格付けが決まるという。自分ですら、まだ四度目だ。その老人が、定期的に報告に来るように言ったのだ。阿部の心は弾んだ。

玄関に戻ると、車はすでに待っていた。

何かの落ちる音で目を覚ました。明るい陽射《ひざ》しが差し込んでいる。

山之内はあたりを見まわした。六畳ほどの部屋にベッドとレターデスク。狭いがバスとトイレもついている。こざっぱりしたホテルの部屋という感じだった。

最初、自分がどこにいるか、また自分が誰かすらわからなかった。何年かぶりに味わう、気持ちのいい目覚めだ。すべてを忘れて眠ることができた。

再びドサッという鈍い音がした。窓の外に目を向けると一面の銀世界だ。屋根の雪塊がすべり落ち、ベランダに雪山を作っていた。

階下から声が聞こえてきた。由美子の声も聞こえる。ベッドの上に身体を起こした。

着替えて、階段を下りていった。

「お早《はよ》うございます」

山之内に気づいた由美子が明るい声を上げた。久しぶりに見る笑顔だった。

「朝食の用意ができています。もう、昼兼用ですけどね」

エプロン姿の西村がコーヒーカップを運んでいる。

テーブルの上には八人分の朝食が並んでいた。

「平岡君は」

「町まで出かけています。もう帰ってくるころだと思います」

由美子が壁の時計を見上げて言う。

「静かでいいところですね」

富山が両手いっぱいに資料ファイルを持って入ってきて、窓側のテーブルに置いた。

「スキーを持ってくればよかったですよ」

カップを並べ終わった西村が言った。

「遊びに来てるんじゃないぞ」

富山が西村を睨む。

「でもここ、テレビもないんですよ。あるのは石器人が使っていたようなラジオだけ。雑音だか音楽だかわかりゃしない」

「まず、DNAの分析をもっと詳しくやりましょう。野生株がなくなっても、合成できるかもしれません。類似したバクテリアを探して、遺伝子操作をやるんです」

由美子がコーヒーを淹れる手を止めて言った。

「フランケンシュタインを作ろうっていうのか」

「その通りよ。でも、遺伝子のX―52からX―73の部分は解明できていません。どうも、配列が変わっていくような気がするんです。分裂を繰り返すごとに。信じられないことですが」

「僕も信じられませんね、そんな馬鹿げたこと。実物がないんですから何とでも言えますよ」

遺伝子がそんなに急激に変わるなんて、それだけでも大発見だ、と低い声で言った。

「私は一から始めてもいいと思っている。基礎からきっちり押さえていけばいい」

山之内は二人に向かって言った。

ドアが開いて平岡が入ってきた。なんとも表現しがたい、複雑な顔をしている。彼はコートのポケットから新聞を出し、テーブルに広げた。

部屋中の目が一つの記事に集中した。

『石油生成バクテリア　ペトロバグ健在　山之内明博士は研究に復帰　ペトロバグの復活近し』

山之内の写真とともに、太字の見出しが躍っている。

第7章　死の感染

1

闇の中に横たわっていた。

身体が火のように熱い。その火は身体の中心から湧き起こり、全身に広がってくる。手足を動かそうとしたが、粘りつくようで思うように動かない。白い顔が現われた。誰だ。ハヤセはその顔に問いかけた。顔の中の目はハヤセを見つめている。暗く沈んだ表情。瞳には悲しみが貼り付いている。マイケル……おまえか。声を出したが、その声はかすれて喉に引っかかっている。熱い……。

目が覚めても、自分がどこにいるのか、しばらくわからなかった。記憶の線が切れたようで、もどかしかった。

なんとかベッドの上に身体を起こした。レターデスクの上の鏡に顔が映っている。それが自分自身のものだと認識できるまでに、やはり時間がかかった。

ハヤセは立ち上がった。

身体に鉛が入ったように重い。バスルームに行って顔を洗った。間近で鏡を見るのが恐かったが、無理に覗き込んだ。思わず閉じそうになる目を見開いた。赤黒い顔に汗が滲んでいる。目が血で染めたように赤い。頬にかさぶたの細い線が続いている。爪の先でかさぶたを落とすと、赤っぽい皮膚が現われた。

冷たい水で顔を洗うと、いくぶん意識がはっきりしたが、脳の中がぶよぶよしているようで落ち着かなかった。風邪がひどくなっている。喉の粘膜も、鼻の粘膜も、妙に粘ついてひっきりなしに血の混じった痰《たん》と鼻水が出た。歯茎に滲んだ血は止まりそうにない。口の中は常に鉄分の強い血の味がする。

櫛《くし》を使うと歯の間に大量の毛髪がついている。毛根にもやはり血がついていた。

ベッドルームに戻り、ルームサービスに朝食を注文した。

二十分ほどしてノックの音が聞こえた。

ドアを開けるといつものボーイが立っている。ボーイは朝食の載ったトレイと新聞をテーブルに置いた。

「顔色が悪いですよ。熱がありそうです」

ボーイはハヤセから千円のチップを受け取り、ポケットに入れながら眉をひそめた。

「風邪がひどくなった」

「医者にいかれたらどうです。ホテルの医者を呼びましょうか」

ボーイは心配そうにハヤセの顔を見ている。

「外国で医者にはかかりたくないな」

「あとで風邪薬をお持ちしますよ」

「それより、ちょっと話していかないか」

ソファーを指した。

何気なく出た言葉だった。ボーイは愛想笑いを浮かべながらも、考え込むそぶりをした。ハヤセはこの少年のようなボーイが、自分に興味を持っていることを知っている。ボーイはレターデスクをチラチラ見ている。その上には、無造作に百万円の束が置いてある。

「それじゃあ、ちょっと」

ボーイはソファーに腰を下ろした。

乱れたベッドの上にはズボンと上着が投げ出してある。

ハヤセはドアを閉めた。ボーイの動きが止まり、ハヤセを見上げた。

「連れの方はどうなさったんです。最初の日、若い男性とご一緒だったでしょう」

「連れ？　ああ、マイケルか」

突然、頭が痛みだした。目をきつく閉じると、意識が薄れていく。

気がつくと、ボーイが肩をつかんで揺すっている。

ハヤセがもたれかかると、その身体を突き飛ばした。顔は恐怖で歪み、目は見開かれている。

覚えているのはそこまでだった。

気がついた時には、喉を切り裂かれたボーイがベッドに倒れていた。横には、血に染まったナイフが落ちている。

ハヤセはしばらくの間、血塗れの両手を見ていた。ベッドに腰を下ろし、記憶をたどった。ある瞬間からぷっつりと途絶えている。確か、マイケルの声が聞こえた。殺せ――。その声に従ったのだ。手の甲に切傷ができ、血が流れている。抵抗にあって傷ついたのだろうか。シーツで傷の血をぬぐった。

立ち上がり、バスルームに行って手と腕を洗った。

部屋に戻って、テーブルの上にある新聞を手に取った。その目が止まった。脳の細胞に焼きついた顔。山之内明の写真が載っている。

写真を眺めながら朝食を摂《と》った。考えるのが面倒だった。脳細胞が思考を拒否している。とにかく、今は食事をしよう。それからこの男を見つけるのだ。そして、殺す。ハヤセは機械的にコーンフレークを牛乳で喉に流し込み、レタスとキュウリを口に運んだ。

ムハマッドは事務総長室の中を歩き回っていた。

たった今、日本から連絡が入ったばかりだった。受話器の向こうの在日大使館員は、日本の新聞を読み上げた。母国語に訳したその一言ひとことが、針のようにムハマッドの全身を貫いた。石油生成バクテリアが生きている。

「確かか……」

「間違いありません。新聞社にも確認しました。情報源は不明ですが、確実な筋からだそうです。おそらく政府関係かと」

どこで狂ったのだ、とムハマッドは自問した。バクテリアは焼き尽くしたのではないのか。そのために二百万ドルを支払ったのだ。おまけに、山之内とかいう科学者は生きている。さらに非公式ながら政府の資金援助が決まり、国家プロジェクトとして取り上げることを検討していると大使館員は続けた。これが事実ならば――。

影響は今日中にスポット石油価格に現われる。消費国はそちらに流れる。食い止めることはできない。価格は暴落する。非ＯＰＥＣはこぞって増産に踏み切るだろう。なにしろ、無尽蔵ともいえる油田が発見される可能性が高まったのだ。いまさら出し惜しみする必要はない。いや、いま売らなければ、今後価格は下がるばかりだ。ＯＰＥＣの分裂も目に見えている。

ドアが開いた。

サウジアラビアのアブドゥル、イラクのハミッド、クウェートのナキルが入ってきた。

ムハマッドは反射的に立ち上がった。

「お聞きになりましたかな」

アブドゥルが静かな声で言った。

「東洋の小国の新聞記事に過ぎない。前の石油危機には日参して、アラブの友好国入りを請うた国だ」

「その小国の記事が、今頃は世界を駆け巡っていることでしょう」

「まだ、バクテリアが石油を生成し始めたわけではない」

ムハマッドはかすれた声で言った。全身に冷や汗が滲んでいる。

「しかし、石油価格は下がり始めますぞ」

アブドゥルの言葉に、背後の二人が頷いている。

「現在まで石油価格を決定してきたのは情報です。――戦争が始まった。巨大油田が発見された。石油の枯渇までにあと四十年。油田の大火災。情報が流れるたびに石油価格は激しく変動した。今回もこの情報だけで十分ではないのですかな」

「メジャーだ。メジャーの陰謀だ。バクテリアは死滅している」

「では、我々はメジャーの情報に負けたことになりますな。このあたりでメジャーと手を組むというのはどうですかな。私が仲介してもいい」

「いや、まだ勝負はついていない」

ムハマッドはかすれた声を絞り出した。

「そうであることを祈ります。アラブのためにも。そして、あなた自身のためにも」

アブドゥルと他の二人はお互いに目配せして、部屋を出ていった。

ムハマッドは椅子に崩れるように座った。目を閉じ、しばらく死んだように動かなかったが、やがてゆっくり目を開けた。

「ダグラスを連れてこい」

受話器を取り、静かな声で言った。


ジェラルド・リクターは久しぶりに気持ちのいい朝を迎えた。

カーテンを半分ほど開けると朝の光が差し込んできて、思わず目を細めた。冬の透明な空気を通ってくる光が、いつもより強く感じられた。

ノーマンは期待以上のことをやってくれた。日本のやつらは思い通りに動いた。一時間前の情報では、すでに石油のスポット価格が下降を始めていることを告げていた。

この調子でいけば、来週にはひと月前の状態に戻るのではないか。いや、それ以下になるに違いない。そうなればＯＰＥＣは孤立する。なにしろ、石油生成バクテリアが生存しているばかりか、日本の国家プロジェクトの対象になるというのだ。数年後には実用化が可能だとも出ていた。今度こそ、ＯＰＥＣを解体に追い込んでやる。あの、思い上がったアラブのブタどもの息の根を止めてやる。

阿部という日本の議員は知らなかったが、阿部を通して接触してきた二階堂濠次郎のことは知っている。戦後のいつだったか、自分の腹違いの兄にあたるロックフェラー三世が話していた。当時、自分はヨーロッパにいたが、兄はマッカーサーとともに日本統治に多大の影響を及ぼした。その兄から、いずれ日本の政財界を操る男と聞いた。この戦後GHQと関係の深かった男が、今も日本を裏で操っているとは。しかし――。

リクターの顔から笑みが消え、思わず深い溜息をついた。ここ数週間、特に体力の衰えを感じている。OPECを封じ込めることはできたが、自分の夢、世界の石油を再び支配するという夢は、これでついえ去ったのか。いや、そんなことはない。リクターは窓の側に行き、朝の光に染まるニューヨークを眺めた。

リクターの脳裏を一筋の光がよぎった。ペトロバグは死滅したが、山之内とかいう男はまだ生きている。キャンベルは、バクテリアの毒性を消すことができなければ、自らバクテリアを破壊する男だと言った。姿をくらましているというが、生きていることは確かだ。リクターはしばらく虚空を見つめていた。その口許に不敵な笑いが浮かんだ。それにしても、日本は不思議な国だ。日本人とは理解し難い人種だ。できれば関わりあいになりたくない――。

ドアの開く音がして、フォフマンが入ってきた。

「オマーは？」

リクターは振り返って聞いた。

「まだヨーロッパです」

「何をしている、あの男は。すぐに呼び戻せ」

フォフマンが頭を下げて出ていった。

2

警視庁捜査一課、坂上敏之刑事は、一歩、部屋の中に入って立ち尽くした。

ホテル・パシフィックの清潔な部屋が赤く染まっている。血の海、という表現がぴったりだった。

死体はベッドの上。両手をピンと伸ばし、気をつけの姿勢で横たわっている。目は開いて天井を見つめ、喉の切り口には血が固まっていた。

「死後二十時間というところだな。この異常な暖房を考えても」

長谷川刑事がハンカチを口にあてたまま言った。

彼は坂上の友人で、不審な外国人がらみの殺人ということで電話をくれたのだ。

坂上は長谷川には答えず、床に散らばった血に染まった衣類をよけながら部屋の奥に進んだ。

「被害者のボーイがいないのに気がついたのは十五時間前。無断で帰ったのかと思って家に電話をしたがつかまらず、探しまわった結果が、この有様だ」

長谷川は続けた。

「最後に目撃されたのが、この部屋に朝食を運ぶ前。ここに来る時は、いつも嬉々《きき》としてたそうだ。チップをもらっていたらしい。ホテルとしては禁じているらしいがね。それで、ボーイ長の依頼を受けて支配人がやってきたというわけだ。ところが、いくらノックしても返事がない。フロントにキーも預けていない。マスターキーで開けてみると、これだ」

長谷川はあらためてあたりを見まわした。

「客の名前は？」

「ジョージ・ハヤセ。四十五歳。アメリカ国籍。もう一人は、マイケル・イシガミ。二十一歳。アメリカ国籍。パスポートも確認ずみ。二人ともロサンゼルス在住、日系人だ。宿泊名簿に記載されてる。従業員によると、見かけは日本人と変わらなかったそうだ。今、モンタージュを作っている」

それに、と長谷川は続けた。

「一緒に来た向かいの部屋のアメリカ人も行方不明だ。サミュエル・クゥエード。三十四歳、金髪、百八十センチ前後。荷物はそのまま。パスポートと十二日のロス行きの航空券も残っていた。十二日というと、何とかいう研究所の爆破があった日の翌日だ。ただし、滞在期間の延長と宿泊費の支払いはハヤセがやっている」

坂上は林野微生物研究所を爆破した犯人の一人が、金髪の白人だったことを考えた。山之内の話だと、日本人のほうも英語を使っていたということだった。坂上はテーブルの側に行った。テーブルの朝食の皿は、きれいに片づいている。

「犯人はルームサービスを持ってきたボーイを部屋に入れて、ナイフで喉を掻《か》っ切って殺し、そのナイフで飯を食ったというわけだ。ベッドの死体を眺めながら」

長谷川はビニール袋に入った銀製のナイフを見せた。

「異常者か」

「だろうな。しかし、ボーイの衣服に乱れは見当たらない。解剖で詳しく調べてみる」

長谷川が卑猥な笑いを浮かべた。

坂上は視線をそらせた。窓の下にスーツケースが開けられ、きちんと畳まれた下着類が入っている。その横に、脱ぎ捨てられた衣類が散らばっていた。

「指紋は？」

「これだけの遺留品だ。出ないほうがおかしいだろう」

「喉の傷は完全なプロの仕業なんだがね。切れないナイフで、これだけきれいにスパッと」

「よほど混乱してたんだ。それとも、殺《や》ってから狂ったか——」

「アメリカにも問い合わせてくれ」

「手配は済んでる」

ベッドの上のシーツは一部が血を吸ってどす黒く強張っている。その横に何カ所か血を拭った痕があった。

「すべての血痕について血液型を調べてくれ」

「そうしてるよ。これだけの立ち回りだ。犯人も傷ついているかもしれん。ボーイがおとなしく殺されたとは思えんからね」

逮捕は時間の問題だ、長谷川が頷きながら言う。

坂上の心を暗い影がよぎった——何かが始まる。職業的な勘だった。山之内の姿が浮かんだ。一目見たときから気になる存在だった。ハヤセはあの男を狙っている。確信に近い感情だった。あの、世界の苦しみと悲しみを一人で背負ったような哀しい目をした男——。その男を殺そうと、一人の殺人者が街をさまよっている。おまけに、追うほうも追われるほうも行方不明ときている。

坂上はシーツについている黒く乾いた血を指先でなぞった。理由のない恐怖が背筋を走り、思わず手を引いた。

検死結果が出たのは、その日の夜十二時を過ぎてからだった。

死体に異常行為はなし。検出された血液型は二種類。A型はボーイのものだった。もう一種類はAB型。こちらのほうは異常が認められた。血液中に、黒い細菌が多数発見されたのだ。

教授室というより社長室というほうが似合っていた。

マホガニーの大型机に、高い背もたれのついた革張りの椅子。窓際の壁には飾り棚があり、ゴルフ、ボウリングを含めた各種のトロフィー、メダルが飾られていた。その横の天井まである本棚には、隙間なく分厚い洋書が並んでいる。それは実用的というより、むしろ装飾の一部という印象を与えた。

本庄健司教授は椅子にゆったり座って、パイプを吹かしていた。

前のソファーには東日新聞の近藤将文の姿がある。本庄とは五年来のつきあいになる。近藤の妹が山之内の研究室で事故死した時、山之内について最も饒舌《じょうぜつ》に話してくれたのが本庄だった。傲慢、自信家、生意気、思い上がりの強い男、自己顕示欲、権力欲の塊。これが本庄の山之内に対する評価だった。近藤はそれを信じた。しかし今は、その言葉がそのまま本庄に当てはまると思う。

山之内が大学を去り、翌年には本庄が教授になった。いま考えると、当時本庄のとった態度が理解できる。

「新聞に報道されている以上のことは、先生も知らないんですね」

「私も驚いているんだよ。大体、石油生成バクテリア自体眉唾だとは思わないかね。おまけに政府が資金援助をしたり、国家プロジェクトが検討されているとは。誰がそんなデマを流したのかね」

本庄が苦々しげに言った。

近藤は心の中で舌打ちした。本庄が山之内との共同研究のために奔走した経緯は、林野和平所長から聞いている。そもそも、所長との仲介を頼まれたのは自分だ。その後のことは、蚊帳《かや》の外におかれはしたが。

「先生の研究室でも研究されているのではないですか」

「多数ある研究テーマの一つとしてだがね」

パイプ煙草の匂いが広がる。

かすかな嫌悪が湧き上がってくる。同じ学問の道に進みながら、山之内とは正反対の男だと思う。しかしそれは、最近になって感じ始めたことだ。同時に山之内に抱いていた憎しみが、自分でもよくわからない方向に押し流されていくのを感じていた。

ノックがあって、秘書が二人の男を導いて入ってきた。

「坂上さん」

近藤は男を見て、思わず声を上げた。坂上も意外な顔をしている。

「知り合いかね」

本庄が怪訝そうに聞いた。

「新聞記者ですからね。警察にも出入りがあります」

坂上が具合が悪そうに、本庄と近藤の顔を交互に見ている。

「ペトロバグ。石油生成バクテリアのことでお見えになったんでしょう」

近藤は横に寄って、ソファーの席を空けながら言った。

「どうして、それを――」

坂上が座りかけた腰を止めて、近藤に視線を向けた。

「私は何も言っとらんよ」

本庄が言い訳がましく言う。

「当たりですか。本庄先生がそっちの専門家なんで言ってみただけです」

まいりましたなあと言って、坂上は同僚の刑事を見た。

「秘密は守りますよ。しかしもし、今ここを追い出されるようなことになれば、その限りではありませんがね。何としても突き止めて、報道します」

坂上がもう一人の刑事と小声で話し合っている。

「あんたにはかなわないな。ただしこれは、捜査本部が記者会見するまで極秘に願います」

あらたまった口調で言った。

「赤坂のホテル・パシフィックのボーイ殺しの件はご存じでしょう」

近藤は頷いた。

「その容疑者の血液から、不審なバクテリアが検出されましてね。本庄先生にお調べいただいたわけです」

坂上が説明した。

「その殺人犯は、林野微生物研究所爆破の犯人と関係があるんですね」

「さすがですな。東大分子生物学教室、バクテリア、山之内明博士、林野微生物研究所といきつくわけですか」

近藤の言葉に坂上が深く息を吐いた。

「どうやら、男は研究所のバクテリアに感染しているらしい」

近藤の顔が青ざめた。

坂上が本庄に視線を移した。本庄は一瞬顔を歪めたが、居直ったような態度で机の引き出しから封筒を取り出し、中から顕微鏡写真とパソコンのデータシートを出した。

「確かに血液中に細菌が見られる。すでに死んでいるがね」

写真の表面に、黒い球状のものが散らばっている。

「ブドウ状球菌。しかも、通常の細菌の三倍の大きさだね。こんな大きなものは初めてだ。大きいといっても十ミクロン。百分の一ミリだがね」

「感染力はどうなんです」

近藤は引きつったような声を出した。

三人が驚いた顔で近藤を見た。

「空気感染はないだろうね。接触感染、それも体液の直接接触による感染が主だろうと推測している。バクテリアの大きさから考えただけだがね」

「確かですね」

近藤は強い調子で、念を押すように言った。

「わからんよ。ここにあるのは干からびた死骸だけなんだ」

本庄が不快感を露骨に顔に表わした。

「どうしたんです」

坂上が近藤のほうを見て聞く。

「いやな話を聞いてるんです。感染したサルが、死んで石油に変わるっていう。人間でも同じなんでしょうね」

「本当ですか」

坂上が視線を本庄に移した。

「ないとはいえないな。これ以上知りたければ、生きているバクテリアを持ってくるんだな。ハヤセという男の体内にいるバクテリアは生きている。そして、今でも増殖を続けている」

「ハヤセ……。それが犯人の名前ですか」

近藤は坂上に確認した。

「ジョージ・ハヤセ。四十五歳。日系人です。身長百七十三センチ、六十八キロ。スポーツ刈りというか、短い髪です」

「あの男――」

三人が同時に近藤を見た。

「一昨日《おととい》、山之内さんを探しているという男が新聞社にやってきました。私の記事を読んできたのです」

「どんな男です」

「異様でした。顔色が悪く、汗をかいて――」

近藤の背筋に冷たいものが流れた。

「コートを着て……茶色のブレザーです。悪い身なりではありません。身長は百七十ちょっと。顔つき自体はその……大した特徴はありません。しいて言えば、表情のない顔です。具合がかなり悪そうでした。陽に焼けたような褐色に近い顔色……汗をかいていました。スキーに行って、ひどい風邪をひいたとか……」

「ホテルの従業員の言葉と一致しますね」

坂上の連れの刑事が言う。

「その男です」

坂上が言い切った。

近藤は立ち上がった。坂上がその腕を摑んだ。

「報道は控えるという約束です」

「人間を石油に変えてしまうかもしれない細菌に感染した男が、東京の街を歩いているんです。おそらく、武器も持っている」

「今、報道されるとパニックが起きる」

坂上が激しい口調で言うと、近藤を椅子に引き戻した。

「とにかく、感染力は強くはない」

坂上が同意を求めるように本庄を見たが、本庄は黙っている。

「その男は山之内さんを探していたのですね」

坂上が確認した。

「私にはそう言いました」

近藤は大きく頷いて、しばらく考え込んでいた。

「あんた、山之内さんの居場所を知らないかね」

黙っている近藤に坂上が聞いた。

近藤は首を横に振って、テーブルの上にあるバクテリアの写真に目を落とした。

3

リクターは二十分前から受話器を握っていた。

受話器からはノーマン上院議員の興奮した声が聞こえてくる。

「バクテリアが生きている？」

〈研究所を襲った男たちの一人が感染したまま逃亡を続けています。ですから男を捕まえれば――〉

「確かな情報か」

無意識のうちに声が大きくなっている。神はまだ私を見捨てたわけではなかった。

〈阿部代議士じきじきの電話です〉

「男の行方は？」

〈不明です。しかし、男は山之内とかいう科学者を追っています〉

リクターは受話器を持ったまま考え込んだ。ノーマンの呼びかける声が聞こえる。

「山之内のことは知っている。山之内を見つければ、男の行方がわかるというわけか」

〈山之内の行方は阿部代議士が捜しています。新しい情報が入りしだい、報告します〉

「二階堂濠次郎の詳しい報告書もほしい。ワイアード議員に頼めばよかろう。彼はCIAに顔がきく。こちらから電話を入れておく」

〈承知しました〉

リクターは受話器を置いた。

しばらく部屋の中を歩きまわっていた。動悸が激しくなっている。胸に手を当てると、心臓の収縮が手に取るようにわかる。ドアの前に立つフォフマンが不安そうな顔を向けている。

「キャンベルに連絡をとってくれ」

胸に手を当てたまま言う。自分は再び受話器を取った。


暖炉の火が赤々と燃えている。時折り、薪《まき》の爆《は》ぜる音が沈黙を破った。

その前のテーブルに、憂鬱な顔をした八人の男女が座っていた。

窓際のテーブルには、小さなクリスマスツリーが置かれている。ツリーのランプが淋しく点滅していた。

山に来て二日が過ぎている。明後日はクリスマスイブだ。

「テレビにも出てるんでしょうね。先生はすっかり有名人だ」

西村がラジオのダイヤルを回しながら言う。

電波の状態が悪いらしく、雑音混じりの音楽が切れ切れに聞こえるだけだ。

「冗談はやめてよ」

由美子がイライラした口調で言って、新聞を叩きつけるようにテーブルに置いた。

平岡が持ってきた朝刊で、山之内の生存が写真入りで出ている。

「殺し屋が見てるかもしれないのよ。病院で先生を襲った人たちも。今頃、必死で捜してるわ」

「見つかりっこないですよ。僕たちでさえ、こんな山奥に研究所の保養所があるなんて知らなかった。おまけにこの雪です」

西村が窓の外を見て言った。

由美子も窓のほうに視線を移している。夕方から降り始めた雪が、今は狂ったように舞っている。時折り、木から雪が落ちる鈍い音が聞こえた。

ノックの音がした。全員の視線がドアに集中した。

平岡が立ち上がり、ドアのほうに行った。後ろの二人の若い男も立ち上がっている。

平岡がドアを開けると同時に、男が入ってきた。肌を凍らせる冷気が流れ込んでくる。

「近藤さん」

山之内は声を上げて立ち上がった。

近藤がドアの前に立ち、部屋の中を見渡している。コートについた雪が見る間に水滴に変わっていく。

「こっちへ」

山之内は暖炉の側にまねいた。

西村が慌てて椅子を暖炉に近づける。

「外はひどい寒さだ」

近藤が震える声で言い、コートのまま椅子に座った。唇が青く変わっている。

「昼すぎに東京を出て、やっとたどりついた」

「どうしてここが――」

山之内は聞いた。

「そのことはいずれ、ということにしてください」

近藤は由美子が持ってきたコーヒーを両手で包むように持って一口飲んだ。

山之内は林野史郎の言葉を思い出した。〈所長は近藤という記者に情報を流していました〉

「ハヤセという男をご存じですか」

近藤が顔を上げて聞いた。唇が血色を取り戻している。

山之内は首を横に振った。

「研究所を襲った二人組がいたでしょう。実は三人組で、その仲間ですよ」

「やはりそうでしたか」

山之内は自分を覗き込んでくる影を思い浮かべた。

由美子の顔が強張っている。

「彼があなたを捜している。ホテルのボーイの喉を食事用のナイフで掻き切って殺しました。普通じゃない」

近藤が事件の概要をかいつまんで話した。

「バクテリアに感染しています。脳を侵されてるのかもしれない」

研究員の顔に緊張がみなぎった。

「嘘でしょう。だったら、とっくに死んでるはずです。感染してから一週間以上経っている」

西村が由美子を押しのけ、前に出た。

「僕の実験では、最長で五日しか生きてません。ジローについてはわかりませんがね。彼は六日目に焼け死んだ」

「血液中からバクテリアが発見されています。本庄教授が確認しました。すべて死んでいましたがね」

「他に感染者は？」

山之内は何か言おうとする西村を制して聞いた。

「いません。保健所や大手の病院に問い合わせましたが、異常な患者はいませんでした」

山之内はほっとした様子で頷いた。

「バクテリアに感染した殺し屋が、あなたを捜して街をうろついています。実は、私のところにもやってきた。あなたの入院している病院を聞くために」

「すぐにここを出ましょう」

由美子が叫ぶような声を出した。

「出ましょうって言ったって、どこに行けばいいんだ。ここが一番安全だぜ」

西村は由美子の取り乱した様子に驚いて言った。

「すぐに、ここもわかるわ。あの男は病院だって見つけた」

由美子が泣き出しそうな顔で山之内を見ている。

「朝刊にペトロバグが生きていると出たかと思うと、今度は殺し屋だ。クリスマスプレゼントのつもりだとしたら、ひどく悪趣味なサンタクロースだ」

久保田がやけ気味に言う。

「じゃあ、私はこれで」

近藤が立ち上がった。

「今夜は？」

「高崎に新聞社の支社があります。そこに泊まります」

「近藤さん」

ドアのほうに歩いていく近藤を、山之内は呼び止めた。

「どうして私に――」

近藤が振り返って、山之内を見つめた。

「テロリストに殺されては、あなたは英雄になってしまう」

しばらく山之内に挑むような視線を向けていたが、ドアを開けて出ていった。

車のエンジンをかける音がした。

山之内は窓のほうに視線を向けた。ヘッドライトの光芒《こうぼう》の中を雪が舞っている。マフラーから白煙が噴き出しているのが見えた。

突然、山之内は立ち上がり、外に飛び出していった。車の側に駆け寄り、窓に顔をつけて何事か話している。近藤が車から出てきた。二人は、雪の中で五分近く睨み合うように立っていた。

やがて山之内は戻ってきた。近藤が降りしきる雪の中で車の横に立ったまま、山之内の後ろ姿を見ている。

近藤が車に乗り込んだ。

車は二、三度エンジンを強く噴かすと、雪の中を走りだした。

飛行機のエンジン音と振動が、身体に伝わってくる。

たった今、シートベルトを外してもいいというサインが出たばかりだった。客室乗務員が飲み物の注文を聞きながら歩いてくる。

「くそっ《シット》！」

キャンベルは呟いた。

横の席でLAタイムズを読んでいたビジネスマン風の男が、非難を含んだ目でキャンベルを見た。キャンベルは無視して目を閉じた。

考えれば考えるほど馬鹿げている。リクターから電話があったのは朝の五時だ。四時過ぎに研究所から帰り、ベッドにもぐり込んだ直後だった。ここ数週間は、ほとんど研究所に泊まり込んでいた。そして五時間後には、自分は日本に向かう飛行機の中にいる。到着は、日本時間の二十三日の夜。翌日はクリスマスイブだというのに。これではリクターの召使いではないか。

一度収まりかけた怒りが再び膨れ上がってくる。あの男は、ノーベル賞の呼び声が高いこのドクター・ジョン・キャンベルを電話一本でチェスの駒のように動かす。これも、自分がへたな野心を持ったからだ。大学に残って研究を続けていれば、今頃はノーベル賞も手に入れていたに違いない。金儲け——研究と事業を結びつけようなどと、世俗的な欲望にとらわれたためにこんなことになった。自分は明らかに道を誤ったのだ。科学者としての誇りを捨ててまで、研究所を維持しようとは思わない。いずれ、決着をつけなければ。ただし、今はその時ではない。

「お客様、ご気分でも——」

目を開けると客室乗務員が覗き込んでいる。

「ウイスキーを頼む。ダブルでだ。いや、ミニボトルを二本頼む」

持ってきたウイスキーを一気に飲み干した。

熱い液体が全身に広がり、多少腹立ちが収まった。

だがもし、ペトロバグが生き残っているとすれば——。リクターは直ちに研究所に送り込んでいる連絡員と接触するように言っていたが、その行方がわからない。連絡員——自分は〝あいつ〟をただ利用しているだけなのか。なんとも後味の悪い思いが湧き上がってくる。キャンベルは頭を振ってすべての考えを振り払おうとした。もっと現実的なことを考えろ。俺は科学者だ。

感染した男が今も生きているということは、バクテリアの人体に対する反応はかなり弱められていると考えてよさそうだった。報告によると、最初の男は数時間で死んでいる。動物実験ではさらに早い。その後の連絡は途絶えている。これは、山之内がバクテリアの毒性を消すのに成功したということか。こんな短時間に、生物の持つ遺伝的特質を変えるのに成功したというのか——。まさかという思いと、あの男ならやるかもしれないという思いが交錯した。

それにしても、二階堂濠次郎とは何者だ。成田空港にはその男の使いが待っているというが——。とりとめのない思いが頭を駆けめぐった。

今度はブランディを頼んだ。

日本に着くまで眠れそうにない。カバンから、半月前に送られてきた最後の報告書を取り出した。

俺も研究者だ。山之内には負けない。あと十二時間、ペトロバグに神経を集中することに決めた。

4

ホテル・パシフィックのボーイ殺しが発生してから二日が過ぎようとしていた。

依然、ハヤセの足取りは摑めなかった。

坂上は公園のベンチに腰を下ろした。寒々とした公園を、肩を寄せ合ったカップルがひと組、歩いていく。

今日も早朝から山之内のアパート、別れた妻が住んでいたマンション、林野微生物研究所とハヤセのモンタージュ写真を持って、聞き込みに一日中歩きまわった。足取りはまったく摑めなかった。山之内に警護をつけなかったのは、やはりミスだった。病院から消えて三日になる。受付には、女の声で退院を告げる電話があったと聞いた。慌てて相原由美子という山之内の部下の女性に電話を入れたが、留守番電話の電子音が聞こえてくるだけだ。他の研究員のところも同じだった。彼らは山之内を中心に集団で行動している。

顔を上げてあたりを見まわした。植込みを隔てた通りは人で溢れている。

坂上は一人ひとりの顔を凝視した。ハヤセがこの人込みの中にいることは間違いない。やつは東京の一つの点となって動いている。人間を石油に変える細菌を、体内に何億何十億と増殖させた男が街を歩いている。背筋に冷たいものが流れ、思わず立ち上がった。のんびり座っている時間はない。

そのまま通りに向かって歩き始めた。ジングルベルの音楽が聞こえてくる。

夕方になって警視庁に戻った。

「近藤という東日新聞の記者から電話がありました。至急、連絡してほしいそうです」

隣の席の早見刑事が座ったまま怒鳴った。

坂上はその言葉に頷きながら、上司である笹倉課長の部屋に直行した。

「ハヤセが山之内を追っているのは確かです。二人とも行方不明です。直ちに山之内の居場所を突き止めて保護が必要です」

珍しく興奮して、声が高くなっているのがわかった。

「この事件は、私たちが考えているよりずっと大きなものに――」

笹倉の表情を見て、坂上は言葉を止めた。

笹倉が黙って東日新聞夕刊を差し出した。坂上の目は釘づけになった。

『爆破事件の科学者、無事』と題して、石油生成バクテリア生みの親、山之内明理学博士が、妙義山山麓の林野微生物研究所の保養所で療養していることが写真入りで報じられていた。記事には保養所の住所まで書かれている。

「どういうことです」

坂上は顔を上げて笹倉を見た。

「この件に関しては、指示を待つように上から指令があった」

笹倉が落ち着いた声で言う。

「わかりませんね」

机に新聞を叩きつけたが、笹倉は黙っている。

「偉いさんの考えることは、私ら下っ端にはわかりませんよ」

「私にだってわからん」

「ただちに山之内を保護してください。どこの馬鹿がこんな記事を」

坂上は思わず大声を出した。

「手を出すなという命令だ」

「ハヤセは山之内の命を狙っているんですよ。こんな記事を出されちゃあ、殺してくれと言ってるようなもんじゃないですか。彼を囮《おとり》にするとでもいうんですか」

「そうじゃない、手を出すなと言ってるんだ」

「同じことです」

「上の命令だ」

「部長にかけ合ってください」

「もうやってみたよ。もっと上からの命令だ」

　笹倉の声の調子が坂上をなだめるように変わった。

「じゃあ、警視総監が決めたとでも言うんですか」

　課長はゆっくりと首を横に振り、視線を上に向けた。坂上の顔から表情が消えた。

「その上というと……」

「政治家が絡んでいる。それも、そこらの政治家じゃないらしい。我々の考えつかないほど上のほうだ」

　坂上の全身から力が抜けていった。横にあった椅子を引き寄せ、座り込んだ。


　二階堂濠次郎は燃えさかる暖炉の火を見つめていた。

　炎というものは不思議なものだ。明確な形を持ちながら、熱というはなはだ不明瞭な実体でしかない。その実体のないところは、政治と同じだ。国民という実体を持ちながら、その実、実体から最も遠く離れた少数の人間の欲望とエゴのゲームでしかない。

　ジェラルド・リクターという名前は知っていた。ロックフェラー三世の腹違いの弟だ。面識はないが、話にはたびたび出てきた。戦中戦後にかけて、ロックフェラー家のヨーロッパの企業を支配していた。現在はメジャーの裏の実力者と聞く。かつては全米の九割にあたる石油を支配した一族の長であり、大統領選挙にも甚大な影響力を持ってきた男だ。その男が私に直接話をしたいと言ってきておる。どういうことだ。

私は生涯、表に出ることはなかった。それで満足してきた。ジェラルド・リクターという男もそうだと聞いている。二階堂は低い声で笑った。そういう男が二人、生涯最後の、そして最大の賭けに出ようというのだ。それも悪くはなかろう。


ハヤセは夜の街を歩いていた。

全身が熱をもっているにもかかわらず、ひどい悪寒がして身体中が細かく震えた。額に手をやると汗が滲んでいる。咳に血が混じり、唾の血がますます濃くなった。時折り、マイケルの声が聞こえる。立ち止まり、耳を傾けた。

脳の表面に薄い膜がかかっているようで、考えるのが億劫《おっくう》だった。今、頭の中にあるのは山之内を見つけること。そして、その命を奪うことだけだ。そのためには——考えを集中させようとした。いつの間にか、池袋に足が向いていた。

『日米通商』のあるビルの階段を上った。

事務所には前に来た時と同じ化粧の濃い中年女性が一人いるだけだった。

女はハヤセの顔を見ると、社長室に駆け込んでいった。

「ハヤセさん……」

スズキがドアから顔を出して笑みを浮かべた。しかしその笑みは、ハヤセの顔を見た瞬間、凍りついた。

ハヤセは無言で部屋の中に入った。

「新聞で読みましたよ。林野微生物研究所の爆破」

スズキが平静を装って言ったが、声は震えていた。

「あれはあなたでしょう。あなたがここにいるということは、死んだのはあの若い方ということですな。もう一人は――」

「山之内という男の居場所を調べてほしい」

ハヤセはスズキの言葉を遮った。

「山之内？」

「新聞に載っていた男だ」

「ああ。あの科学者ですな。ペトロバグとかいう細菌を作り上げた」

「急いでいる」

「難しいですな。私は科学者などという種類の人間に関して、情報ルートを持っていませんでね」

ハヤセは机の上に百万円の束を投げた。

「そりゃあ、調べればわからないこともない。それには時間が――」

スズキが机の上の夕刊をそっと脇に寄せた。

ハヤセはその新聞をひったくった。山之内の写真入りの記事が出ている。脳細胞がねっとりとした血で膨れ上がる。殺せ――マイケルが囁いている。安心しろ、マイケル。

すぐに殺してやる。ハヤセはゆっくりと息を吐いた。

懸命に記事を目で追った。群馬県、妙義山。林野微生物研究所、所員保養所。その記事を引きちぎって、ポケットに入れた。ハヤセはスズキに視線を向けた。スズキの顔が恐怖で強張る。殺せ。頭の中で再びマイケルが囁いた。

スズキが机の引き出しから取り出した拳銃を構えている。

「ここから出て行……」

スズキの言葉が終わらないうちに、消音器のついたハヤセの銃が火を噴いた。スズキの左胸に血の染みが現われ、瞬時に広がる。

ハヤセの左腕を銃弾がかすめた。衝撃に銃を落としそうになったが、倒れたスズキに向けてマガジン一個を撃ち尽くした。

ドアの外で悲鳴が聞こえる。ハヤセはマガジンを入れ替えながらドアを開けた。女が出口のドアの把手に手をかけている。その背に向けて引き金を引いた。女はドアにすがりつくように倒れた。

ハヤセは女に近づいた。女がかすかに動いた。ハヤセはゆっくりと引き金を絞った。一発、二発、三発……その度に女の身体は痙攣するように跳ねる。脳細胞の中で何かが蠢いている。

マイケルが喜んでいるのだ。

5

キャンベルは成田国際空港の入国ゲートの列に並んでいた。

税関のほうを見ると、土産品を満載したカートを押した日本人の列ができている。キャンベルは溜息をついた。この国の連中は豊かなのか貧しいのかわからなくなる。欲深いのだけは確かなのだが。

「ジョン・キャンベル博士ですね」

突然、男の声が聞こえた。

振り向くと、ピッタリと身体に合った紺のスーツを着た背の高い男が立っている。キャンベルは頷いた。

「こちらへ」

男がキャンベルを列の外に連れ出した。

そのまま別のゲートを通って外に出た。税関のチェックもパスポートの提示もなかった。長い海外旅行の経験で、このような扱いを受けたのは初めてだった。

「荷物はお運びしております」

男が歩きながら言う。

空港ビルの外に出ると、黒塗りのベンツが待っている。すでに荷物は積まれていた。

男がキャンベルの前に回ってドアを開けた。

ベンツは東京に向かう高速道路に乗った。

一時間ほどで都内に入った。高速道路を下りて二十分ほど閑静な住宅街を走った後、ひときわ目立つ屋敷の門を潜《くぐ》った。夜なのとベンツの窓に使われている色ガラスのために、はっきりとは見えなかったが、大きな屋敷であることには間違いなかった。

屋内に入り、長い廊下を歩いて部屋に通された。

キャンベルは額に汗をかいていた。この部屋の暖房は異常だ。こういう人間がいるからエネルギーの枯渇が騒がれ、地球の温暖化が起こるのだ。しかし、照明のほうは極端に節約している。

キャンベルは目を凝らした。

暖炉の側に老人が座っていた。

色白の、幼児のような顔をしている。いや、そうではない。表情のない顔だ。喜怒哀楽を瞬時に取り除いた、死人の顔。どこかで見た顔だと思った。面をかぶって踊る、単調な音楽と死者の動きのようなダンス。能——。老人を模した能面に似ている。

「キャンベル博士ですな」

老人が日本語で言うと、横の男が通訳した。

キャンベルは頷いた。この老人が二階堂という男だ。

「私たちは、細菌に感染したという男を捕まえようとしている。リクター氏の話によれば、あなたはその細菌の専門家だとか」

二階堂は嗄れた声を出した。やはり感情のない、機械を通したような響きを持つ声だ。

「長年研究を続けてきました」

「その男を捕らえしだい、あなたにご足労願って、男の体内から細菌を抽出していただきます」

「リクター氏からも、そのように言われています」

十分ほどで、キャンベルは別の部屋に案内された。

セミダブルのベッドにレターデスク。バスルームもある。味気ないが、清潔そうな部屋だった。案内した男は、指示があるまでこの部屋で待つよう言い残して出ていった。

ドアのノブを回してみたが、思ったとおりロックされている。

キャンベルは溜息をついて、ベッドに腰を下ろした。あんな男の思い通りに動くために、はるばる海を越えてきたのか。自分が意思をなくした木偶《でく》人形のように思えた。

坂上は狭い階段を駆け上がった。

廊下の奥に開けられたままのドアを見た時から嫌な予感がしていた。部屋に一歩踏み込んで、思わず鼻と口許を押さえた。

中は血の臭いに満ちていた。部屋中の家具が引き倒され、引き出しの中身がぶちまけられている。ドアの前に女がうつぶせに倒れ、黄色のセーターが血に染まっていた。頭部に三発、背中に八発、腰から臀部にかけて五発の計十六発の銃弾が撃ち込まれている。

散乱する家具を避けながら、奥の部屋に入った。そこも似たようなものだった。散らばった書類とガラスのかけらで足の踏み場もない。

小太りの男が倒れている。日米通商社長のスズキだ。やはり、全身に銃弾の痕が見られ、床には薬莢《やっきょう》が散乱している。犯人は痕跡に対してまったく無関心だ。とてもプロの仕業とは思えない。その一つを拾い上げた。九ミリ弾だ。林野微生物研究所で見つかったのと同じものだ。

机の上に新聞が投げ出されている。東日新聞の夕刊だった。署で目を通してきたばかりのものだ。

指先で端をつまんで持ち上げると、山之内の記事が引きちぎられている。

心臓が高鳴った。ハヤセが動きだした——。

「坂上さん」

振り向くと入口のドアの前で、近藤が制服警官に制止されながら手を振っている。

坂上は新聞をビニール袋に入れ、近藤のところに行った。

「ひどいですね」

近藤が顔をしかめながらあたりを見まわした。

「紙袋を持った身長百七十センチくらいの男が目撃されている。特徴もホテルの従業員の証言と一致する」

近藤を睨むように見て早口で言った。そして顔を近づけた。

「あんたか」

課長の机から持ってきた夕刊を突きつけ、押し殺した声で言った。

「ええ……」

近藤が頷いた。

「どういうつもりだ」

「それを言うために坂上さんを捜していました」

突きつけられた夕刊を押しのけた。

「頼まれました。山之内さんに――」

坂上の表情が変わった。

「どういうことだ」

「ペトロバグ――、やはりあのバクテリアには感染性があるそうです。ただし、直接接触に限りますが」

「それとどういう関係がある」

「責任を取ろうとしているんです。感染性のあるバクテリアに侵された殺人犯が街をうろついている。ハヤセの凶暴性は、脳を侵されたせいかもしれないと言ってました。そのバクテリアを作り上げたのは山之内さんです。自分の居場所がわかれば、彼は必ず現われるだろうと、私に報道を依頼しました。自分が囮になる気です」

「馬鹿な。危険すぎる」

坂上は顔を歪め、吐き捨てるように言った。

「私も止めたんですがね。どうしてもと――」

近藤が溜息をついた。

「ハヤセは山之内さんの居場所を知ったのですか」

近藤が坂上が持っているビニール袋に目を止めた。中に新聞が入っている。

「そうらしいな」

坂上はビニール袋を持ち上げ、破られた跡を示した。

「もう妙義山に向かっていますかね」

「ああ……」

坂上は曖昧に返事をした。

「あの人、ハヤセと刺し違える気だ」

近藤が女の死体に目を落として呟いた。

階段を上ってくる話し声と足音が聞こえた。白衣の男が数人、背広の男たちに囲まれて部屋に入ってくる。

その中の一人が坂上を廊下の隅に呼んで、何事か小声で話した。

戻ってきた坂上は、近藤の肩を押して部屋から出た。

「驚いたね。警察庁の連中だ。公安が動いている。おまけに政府の人間まで来ている。俺には直ちに署に帰れだと。どうなってるんだ」

坂上は階段を下りながら、近藤の耳に口を寄せて囁いた。

外に出ると通りには機動隊が溢れ、ビルを取り囲んでいる。それも拳銃を携帯していた。

坂上は近藤と別れ、警視庁に戻ると笹倉課長の部屋に直行した。

「池袋の殺しもハヤセでした。ハヤセは山之内の居場所を知ったようです。ところで、どういうことです。私は追い返されましたよ。警視庁捜査一課の刑事が、仕事の邪魔をしているガキみたいに」

坂上は一気に言って、いったん息をついて続けた。

「ただちに群馬県警に連絡を取って、山之内を保護してください。ハヤセは拳銃を持っています。彼は完全に狂っている。だから――」

課長は何も言わず、机の上の書類に目を落としたまま鉛筆の端で机をコツコツと叩いている。

「いい加減にしてください。ひと一人の命がかかっているんですよ」

坂上は思わず大声を上げた。

「すでに人が派遣されているそうだ」

笹倉が顔を上げて言う。

「誰です」

「私も知らない。この件については、今後一切タッチしないように。これは命令だ」

「また、我々には想像もつかない上からなんですか」

課長は無言で頷いた。

第8章　未来への希望

1

ハヤセは車の軽い振動に身を任せていた。

眠ったことは確かだったが、時間はわからなかった。時計を見るのは億劫だった。熱は引いたようだが、頭の中の蠢きはひどくなっている。

夢を見たのを覚えている。内容については、はっきりしない。銃を撃った記憶がある。マイケルも出てきた。目を閉じたままベルトをさぐると拳銃はある。

スズキの事務所を出て、歩きながらもう一度新聞記事を読んだ。住所は群馬県、妙義山麓の林野微生物研究所、所員保養所。

本屋に入って、地図を見て場所を調べた。東京から北西に百キロあまり。山の中だ。この時期、妙義山は雪に埋もれると旅行ガイドブックにあった。

本屋を出て歩き始めた。すれ違う人たちが顔をしかめてハヤセをよけていく。五、六歳の女の子が怯えた顔で母親の腰にしがみついた。

ハヤセは立ち止まり、宝石店のショーウインドウに映った顔を見た。思わず目を伏せた。赤黒く変色した皮膚、腫れあがった目蓋と唇。顔中に汗が滲んでいる。別人の顔がそこにあった。手で眉をこすると、筋がつくように眉毛が抜けた。手の甲には血管が波打つように浮き上がっている。身体全体がだるく、熱っぽい。

サングラスをかけ、ハンカチで口許を押さえて歩いた。

最初に見つけた薬局でマスクを買ってかけた。ポケットにあった抗生物質と解熱剤を口に含んで噛み砕いた。

デパートのスポーツ用品売場に行って、ダウンジャケット、冬山用の登山パンツとスノーブーツ、帽子、デイパックを買った。懐中電灯、双眼鏡、簡易カイロもそろえた。トイレで着替え、着ていたコートや上着やズボンは紙袋に入れて屋上のごみ箱に押し込んだ。その後、デパートの前でこのタクシーを拾い、行き先を告げてから眠り込んだ。

目に入るものすべてが、赤く染まっている。手のひらも服も赤く染め上げられたようだ。身体をバックシートにもたせかけたまま、窓の外に視線を移した。

いつの間にか降り始めた雪も、赤みを帯びて見える。遥かに続く山並みも赤く染まっている。視野全体が赤い膜で覆われているのだ。地球が血を流し、血に染まっている。

ハヤセは美しいと感じた。

「お客さん、本当に妙義山で大丈夫なんでしょうね」

ハヤセが目を覚ましたのを察して、運転手が話しかけた。

「大丈夫だ」

目をこすると涙が出て、視野の赤みは半分に減った。

そのまま眠ろうとしたが、思い直して話しを続けた。

「関越から上信越自動車道を松井田妙義まで行って、そこで降りてくれ。妙義山に登る登山道の入口まで行きたいが、降りたらまた言う」

ハヤセは頭の中の地図をたどりながら、よどみなく言った。登山口からの道も、頭の中に刻み込まれている。

「お客さん、顔色が悪いよ。目も真っ赤だし。風邪かね」

ハヤセは答えず目を閉じた。

「だとすると、私は先に医者にいくことを勧めるね」

運転手がしきりにバックミラーを覗き込んでいる。

「あと何時間かかるかわからないよ。この雪だからな」

運転手の心配そうな声が聞こえた。

「足りなければ言ってくれ」

ハヤセは目を閉じたままポケットから五、六枚の一万円札を出して、助手席に落とした。

「お客さん、困りますよ」

運転手の声がほっとした調子に変わった。

山之内は地下の実験室でコンピュータのディスプレイを見ていた。

由美子が作成したペトロバグの増殖過程のシミュレーションだ。黒く色づけされたペトロバグが、血液中で血球を取り込みながら増殖していく。黒い細菌だ。実物の顕微鏡観察によっても、ほぼ同じ結果が得られている。

「先生、ここでしたか」

振り向くと由美子が立っている。

「どこかに移動したほうがいいと思います。研究所の施設だといずれ発見されます」

ハヤセがこの山に向かったらしいと近藤が伝えてきてから、由美子は常に山之内に寄り添うように側にいる。山之内も由美子の気持ちは十分にわかっていたが、それに素直に応えられないもどかしさを感じていた。

「私はここで十分だ」

「東京に戻りませんか」

「東京のどこに行く」

「私のところに。マンションにはセキュリティがついているし、二十メートルばかりのところに交番もあります。それに、誰も先生が私のところにいるとは思いません」

由美子が真剣な顔をして言う。

「それから？」

「アメリカに。キャンベル博士のところに行きましょう。あの人は世間で言われているほど悪い人ではありません。きっと守ってくれます」

「知っている」

山之内は苦笑した。

「もう、逃げるのには疲れた。他人からも、自分からも」

無意識のうちに出た言葉だった。

「ここだと、誰も守ってくれません。警察もいないし」

「平岡君たちがいる」

「でも、研究所を爆破した人たちや先生を襲った人たちは武器を持っています」

「そのことは後で考えよう。それより、なぜハヤセという男は死なないんだ。研究所を襲ったとき感染したのなら、すでに十日ちかくが過ぎている」

「人体に対する毒性が薄いのかもしれません」

「そんなはずはない。彼が感染しているのは、NAP・1087だ。服部は数時間で死んでいる」

「同じNAP・1087でも、放射線を照射したものです。西村君のアイディアです。どうにでもなれって感じで」

「DNAのデータは取ってるかね」

「はい」

由美子は書棚のファイルを抜き出して、山之内に渡した。

「近藤さんはハヤセという男は狂っていると言ってましたね。すでに一人殺していると」

「ペトロバグが脳細胞を侵しているんだ。残虐性もそのためだろう。いずれ身体にも影響が出るはずだ。いや、すでに出ているはずだ」

「肌が異常に浅黒く、汗をかいていたと言っていました」

「それも症状の一つだろう。鬱血してるんだ。ペトロバグの影響で、皮下の血液循環が妨げられるのかもしれない」

二人はディスプレイの画面に目を移した。すでに画面の半分は黒く変わっている。

「NAP・1087の増殖シミュレーションですね。サルを使った実験でも、最初は一分保《も》ちませんでした。すぐに脳細胞が侵され、心停止が起こり、身体が溶け始めました。やはり、人間に対しては作用の仕方が変わってくるとしか考えられません」

「それはないはずだ。種の違いには関係ない。ペトロバグは細胞そのものに作用する」

「じゃあペトロバグが突然変異を起こして、生体に対する毒性が大幅に減っているとか――」

「私はそれを考えている」

二人はしばらく無言で、ディスプレイの中で盛んに分裂を続けるペトロバグの姿を見ていた。

机の上のデジタル時計の表示が零に変わった。クリスマスイブだ。

降り続いていた雪は、いつの間にか止《や》んでいる。

ハヤセは車を降りた。冬山の冷気が全身を包む。しかし、寒さは感じなかった。

夜の山にクラクションの音が吸い込まれていく。ヘッドライトの光が闇を切り裂き、雪に埋もれた山道を照らし出している。

運転席に回り、中を覗き込んだ。運転手がハンドルにもたれかかっている。ドアを開け、肩を摑んでハンドルから引き離した。クラクションの音が消え、静寂が訪れた。流れた血がシートに溜まっている。

手を伸ばして、ライトを消した。あたりは闇に包まれた。銃に新しいマガジンを入れた。これが最後だ。

車のドアを閉めて、足元のデイパックを担ぎ上げた。二、三度揺すって身体に馴染ませてから、雪の中を歩き始めた。雪は十センチほど積もっている。踏み出すと、足元の雪が軽い音をたてて崩れる。十時間以上前に食べたサラダが、まだ腹の中に残っているようで気持ちが悪かった。しかし、身体はずいぶん楽になっている。車の中で、数時間にしろ眠ったからだろう。この調子だとあと一日は保ちそうだ。それまでに必ず――。

闇が果てしなく続いている。デイパックから出した懐中電灯をつけた。光はぼんやりと雪道を照らし出した。

二十分ほど歩くと、道は目立って狭くなった。

闇の中を懐中電灯の光だけが漂うように揺れている。自分の呼吸音が野獣の息遣いのように聞こえる。

三十分ほど歩いて立ち止まった。

懐中電灯を山のほうに向けたが、光は闇に吸い込まれて何も見えない。まだ一キロも歩いていない。特別ひどい雪道ではないが、やはり普通の道とは違う。迷うことはないが、このまま歩き続けると体力を消耗するだけだ。運転手はまだ車で行けると言ったが、山之内たちに気づかれると面倒だった。それに、悪い予感もする。明るくなるのを待ったほうがいい。ハヤセは脇道にそれた。

デイパックを下ろして、木の根元に腰を下ろした。使い捨てカイロを出して、身体の何カ所かに入れた。身体を丸めて、両手でカイロを包む。手のひらに熱が伝わり、強張っていた筋肉がほぐれてくる。ポケットから新聞の切り抜きを出した。いつの間にか、この男が頭の中を占領している。ヤマノウチ・アキラ、口の中で呟いた。マイケルが呼びかけている。何だ？　ハヤセは声を出した。

自分の声で我に返った。

ドサッという音とともに、雪が木の枝から落ちてきた。風のない静かな夜。見上げると、木々と雲の隙間に星が見えた。今日はクリスマスイブだ。

目を閉じると眠りでも死でもない、かといって生でもない、混沌《こんとん》とした意識の中に引き込まれていく。

2

夢を見ているのだと思った。

ベランダの常夜灯のほのかな光の中に白い影が立っている。女性――。すらりと長く伸びた手足、引き締まった身体、透き通るような滑らかな肌、豊かな胸……。何も身にまとっていない。思わず目をそらそうとした。しかし意に反して、視線は影に引きつけられたままだ。美しい――山之内は思った。山之内の体内に、あの事件以来忘れていた感情が徐々に湧き上がってきた。

その影はしばらく山之内を見つめていたが、ゆっくりと近づいてくる。

身体を動かそうとしたが動かない。意思と筋肉が遊離して結びつかない。

必死で意識を呼び覚まそうとした。頭の中は白いベールに覆われ、すべての記憶が白濁した、とりとめのないものとなっている。――昨夜は地下の実験室で実験データを見ていた。それから――由美子を残して、二階の自分の部屋に戻った。シャワーを浴び、睡眠薬を飲んでベッドに入った――。

白い影はベッドの横に立ち、山之内を見下ろしている。かすかに甘い薫りが漂った。どこかで嗅いだことがある。

どこだ——。

「誰だ……」

かすれた声が出た。その声も、どこか遠くから聞こえているようで、自分の声とは思えない。

影は跪き、流れるようにベッドの中に入ってくる。

「私は……」

山之内の唇を柔らかいものが覆い、言葉を封じた。影は山之内の全身をゆっくりとまさぐる。柔らかな髪が鼻先で揺れ、唇が胸を優しくなぞった。

影を押し戻そうとしたが、すべての細胞が麻痺したように力が入らない。精神《こころ》は心地よい体温に包まれ、すべての思考を中断させた。

山之内の全身を熱く柔らかいものが覆う。頭、肩、腕、胸、腹、足……山之内の身体と心をそっと包み込んでいく。

これは夢だ。幻に違いない。山之内は懸命に自分に言い聞かせた。

〈私には人を愛する資格はない〉

〈愛することに資格などいりません〉

〈私は人を死なせた。この重みは一生背負っていかなければならない〉

〈あなたはすでに十分苦しみました。もうご自分を許されてもいいのではないのですか。彼らもあなたを憎んではいません〉

影は無言で語りかけてくる。

〈私の背中は――〉

〈それを含めてあなたです〉

柔らかな手がいとおしそうに背中をなぞった。

その手の感触に意識をゆだねると、常に感覚の一部のように張りついていた鈍い痛みが消えていく。

「由美子……」

山之内の口から低い声が洩れた。

薄い闇の中に異様な気配がする。

窓から差し込む灰色の明かりを受けて黒い影が見えた。

キャンベルは飛び起きた。

ベッドの横に男が立って、キャンベルを見下ろしている。

「すぐに出発の用意をしてください」

男が流暢な英語で言った。

「出ていけ！」

キャンベルは叫んだ。

「十五分後に迎えに来ます」

動じる様子もなく平然と言って、男がドアのほうに歩く。

「恥知らずのジャップ野郎！」

閉まるドア目がけて枕を投げた。枕は軽い音を立ててドアに当たり、床に落ちた。

サイドテーブルの時計を見ると、まだ四時を回ったところだった。

毛布をかぶったが、眠気は消し飛び、心臓が飛び出しそうに脈打っている。猛烈に腹が立ってきた。ジャップは礼儀《マナー》というものを知らんのか。夜中に無断で客の寝室に入ってくるとは。十五分後――キャンベルは男の言葉を思い出した。

慌てて時計に目を向けると、すでに五分が過ぎている。迷ったが、ベッドを降りて服を着た。体調は最悪だった。時差ぼけと寝不足で、身体中に不快感が詰まっている。おまけに腹具合まで悪かった。

トイレに行こうと立ち上がった途端、ドアが開いた。

「ヘイ・ユー――」

拳を振り上げて怒鳴った時、老人が入ってきた。厚手のコートを着て、杖をついている。

「どうかなされたかな」

老人は振り上げたキャンベルの拳を見て言った。

横に立つ、左手にコートを持った知的な顔つきの青年が通訳した。ホワイトハウスでよく見かけるタイプだ。

「まあ、いい……」

キャンベルは拳を下ろし、言葉を濁した。

「私もご一緒します」

老人は言って、先に立って歩き始めた。

玄関には黒の大型ベンツが停まっていた。その前後に、日本の大型車が二台停まっている。

キャンベルと老人は一緒にベンツに乗り込んだ。

ベンツを真ん中にして、三台の車は未明の東京を走り出した。

「ペトロバグに汚染された男の足取りが掴めました。ハヤセという、日系アメリカ人です。まだ発見されてはいませんが、時間の問題でしょう」

老人の隣に座っている青年が老人の言葉を通訳する。

「山之内は？　山之内明博士、林野微生物研究所の科学者です」

キャンベルが聞くと、老人はキャンベルに顔を向けた。

「私の友人です。そのハヤセという男に狙われている男です」

キャンベルは老人に向かって言った。老人は答えず、視線を前方に移した。

「あなたには男からバクテリアを採取して、直ちに東京大学の本庄教授の研究室に届けていただきます」

青年が説明した。

「そうは聞いていない。バクテリアは私の研究所に持って帰るよう言われている」

「あなたは黙って我々の指示に従えばいい。リクター氏と二階堂先生との間には、すでに合意ができています」

「待ってくれ。これは私の研究室に――」

「何か問題がおありかな」

キャンベルと青年のやりとりに老人が言った。

「まあいい……」

キャンベルは言葉を飲み込んだ。

彼らとこれ以上話すのは無駄だとわかった。本庄という男は知っている。山之内の元同僚だ。大した業績も上げていない、口先だけの科学者だ。一度私の研究所にも来たが、会ってはいない。たしか――副所長が応対したはずだ。あんな男、話の持っていきようによって、どうにでもなる。

キャンベルは黙り込んだ。老人も目を閉じて、眠ったように見える。しかし、そうでないことはわかっている。

やがて、ベールが剝がれるようにまわりの風景が形をなしてきた。あと一時間ほどで夜が明ける。

車の進行方向に山並みが見え始めた。

さらに三十分ほど走って、ロッジ風のホテルに着いた。車を降りて見まわすと、どこを見ても山だ。影絵のような山が迫ってくる。

キャンベルは部屋に案内された。

服のままベッドに横になった。疲れてはいたが眠れそうになかった。すでに朝の七時になっているが、まだ陽は昇っていない。太陽は連なる山に隠れているのだ。

部屋を出て喫茶室に行った。

喫茶室はまだ開いていなかったが、ボーイはキャンベルの疲れた顔を見て、窓際の席に案内してくれた。前面がガラス張りになっていて、彼方に山並みが見渡せた。薄闇の中に雪をかぶった、ゆったりとした連なりが続いている。

コーヒーを頼むと、ボーイは頭を下げてカウンターのほうに戻っていった。

ここ数週間の充実した日々を思った。寝食を忘れ、顕微鏡を覗き、試験管を振り、恒温槽を操作した。若い研究者たちと議論を繰り返し、叱咤《しった》した。妙な懐かしさが精神《こころ》を浸している。

部屋全体が赤らんできた。東の山の峰々が真っ赤に染まり始めた。

瞬間、目を疑うような光が空に満ちた。その光は輝きを増し、山々を染め上げ、半空を赤く輝かせると徐々に消えていった。山々の白い姿がくっきりと残った。

キャンベルは憑かれたように、その天空の織り成す綾《あや》を見ていた。身体中から力が抜けていった。

いったい自分は何をやっているのだ。激しい心の痛みを感じた。自分は科学者ではなかったのか。

自然の営みに触れ、その造形の深さに心を躍らせ、涙したのはいつのことだ。確かにそんな時代があったのだ。

キャンベルの胸に込み上げるものがあった。何年かぶりに感じる熱い想《おも》いだった。キャンベルはそっと目頭をぬぐった。いつの間にか、目の前にはコーヒーカップが香ばしい香りを漂わせている。

「眠れませんかな」

顔を上げると、二階堂濠次郎が立っている。

「あなたは英語が——」

「うまくはないが、戦後進駐軍といろいろやっておりましてな」

嗄れた声で、単語を一語一語吐き出すような調子でしゃべった。

二階堂はキャンベルの前に座った。

昨夜、東京の屋敷で見た時より、また、車の中に座っていた時よりも、はるかに健康そうに見える。リクターの姿が浮かんだ。彼も陽の光の下《もと》で見ると、違った印象を受けるのかもしれない。

「あなたは、ノーベル賞に最も近い科学者の一人だそうですな」

「世間ではそう言われています」

「科学の世界——。私には想像もできませんな。あまりに現実社会の澱《よど》みにつかりすぎて」

「私もそのようです」

キャンベルは苦笑した。

「ところで、石油生成バクテリアなどという、とんでもない細菌について聞かされておりますが、実際のところ、どうなんでしょうな」

「どう、と申しますと」

「採算の取れるものになるか、ということです」

老人が真剣な顔でキャンベルを見ている。

キャンベルは戸惑った。そういう考え方をしたことはなかったのだ。

「日本は石油がないために、幾多の困難に直面してきた。太平洋戦争も、あなたのお国が日本が石油を手に入れるのを邪魔したことが原因の一つです。石油は単なるエネルギー資源を超えて、国家の戦略資源なのです」

キャンベルは肩をすくめた。反論しようかと思ったが、老人の顔を見るとそれも無意味なことに思えた。

「リクター氏と私は、石油を中核とする、国境を超えた帝国を作るのです」

老人が言った。

「石油生成バクテリアを手に入れ、世界の各地に油田を建造し、石油基地を造るのです。そこを中心に化学プラント、重工場、情報産業、あらゆる工業を誘致し、国家を超えた一大コンビナートを建設する。我々は世界の産業を支配下に治めるのです。石油を制する者が世界を制する。産油国からもマネーファンドからも国家からも支配を受けない。壮大な計画だとは思いませんかな」

馬鹿げている。キャンベルは心の中で思った。こいつらは普通ではない。

「少々しゃべりすぎたようだ」

二階堂がふうっと深い溜息をついた。一瞬、この男の顔に深い老いが刻まれるのを見た。

「山之内のいる山荘はどっちです」

キャンベルは聞いた。

二階堂が無言で北のほうに目を向けた。

3

山之内はベランダに出た。

夜明け前の闇が広がっている。大気は零度を下回っているはずなのに、寒さは感じなかった。山の静寂が身体に染み込んでくる。

気がつくと横に由美子が立ち、不思議そうな顔を向けている。

「あれは――」

昨夜の記憶がよみがえった。夢ではなかった。

かと言って、現実だと言い切る自信もなかった。すべてが水に滲んだ絵の具のように、とりとめもなく揺れている。

「素敵です――」

由美子は山之内を見つめている。

「髭のある先生も素敵でしたが、私はこのほうが好き」

明け方、洗面所に行って鏡を見た時、ふとその気になったのだ。

由美子がためらいがちに腕を伸ばし、山之内の顎に触れた。山之内はそっと身体の位置を変えてその手を避けた。

「先生の心にはペトロバグしかないんですね」

由美子は低い声で言って、ベランダの手摺《てす》りに腕を置いた。その白い横顔にほのかな朱色が混ざっている。

「見なさい」

山之内は東の空を指した。

真っ赤に染まった大気の広がりがある。緩やかな山並みがくっきりとシルエットを描いて、赤い背景の中にあった。

「美しいとは思わないかね」

「きれいです。でも……」

「こういう風景を眺めていると、昔は人間の無力しか感じなかった。人間は、この自然のどれだけを知りえているのだろうかとね。しかし今は、自然の雄大さを感じるとともに、人間の美しさと強さを感じる。人間も自然の一部であり、偉大な進化の賜物《たまもの》であるとね」

由美子が黙って頷いた。

「ペトロバグは進化しているのではないだろうか」

「進化？」

由美子が聞き返した。

「私は西村君が持ち出してくれたデータを調べてみた。確かにペトロバグは進化している。放射線による突然変異というより、むしろ環境適応性というものかもしれない。第一世代のペトロバグは数時間で宿主を殺し、自らも消えていった。しかし宿主を殺してしまっては、自分自身が生きられない。自らの分裂速度を制御し、宿主の細胞を破壊する力を弱めて生き残りを図っている。つまり、人間に馴染み、一体となろうとしているのではないだろうか」

「ペトロバグに感染したサルの最長記録は五日です。でも、ハヤセは二週間近く生きています。こんなに急激な進化は考えられません」

「強靭《きょうじん》な体力と気力、抗生物質の大量投与で一定期間を生き延びると、後はしばらく共存の時期に入ると考えるのはどうだろう。ただし、脳細胞は侵されているから、いずれその宿主は死んでしまう。そうなるとペトロバグは最後の増殖を目指し宿主を食い尽くす。その増殖の最盛期においてすべてを石油に変えた後、自らも死滅する。生体の死後、石油化が著しく進行するのも説明がつく」

「先生は、最終的にはペトロバグが人間との共存を目指していると考えているのですか。そのために自らを変えていると」

「まだ、その段階ではないだろう。しかし、考えられないことではない。他の炭化水素の場合は、我々がペトロバグのために環境を整えた。必要な栄養分を与え、増殖に最適な環境を作り上げた。だが、人間の体内のペトロバグは自らが適応環境を整備しなければならない。宿主を殺すことは自らも殺すことだ。記録によるとハヤセに感染しているペトロバグは、三匹のミドリザルの体内を経てきたものだ。ペトロバグは生物体を通るごとに、生物体により適合するものに変化する。そうしなければ自分自身が生き残れないからだ。体内で信じられない勢いで変化しているのは確かだ。人間では何十年もかかる世代交替が、ペトロバグにとっては一時間あれば四世代の変化が可能だ。その変化速度は想像できない。私は、ペトロバグには、秘められた遺伝子情報があると思っている」

「じゃあ、未解読部分Ｘ―５２からＸ―７３の部分には――」

「ペトロバグが生き残るための、環境適応性の遺伝子があるのではないかと思っている。人間がまだタンパク質やアミノ酸の集合体だった頃、つまり生命の起源の時代には、すべての生物に共通なものがあった。そこから様々な種に分かれていった。ペトロバグにも同様なものがあって、人間と同化しようとしているのではないだろうか。大腸菌やその他の腸内菌が人の体内で共存しているのと同じように」

由美子が深い溜息をついた。

二人はしばらく黙って、次第に色を消していく空を眺めていた。

「四十六億年前、地球は死の惑星として生まれた。何億年もの時が流れてタンパク質が現われ、バクテリアが生まれた。生命の誕生だ。その後、気の遠くなる時間を経て、生物は進化を繰り返し、現在の生態系を作り上げた。その何億年もの歴史を私たちは遺伝子操作で、一瞬のうちに作り替える技術を手に入れた。私たち人間が、生命の歴史を変えようとするなど、思い上がっているとは思わないか。必要とあらば、生物が自分でその形態を最も適応性のあるものに変えていく。たとえ何万年、何億年かかろうとも。また、ペトロバグのように一瞬とも思える短期間にね」

山之内は由美子のほうを見た。

赤い粒子が由美子の中に吸い込まれていく。その赤く染まった彫りの深い横顔を美しいと思った。何年ぶりかに感じる感情だった。

由美子が山之内に顔を向けた。

山之内はそっと手を伸ばし、その頰に触れた。柔らかく滑らかで瑞々《みずみず》しさに満ちた生そのものを感じる。

「先生、私は……」

由美子が山之内を見つめている。その目は、潤んでいるようにも見えた。

「キャンベルのところに行こう。彼はアルミエア洞窟の土壌サンプルを持っている」

山之内は由美子の頰に手を触れたまま言った。

由美子は黙って頷いた。

赤い光が見る間に消えていった。澄んだ朝の空気があたりを覆っていた。肌を引き締める冬の風が吹き抜けていく。

由美子がぎこちなく身体を寄せてくる。山之内はその肩をそっと抱いた。

階下で山之内を呼ぶ声が聞こえる。

二人は身体を離し、部屋の中に入っていった。


ハヤセは山道から外れて歩いた。

三十分前から山荘が見え隠れしている。迂回《うかい》して山荘のまわりを歩き、全景を頭に入れたかった。どこかおかしい。冬山のピンと張りつめた空気の中に、別の緊張が混じっている。それはハヤセの勘だった。グレナダで、そしてそれ以後の仕事をやる過程で生き延びるために身についたものだ。登山口で車を降りたのは正解だった。

デイパックを木の根元に下ろした。昨日から食欲はまったくない。雪を取って口に含んだ。冷たく心地よい感覚が広がる。

双眼鏡で山荘を見るが、人影一つ見えない。山荘の周りを時間をかけて見まわした。やはり、何も見つけることはできなかった。もう少し近づこうと思ったが、思い直してやめた。夜まで待とう。暗くなってから山荘に近づき、そして……。とにかく失敗は許されない。もう自分には時間がない。

木々の間の雪に五十センチほどの穴を掘り身体を沈めた。身体の各部に簡易カイロを入れてある。今は昼間だ。眠りさえしなければ、体温はさほど奪われないはずだ。

目を閉じるとマイケルの姿が浮かんだ。何か語りかけてくるが、理解できない。もどかしさに目を開けると、陽に輝く雪の白さが目に染みる。

ポケットから新聞の切り抜きを取り出した。その顔はすでに網膜に焼きつき、身体の一部となっている。口の中が粘つく。雪を含んで吐き出すと、褐色に変わっている。ハヤセははっきりと自覚した。死はそこまで迫っている。


『ホテル・パシフィック、日米通商、連続殺人事件捜査本部』の置かれている会議室隣の大部屋で、坂上敏之は山之内のことを考えていた。横には憂鬱な顔をした近藤が座っている。

「行ってください。お願いします。私一人で行っても仕方がない」

近藤は声をひそめ、同じ言葉を繰り返していた。

「おかしいですよ、電話が不通だなんて」

「電話会社では、冬場にはたまにあることだと言っていた」

山之内のいる山荘に何度か電話をしたが通じなかったのだ。同行しているはずのＰ４ラボの研究員たちの携帯電話の番号を家族や友人から聞き出してかけてみたが、やはり圏外か電源が切られた状態になっている。

「携帯もですよ。何者かが妨害しているとは考えられませんか」

坂上は黙っている。

「何か隠してますね」

近藤があらたまった顔で坂上に聞いた。

坂上さーん、と間の抜けた呼び声が聞こえた。顔を上げると、早見刑事が一枚の紙を振りながら部屋に入ってきた。

「アメリカに問い合わせていた指紋の照合結果が送られてきました」

言ってから近藤に気づき、慌てて指示を仰ぐように坂上を見た。

坂上は何も言わずにファックス用紙をひったくった。顔写真とともに英文が並んでいる。坂上が顔を歪めて早見を見ると、早見は首を横に振った。近藤が肩ごしに用紙をつまみ取った。

「ジョージ・ハヤセ、元海兵隊軍曹。特殊部隊の隊員でした。グレナダ侵攻に従軍して、勲章をもらっています。現在はロサンゼルスで雑貨商をやっていますが、ＦＢＩでは裏の仕事をしていると睨んでいるようです」

近藤が日本語に訳して読み上げた。

「よくいるんでしょう。戦争の後遺症で、普通の職にはつけない人って。だから、テロリストになったんですよ」

感心した顔で聞いていた早見が言った。

「日本人じゃないか」

坂上は早見の言葉を無視して写真を指した。

丸みを帯びた顔、何かに挑むような細い目、どこか冷酷さを感じさせる薄い唇。髪はわずかに後退して、広い額が出ていた。

「両親とも日本人ですから。ホテルの従業員も言ってたでしょう。日本人と変わらないって」

「そこらにごまんといる顔だ」

「目撃者の話と一致しています。ただ、これはかなり前の写真ですね。現在の表情はこれほど豊かではないようです」

坂上はもう一度、写真の顔を眺めた。

「特殊部隊の隊員というからには、殺しのプロなんでしょう」

「今の彼は、冷静な殺し屋とはほど遠い。単なる狂った殺人鬼だ」

坂上は三人の遺体を思い浮かべた。

課長は、山之内のところには誰かが派遣されていると言った。武装したテロリストに対抗できる組織だ。警察内部の組織か。だったらわかるはずだ。誰かが情報を仕入れてきて、それとなく広がる。今回はそれがない。ないということは、警察以外か。では……。

「坂上さん、電話ですよ」

前の机からの声で坂上の思考は中断された。

坂上は受話器を受け取った。何度か頷きながら聞いていたが、すぐに受話器を置いた。

早見の肩を叩いた。早見は肩をすくめて席を離れた。

「群馬県警からだ。妙義山登山口で、タクシー運転手の射殺死体が発見された。山の管理人が、立入禁止の立て札のチェックに行った時、偶然見つけた。練馬ナンバーだそうだ。何かあれば連絡するように頼んでおいた。いとこが県警にいるんだ」

坂上は近藤に顔を寄せ、声をひそめて早口でしゃべった。

「被害者の状況は？」

「頭と背中に十六発の弾丸を撃ち込まれている」

「坂上さん、行きましょう。行くべきです。せめて、ハヤセが山荘の場所を知ったことを教えるべきです」

近藤が立ち上がり、坂上を見つめると強い口調で言った。

4

ムハマッドは人気《ひとけ》のない執務室の机に座っていた。

スポット石油価格は一バレル三十ドルを割っていた。まだ下がり続けるだろう。

OPECは完全に孤立していた。メジャーをはじめ、その他の石油会社も他の産油国と交渉を始めている。内部に動揺が出始めているのは明らかだった。この状態が数日続けば、脱落する国が出るだろう。

ノックと同時にドアが開いた。

サウジアラビアのアブドゥル以下、五人の男が入ってきた。アブドゥルはムハマッドの前に立った。

「OPEC事務総長およびOAPEC議長を解任します」

はっきりとした口調で言った。

「各国政府の了解もとっています。あなたの国も含めてです。後は私が引き継ぎます。お国の石油省大臣も解任されました。一時間以内に正式な通達が来るでしょう」

「まだ、勝負はついていない」

ムハマッドはかすれた声を出した。

「いいえ、すでに終わったのです。我々はメジャーと和解しました。彼らの中にも良識を持った者はいます。今後は世界への石油安定供給のために全力を尽くす、ということで合意しました。一時間後、記者会見を開きます」

「リクターが納得しない。彼は決して我々とは和解しない」

ムハマッドは立ち上がり、声を高めた。

「彼も、すでに過去の人です。今ごろは――」

アブドゥルは途中で言葉を切った。わずかに悲しそうに顔を歪めたが、すぐにまた厳格な顔つきに戻った。

「どういうことだ」

「いずれわかります」

アブドゥルは頭を下げると、部屋を出ていった。

ムハマッドは崩れるように椅子に座った。机に両手を置き、目を閉じた。

「アッラーよ……」

思わず神の名が口から洩れた。神は私を見捨てたのか――。あれほど軽蔑し、距離をおいてきたその名が、手を伸ばせば届きそうに身近に感じる。

電話が鳴った。しばらく受話器を眺めていた。受話器を取る手が震えている。

秘書の女性がダグラスの到着を告げた。

立ち上がって、ローブを直した。

私はＯＰＥＣの事務総長だ。王家の血を引く者だ。自分自身を鼓舞するように、口の中で繰り返した。

　ダグラスが入ってきた。ムハマッドの顔を見てダグラスの顔色が変わった。目の中に恐怖の色を読み取ることができる。

「新聞記事は読んだかな」

　ムハマッドは最大限の威厳を保ちながら声を出した。

「はい――。しかし、研究所は爆破しました。山之内という科学者も、現在その行方を捜して――」

　上ずった声で言った。ダグラスにも、それが言い訳にすぎないことはわかっている。

「日本からの報告によると石油生成バクテリアは依然存在し、山之内の手によって研究は続けられている」

　ムハマッドは怒りで声が震えるのを懸命に抑えた。

　無意識のうちに、ペーパーナイフ代わりに使っている机の上の短剣に手が触れた。

「ですが、それは――」

　言葉が終わらないうちに、ムハマッドの腕が翻《ひるがえ》った。

　ダグラスの喉元に剣の先が触れ、血が滲み出ている。ダグラスの顔は恐怖で引きつり、青く変色している。

　ムハマッドは腕に力を込めた。切っ先がさらに喉の皮膚に食い込む。ダグラスの顔がさらに歪み、あきらめの表情に変わった。

その時ノックとともにドアが開き、女性秘書が入ってきた。ムハマッドの手の短剣を見て、悲鳴を上げた。廊下の警備兵が飛び込んでくる。

ムハマッドは腕を下ろし、警備兵に秘書を連れ出すように合図した。

「二度と私の前に現われるな」

ムハマッドはダグラスに告げた。


リクターは目を閉じた。

頭の中に重い塊が詰まっている。その塊から、時折り鈍い痛みのパルスが発生する。痛みは脳の血管を駆けめぐり、やがて唐突に引いていく。

「林野微生物研究所を爆破したテロリストの生き残りが見つかりました」

秘書のトーマスが言った。

リクターは彼の言葉を聞いていなかった。夕食に飲んだ赤ワインについて考えていた。たしかにいつもと違っていた。ステーキのソースに誤魔化されたが、渋みが強かったような気がする。オマーが妙に悲しそうな目をして、自分を見つめていた。

すべての光景がスローモーションのように、緩慢に動いている。

トーマスの声が水中を通ってきたかのように、くぐもった響きを伴って聞こえる。身体を動かしているのに動かない。声を出しているのに言葉は出ない。まわりの者は、必死でリクターの表情を読み取ろうとしている。

しかし、こんな茶番もすぐに終わる——。

もう十分に生きた。自分の人生が満足できるものであったかどうか、考えるのは恐ろしかった。権力を得て、それを使ってさらなる権力を得ようとする。愚かなことはわかっている。

だが、他に何があるというのだ。

リクターは静かに目を閉じた。闇がすべての醜悪なもの、邪悪なもの、そして自分自身をも覆い隠してくれることを望みながら。

全身から力が抜けていく。痛みは感じなかった。まるで産道を逆戻りして、胎内に戻るような気分だった。ああ、終わったのだな、リクターは思った。

信じられないほど冷静に、その瞬間を受け止めることができた。

近藤将文は関越自動車道を走る車のハンドルを握っていた。

横には坂上敏之が座っている。

雪のクリスマスイブ。東京を出るのに三時間以上かかった。雪による渋滞のせいだった。明け方から降り始めた雪は、都内でも二十センチ以上積もったとラジオでは言っていた。凍った路面で事故が多発して、何度も車の列は動かなくなった。

川越をすぎるあたりからスピードメーターはやっと五十キロを超えたが、すぐにまた渋滞につかまる。

近藤は東京を出た時から一言もしゃべっていない。

「あんた、大丈夫かね」

坂上が近藤の何かに憑かれたような横顔を見ている。

「えっ――。ああ、大丈夫です」

「眠っているのかと思う。ちゃんと目を開けてろよ。俺には家族があるんだからな」

「坂上さん、彼のことをどう思います」

近藤は山之内のことを考えていた。病院で山之内の背中を見てから、その姿が頭を離れることはなかった。

「カレ？」

「山之内さんです」

坂上はしばらく考えるように黙っていたが、口を開いた。

「俺は科学の世界は知らない。しかし、あの男は間違いなくその世界の人間だ。病院で初めて会った時にそう思ったよ。あの不精髭だらけのどこか悲しそうな目をした男に、世俗を超越したすがすがしさを感じたね。あの男には俺たち凡人には見えない何かが見えているのかもしれない。それを天才っていうんだろう。ああいう男を救うのが、俺たち警察の義務だと直感したね」

しみじみとした口調で言って、納得したように二、三度頷いた。

「そうですね……」

近藤は低い声で言った。

「あんた、たしか……」

坂上が言いかけた言葉を途中で止めて、気まずそうに目をそらせた。妹のことを知っているのだろう。

「坂上さん、何か隠してるんでしょう」

近藤は思い出したように聞いた。坂上は黙っている。

「ハヤセの件については、これ以上深入りしないように言われた」

忘れたころに、坂上の声が聞こえた。

「どういう意味です」

「課長は大物政治家が絡んでいると言った。我々には想像もつかない大物だそうだ。小指を動かすだけで、我々の首なんか消し飛ぶほどのな。山荘にはすでに何者かが派遣されているらしい」

「彼らは山之内さんを守る気なんてない。狙っているのはハヤセでしょう。彼の体内にいるペトロバグ。山之内さんは囮にすぎない」

これは絶対にフェアじゃないな、近藤が呟いた。

「相手は、拳銃を持ったアメリカ軍元特殊部隊の隊員。殺しのプロだ。山之内さんは何の武器も持たない科学者だ。これは絶対にフェアじゃない」

近藤は同じ言葉を何度も繰り返した。自分の行為を無理やり納得させているような言い方だった。

二人はまたしばらく黙っていた。

高速道路の明かりが、舞い狂う雪を照らし出していた。ワイパーが必死で雪をかき除《の》けている。いつ通行止めになってもおかしくない状況だ。

「坂上さん、いくつですか」

「五十二だ」

「首になったら、就職には力になりますよ。顔だけは広いんです」

「よろしく頼むよ」

坂上が腕を伸ばして、ラジオのスイッチを入れた。ジングルベルの音楽が飛び出してくる。クリスマスイブだと坂上は呟き、スイッチを切った。

「あの人、死ぬ気だな」

近藤は呟くように言う。

「ああ……」

坂上が低い声で応じた。

近藤はアクセルを踏み込んだ。エンジンの唸りが増し、スピードメーターがやっと四十キロを超えた。しかし、十分も走らないうちに、また渋滞の列が見え始めた。

ハヤセは目を覚ました。

陽はすっかり沈んで、薄い闇が山を覆っている。あと三十分もすれば闇が訪れる。いつの間にか、また雪が降り始めている。

眠気は間欠的にやってきた。だが、二、三十分眠れば目が覚める。それ以上眠れば体温が下がり、永久に目覚めないだろう。全身が油の中で動いているように重く鈍い。関節を動かしてみたが、錆びついたロボットのようだ。手袋を取り、簡易カイロを押し当てて筋肉をほぐした。その手で髪をすくと、束になって抜けた。毛の根元には血塊がついている。

山荘に目を向けた。

数時間前と同じように雪に埋もれて、孤独を楽しむかのように建っている。双眼鏡を出して覗いたが、人影は見えない。ゆっくりと山荘から視野を移した。

白い影が動いた。山荘から五十メートル右手の林の陰に、白い服を着た男がいる。二人。手に持っているのは――ライフルだ。しかもスコープのついた狙撃用のものだ。二人とも明らかに山荘を見張っている。

拳銃を出してマガジンを確かめた。新聞の切り抜きを出し、雪の上に置いた。懐中電灯の光を当てると、よれた紙の上に鮮度の悪い写真が浮かんだ。雪で滲んだ山之内の目がハヤセを見つめている。

新聞の切り抜きを雪の上に置いたまま、立ち上がった。凍りついた足腰がギシギシと音を立てる。デイパックを背負って歩き始めた。

三十分ほど歩いて双眼鏡をポケットに移し、デイパックを捨てた。双眼鏡で見つけた白い影まで、七十メートルほどだ。

二十メートルほど進むと、肉眼でもなんとか姿が見え始めた。二人が背中を合わせ、四方を見ている。これ以上気づかれずに近づくのは無理だ。ナイフをあきらめ拳銃を構えたが、この距離から二人を同時に射殺するのは難しい。彼らはプロだ。防弾チョッキを着ている。

来た道を引き返した。

一時間ほどかけて山荘のまわりを探った。同じようなグループが三組、山荘を見張っている。山荘に近づくものは、三組のどれかのグループの視野に入る。この山のどこかに本隊が待機しているのだろう。

しばらく考えたが、いい考えは浮かばなかった。神経を集中しようとすると頭が痛みだし、どろりとした液体で溢れそうになる。今は本能と訓練された反射神経だけで動いている。多くの時間がないことは自覚できた。時間とともに体力は著しく低下していく。

山荘の東にいるグループを狙うことにした。そのグループを片づければ、なんとか入口にたどり着ける。拳銃を出し、消音器をつけた。静寂があたりを支配している。消音器から漏れる音が気になったが、雪が吸収してくれるのを願うしかない。できる限り近づき、頭を狙う。

一時間かけて三十メートルまでに近づいた。

ここが限度だ。これ以上近づきすぎて気づかれれば、二度目のチャンスはない。

銃を構え、照準を一人の男の頭に合わせる。呼吸を整え、息を止める。引き金にかかる指に力を入れる。

突然、二人の動きが激しくなった。

山荘に目を向けると、ドアが開き、数人の人影が立っている。ガレージから大型バンが出てきて、入口の前に止まった。彼らはバンに乗り込み、山道のほうに向かっていく。

慌てて双眼鏡を出してバンの後を追った。バンはすぐに闇の中に消えていく。山之内がいたかどうかは確認できなかった。

山荘を見張っていた男たちの動きにも変化が見られた。二人のうち一人が車を追って、移動を始めた。

「サノバ・ビッチ！」

ハヤセは低い声で罵った。またしても逃がしてしまった。これで完全に望みは絶たれた。

しばらく雪の中にうずくまり、車の消えていった山道の闇を見つめていた。

山荘に目を移すと、明かりはついたままだ。窓の隅に人影を見たような気がした。もう一度双眼鏡で捜したが、カーテンを通して見えるものはない。あの男か——。

迷ったが、山荘に近づいていった。

残った白い影は山荘のほうを向いたままだ。一人なら問題はない。銃をベルトにしまい、ナイフを出した。息が切れる。立ち止まって唾を吐いた。唾を吐いた後の口の中に、血の味が残っている。マイケルの味——。そして——。残された時間は多くはない。

5

山之内はテーブルの中央に座っていた。

暖炉の薪の爆ぜる音が、広いリビングに響いた。

テーブルに置かれたランプの淡いオレンジ色の光が、室内をぼんやり照らしている。ランプはガレージの片隅で埃《ほこり》をかぶっていたものだ。

ここが日本の一部だとは信じられなかった。雪の降る音さえ聞こえてきそうだった。昨日から電話も携帯電話も不通で、外部からの情報はまったく入ってこない。ラジオも雑音を出すばかりだ。

富山と平岡たちは、渡米の準備のため東京に帰した。山之内を一人で残すことに反対したが、東京より安全だと説得したのだ。研究所もアパートも見張られているだろう。由美子は残ると言い張ったが、キャンベルと連絡をとるため、仕方なく帰ることに応じた。

パソコンのスイッチを入れた。

すでに何十回も見たペトロバグの増殖シミュレーションが現われた。バクテリアは細胞を取り込み、猛烈な勢いで増殖していく。殺された三人の様子から、ペトロバグはハヤセの脳神経を侵し始めているのは明らかだった。侵しはするが、殺しはしない。すでに共存を始めたのだろうか。

山之内は林野史郎が、深夜のＰ４ラボで語った言葉を思い出していた。〈私たち人間が自然の仕組みをすべて解明しようと考えるなんて、おこがましいとは思いませんか。それは、支配する側の考え方です。私たちは共存を目指さなければなりません。共存こそ、人類が生き残るただ一つの道です〉

昔、地球はバクテリアの宝庫だった。それが進化という偶然によって、さまざまな生物に分かれ、人類がその頂点に立っている。いや、立っていると錯覚している。今、かつてはすべての源であったバクテリアが、人間の驕《おご》りに反発して、再びその存在を謳《うた》い上げようとしているのかもしれない。

かすかな金属の触れ合う音がした。

パソコンから顔を上げて入口を見た。

ドアが動き、冷気が流れ込んできたかと思うと、拳銃を構えた影が立っていた。

「ドアを閉めてくれ。凍えてしまう。ついでに鍵もかけてくれるとありがたい」

山之内は静かな声で言った。

ドアが閉まり、鍵の音がした。影は二、三度身体を叩いて、雪を払ってから山之内に近づいた。

ランプの光の中に、男の姿が浮かんだ。

「ハヤセか」

「あんたが山之内か」

「そうだ。座らないか」

ハヤセは銃を構えたままゆっくりと近づき、山之内の正面の椅子に座った。ハヤセはしばらくの間、山之内を見つめていた。

「髭があったほうがいいな。日本人はみなマヌケ面に見える」

「あんたも日本人だ」

ハヤセの口許に薄い笑いが浮かんだ。

山之内は立ち上がり、暖炉の横にあるコーヒーメーカーのところに行った。山之内の動きをハヤセの銃が追っている。がらんとした室内に山之内の靴音だけが響いている。

「きみも飲むかね」

「お願いする」

山之内は湯気の立つカップを二つ、テーブルの上に置いた。

ハヤセは腕を伸ばしてカップを引き寄せ、熱をいとおしむように顔を近づけた。コーヒーをする音が聞こえる。

「きみは病気だ」

「わかっている」

「死ぬのは時間の問題だ」

「それも、承知している」

ハヤセはカップから顔を上げて、落ち着いた声で言った。

「そんなに私を殺したいのか」

「おまえは私の愛するものを奪った」

「まさか。私に覚えはない」

「考えてみるといい」

山之内はP４ラボの前で、若い男の横にうずくまっていた影を思い出した。あの男か。

山之内はゆっくりと頷いた。

「科学者は初めてだ」

ハヤセが消音器をはずし、銃をテーブルの上に置いて両肘をついた。顔の前で手を組み、顎をのせる。

「これで終わる」

呟いてから山之内を見つめている。

「あんたを殺すと世界が変わるそうだ。俺にはどうしても、あんたがそんな人間には見えないがね」

「私もそんな人間だとは思っていない」

「俺は今まで、VIPと呼ばれる人間に数多く接してきた。その中の何人かは殺した。政治家、軍人、経済人――。一国を担う大物ばかりだ。やつらは例外なく、共通点を持っていた。何だかわかるかね」

山之内は首を振った。

「臭いだ。臭うんだよ。自分が国を支えている、国を変える、という自負と野望と驕りの入り混じった臭いだ。国の経済を動かし、支配しているという臭いもあった。いくら隠そうとしても隠せない。百メートル先からでも臭ってくる。くさくて鼻をつまみたくなる。ところが、あんたは違う。臭わないんだ。自負も野望もない。何も感じない。かといって死んでもいない。とにかく、何も臭わないんだ」

山之内は暖炉のそばに行って、薪を入れた。炎が勢いを増し、大きく揺れる。山之内はしばらくそれを眺めてからテーブルに戻った。

ハヤセの顔が、ランプの火と暖炉の炎で血を流したように燃えている。

「あんたは、あの研究所で何をした」

「新聞に書いてあったはずだ。ここも新聞で知ったんだろう」

「あんたの口から直接聞きたいんだ」

「あるバクテリアを発見し改良した。石油を生成するバクテリアだ」

「アラブの奴らが殺したくなるわけだ」

「そのバクテリアは生物も石油に変えてしまう」

「俺も石油になってしまうというわけか」

山之内は頷いた。

ハヤセがゆっくりと息を吐いた。しばらくランプの炎を見つめ、動かなかった。

「あんたを殺すと世界が変わるということは、俺が世界を変えることにならないかね。たとえば、リンカーンを殺したブースやケネディを殺したオズワルドのように」

顔を上げて言った。山之内を見つめる真っ赤な目が炎のように揺れている。

「ならないね。リンカーンが死んで、ケネディが死んで歴史が変わったかね。多少の寄り道や戸惑いはあったかもしれないが、進むべき方向に進んでいる。相変わらず戦争はあるし、自然破壊は進んでいる。反戦デモは行なわれるし、環境保護団体にはボランティアが集まってくる。絶望と希望が共存している。混沌と単純が入り混じっている。一人の人間の存在が世界を変えるなんていうのは妄想だ。すぐに彼らに代わる者が現われる。それが歴史というものだ」

二人は黙ってお互いを見つめ合っていた。

呼吸の音がいやに高く聞こえた。ハヤセが何かを祈るように目を閉じた。

「寂しいことを言うね。では、人間は何のために権力を握ろうとするんだ」

「こういう話を知っているかね。地球は四十六億年前に誕生した。生命の出現は三十五億年前、人類の起源は約五百万年前だ。その後、人類は火を使い、電気を使い、原子力を使うことを学んだ。食物連鎖の頂点に立ったというわけだ。しかし、四十六億年を一年に置き換えると、現代人のような人類の登場は十二月三十一日二十三時五十七分だ。我々の歴史は三分間の出来事というわけだ。人の一生など宇宙の歴史から考えれば、ほんの瞬きにもすぎない。どれほどのことか——」

山之内の声がひっそりとした室内に響いた。

ハヤセは目を開け、かすかに溜息をついた。意識を取り戻すように数回大きく首を回し、口許を歪めて二、三度大きく瞬きした。疲労と体力の衰えが全身に滲み出ている。

「ところで、命乞いはしないのかね」

「私は疲れた」

山之内は両手で顔を拭った。疲労が全身に広がり、顔の皺一本一本を感じることができる。これは五年間の疲れだ。

壁の時計が十二時を打った。ハヤセが時計を見上げた。

「メリークリスマス」

ハヤセが低い声を出した。

「クリスマスだ。そろそろおしゃべりは終わりにしよう。俺も疲れた。あんたと話せてよかったよ」

ハヤセが組んだ手を解き、銃を握った。

山之内は足元のポリタンクに足をかけ、軽く押した。タンクが倒れ、ハヤセの足元に液体が流れた。ハヤセの全身がぴくりと反応した。ガソリンの臭いが広がる。

山之内はテーブルの上のランプを引き寄せた。

「きみが私を撃つ。私はランプを床に落とす。それくらいの時間はあるだろう」

ハヤセが部屋の各所に視線を走らせた。入口の両側に二缶、暖炉の両側に二缶、窓の下に三缶、ポリタンクが二人を取り囲むように置いてある。

「そういうことか」

「きみの椅子の下にも置いてある。この部屋には二百リットルのガソリンがあるんだ」

「あんたのバクテリアが死んでもいいのか。俺の身体の中にいるのが最後なんだろう」

「かまわない」

山之内は静かな口調で言った。

「むしろ、それを望んでいるのかもしれない」

「あんたが何年もかけて生み出したものなんだろう」

「私は事実を作った。たしかに石油を生み出すバクテリアが存在するという――。だから後は、人間が現在の石油を使い果たし、どうしても必要になった時に考えるさ」

「その時には、第二のあんたが現われるというわけか」

「必要なら――」

山之内はゆっくりと頷いた。

車の止まる音がした。数人の声と足音が近づく。

激しい音がして、ドアが弾かれるように開いた。男が飛び込んでくる。

ハヤセの銃が男に向かって火を噴く。男は床に倒れながらハヤセに銃を向けた。

二発の銃声が轟《とどろ》いた。

床に転がった男の手から銃が弾き飛んだ。

ハヤセは腹を押さえ、男に銃を向けている。

「やめろ！」

山之内は思わずテーブルを離れ、男の前に立った。

ハヤセの銃が山之内に向けられる。

飛び込んできたもう一つの人影が二人の間に入った。

「先生！」

銃声が響き、由美子の身体が激しく揺れる。

「相原――」

ハヤセが由美子を抱きかかえようとした山之内を突き飛ばし、由美子の腕を摑んだ。

よろける山之内の手が当たり、テーブルの上のランプが壁に飛んで砕け散った。一瞬、闇に包まれたが、すぐに明るくなった。壁が炎を上げている。

ハヤセが由美子を椅子に座らせ、横の椅子を引き寄せて崩れるように座った。ハヤセの息遣いは荒く、腹から血を流している。

由美子がテーブルにうつぶしたまま動かない。胸のあたりからテーブルに赤い染みが広がっていく。

「彼女を放してくれ。医者がいる」

山之内は叫んだ。

「無駄だ。助からん。弾が肺を貫通している」

ハヤセがちらりと由美子を見て言った。

入口に三人の研究員と平岡たちが立っている。その後ろにいるのは近藤だ。部屋の角に倒れていた男が右肩を押さえて立ち上がった。肩が赤く染まっている。坂上とかいう刑事だ。

「奴らに出ていくように言え」

ハヤセが山之内に目を向けたまま低い声で言った。

「みんな出ていってくれ」

山之内は繰り返した。山之内に向けた銃口がかすかに動いた。

坂上が一瞬ためらった様子を見せたが、ハヤセの銃の動きを見て入口に立つ者たちを押し出すようにして外に出ていった。

「先生……」

由美子が顔を上げて声を出した。炎が由美子の顔を赤く染める。

ハヤセの息遣いが荒くなった。額に汗が滲んでいる。赤黒かった顔が青みを帯び、目だけが異様に赤い。

「話の続きだ。あんたは世界を変えるバクテリアを開発した。今、そのバクテリアは俺の血液の中で増殖し、この身体を石油に変えている。そうだったな」

ハヤセは左手を腹に当て、血に濡《ぬ》れた手を眺めた。そして由美子に目を移した。

「いつも一緒だったな。研究所でも、病院でも。この女を愛しているのか」

「ああ……。愛している」

由美子が薄く目を開け、山之内を見た。

ハヤセは銃をテーブルに置いた。ポケットからナイフを出し、由美子の首筋に当てて引いた。白い首筋に血が滲み出る。

「やめろ！」

山之内は一歩踏みだした。ハヤセが由美子の首にナイフをあてたまま、山之内を見据えた。山之内の動きが止まる。

ハヤセが由美子の首筋に血に濡れた左手を当てた。

「これでこの女も俺の仲間というわけだ……」

ナイフを置いて銃を持った。ゆっくりと山之内の胸に向ける。

一台の４ＷＤが山荘に向かっていた。

４ＷＤは信じられないくらい勢いよく跳ねた。揺れるライトが、辛うじて数メートル先の雪道を浮かび上がらせている。

キャンベルはバックシートで組織採取用具の入ったカバンを抱え、必死で吐き気に耐えていた。４ＷＤを運転しているのは、白いつなぎの服を着た男だった。助手席とキャンベルの横にいる二人は、二階堂と一緒にいた男だ。

三十分ほど走ったところで銃声らしい音を聞いた。

山之内の姿が浮かんだ。表面上はどうであれ、互いに足をひっぱり合っている世界で、あの男だけは信じられた。それに引き替え、俺は――。

〈アキラ、死ぬなよ〉キャンベルは思わず念じた。彼はただ一人の友人と呼べる男だ。今まで意識したことはなかったが、俺はあの男の中に真の科学者の姿を見ていたのかもしれない。自分は無意識のうちに、彼の中に自分の理想を見ていたのだ。

「ハリー・アップ！」

キャンベルは怒鳴るように言ったが、男に理解できたかどうかわからなかった。

助手席の男の持つ無線機が鳴った。男は何事か話したあと、運転をしているつなぎの男に短い言葉を発した。男は頷いてアクセルを踏み込む。キャンベルの巨体はシートに押しつけられ、身体が悲鳴を上げた。

スピードが上がると、振動はますます激しさを増した。胃から食道に熱いものが膨れ上がってくる。キャンベルは窓から首を突き出して吐き続けた。

6

銃口がかすかに震え、ハヤセの手から銃が落ちた。

ハヤセはテーブルにうつぶした。

突然、床が炎を上げ始めた。カーテンに燃え移った火が、床のガソリンに引火したのだ。爆発音とともに炎があたりを包む。暖炉の火が飛び散り、室内が真っ赤に染まった。暖炉の横のポリタンクが爆発したのだ。

山之内は激しく後方に飛ばされ、床に叩きつけられた。なんとか顔を上げて、あたりを見た。

入口と窓はすでに炎に包まれている。飛び散った火はレターデスクに移り、その上のカーテンを焼いて広がっていく。高く上がった炎が天井を焦がし、煙が床を覆う。飾り棚が倒れ、ストーブを押しつぶす。火は二階にも回っている。室内にはガソリンと化学物質の燃える臭いがたちこめていた。煙で視野は数メートルもない。

山之内の頭を熱気が襲い、思わず身体を低くした。

由美子はどこだ。

テーブルに目をやると、うつぶしたまま炎を上げているハヤセの身体が見えた。レターデスクの横に由美子が倒れている。

由美子のところまで這った。

白いダウンジャケットの胸に血が滲んでいる。首筋に手を当てると、かすかに脈拍が感じられる。まだ生きている。

背後で鈍い音がした。振り向くと吹き抜けを取り巻く廊下の部分が崩れ、階下に落ちている。部屋中に置いたガソリン入りのポリタンクが次々に爆発し始めた。出口は炎に包まれ見えない。渾身の力を振り絞って、由美子を抱き上げた。

由美子の身体を抱いて、腰を屈めて後退した。全身が燃えるように熱い。息を吸い込むと肺が焼ける。右足の関節がちぎれそうに痛んだ。五年前の状況が頭に浮かんだ。私が助けてやる。今度は必ず私が助ける――。

地下室のドアの把手に手をかけた。思わず手を引いた。焼けている。ハンカチを出して、手に巻いてドアを開けた。

ドアを閉めると、あたりは闇に包まれた。熱と煙が消え、呼吸が楽になった。由美子を抱き抱えたまま、必死で階段を下りた。右膝の痛みが全身に広がってくる。コンクリートの床に由美子を抱いて腰を下ろした。

壁にもたれてしばらく息を弾ませていたが、十分もすると動悸が収まってきた。腕を伸ばして、明かりのスイッチを探った。すぐに手に触れたが、押しても明かりはつかない。一階にある電源系が焼けたのだ。換気装置も動いていない。由美子を抱いたまま懐中電灯を探した。道具箱にランプ型の電灯を見つけた。

奥の部屋に行って床に座り、由美子の身体を抱いていた。完全密封型の研究室を兼ねているので、煙は入ってこないだろう。

淡い光の中に由美子の青ざめた顔があった。由美子が目を開けて唇を動かした。山之内は由美子の頭を抱き上げた。由美子は焦点の定まらない視線を漂わせていたが、やっと山之内を見つけて弱々しく微笑んだ。

「先生ですか……」

「そうだ、私だ。どうして戻ってきた」

「山を下りたところで、近藤さんたちと会いました……。犯人が……山に向かったと聞いて……」

切れ切れの声で言った。咳をするたびに口許から血が流れた。

「先生がご自分でこの場所を……近藤さんから聞きました。先生は死ぬつもりで……」

「もう、しゃべるな」

山之内は由美子の唇にそっと指をあてた。

「先生、私は……」

由美子は言葉を詰まらせた。

「キャンベル博士に、研究の進み具合を報告していました」

低い声で言った。

「八年間、ロックフェラー財団の奨学金を受けていました。大学を続けるには、それしかなかった……。おかげで授業料やアルバイトの心配なしで勉強に集中できました。でも、奨学金には卒業後しばらくは財団のために働くという条件がありました。私は日本の研究所に行くよう指示されました……。林野微生物研究所にきたのは偶然です。先生のことを知って、キャンベル博士も驚いていました」

薄く開けた目を山之内に向けた。

「驚かないんですか」

「十分驚いてるよ」

「最初は……三年間の約束でした。三年間、研究の進展具合を報告したら……キャンベル研究所に移ることが条件でした。そこでの身分を保証され……研究を続ける。私は愚かでした……」

由美子が苦しそうに顔を歪める。

「もう、五年が過ぎている」

由美子が山之内の顔を見つめている。

「もう少し……もう少し、ここで研究を続けて……先生と一緒にいたかった」

「なぜ野生株を送らなかった。キャンベルなら培養に成功したはずだ」

「私はアメリカで生まれました。でも、日本人です。私の身体の中には、先生と同じ日本人の血が流れています。日本を愛しています。そして、先生のことも……。だから日本に残る……やっと、気がつき……、先生と離れたくな……」

由美子の言葉が途切れ、苦しそうに息を吐いた。

「もうしゃべるな」

そっと唇に手を当てた。冷たく柔らかい感触が伝わる。

「先生を裏切っていたのです」

「きみはよくやってくれた。感謝している」

「その言葉、信じていいですか」

「私もきみを離したくなかった」

山之内は由美子の頰に手のひらを当てた。かすかに微笑んだような気がした。どれくらい時間が経ったのだろう。静寂が二人を包んでいた。上のほうで、時折何かが崩れ落ちる音が聞こえた。

「先生……」

由美子が声を出した。

「なんだ」

「運命を信じますか」

「わからない」

「人にはそれぞれ、与えられた運命というものがあります。生まれ、死んでいくのも定めです。誰の責任でもありません。宮部さんから聞きました。誰も先生を責めることはできません。ご自分も含めて。だからもう……ご自分を許して……」

言葉が途切れ激しく咳き込んだ。咳とともに血が口許から溢れる。由美子の額に手を置いた。驚くほど冷たい。

「静かですね。何も聞こえません」

由美子が細い声で言った。上では何かがぶつかり合う音が聞こえていた。同時に人の声も聞こえる。山之内の頰に熱いものが流れた。

「先生……、泣いているんですか」

「そうだ。足が痛い。冷えると特に痛む」

由美子が微笑んだように思えた。

山之内は由美子の手を強く握った。かすかに握り返してきたが、その力もすぐに消えていった。

山之内は由美子の身体を抱いて雪の中を歩いた。

山荘のまわりには十台近い車が停まっていた。半数はカーキ色の自衛隊の車だった。白い戦闘服を着た男たちが、焼け落ちた山荘の中を歩き回っている。

雪の上に由美子を横たえた。

「アキラ――」

頭上で声がした。

顔を上げると、キャンベルが立っている。

西村たちが駆け寄ってきた。
「来るな！」
山之内は鋭い声で叫んだ。
血と煤にまみれた由美子の姿を見て、三人は無言で後ずさった。
キャンベルがそっと、山之内の肩を叩いた。
山之内は由美子を抱き上げ、車の列のほうへ歩いていった。

エピローグ

ムハマッドは、飛行機のタラップを一歩一歩踏みしめるようにして上った。

タラップを上り切ったところで足を止めて振り返った。

ウィーンの森が霞むように見えていた。その向こうに雪をかぶった山々が連なっている。祖国では決して見ることができない風景だ。

これから祖国で待ち構えているものは——考え始めて、その考えを打ち払った。もう、考えるのはやめにしよう。私は自分の信じることをやった。悔んではいない。ただ、虚しさを感じるだけだ。しかし、これもアッラーの意思なら従うのみだ。

かすかに風の音を聞いたような気がした。砂漠からの風のように熱は含んでいない。冬の冷たい風だ。また戻ってくる。ふっと、そんな気がした。自分は再びアラブのために、ここに帰ってくるだろう。

横の長身の男が、ムハマッドの肩を軽く叩いた。

ムハマッドはもう一度ウィーンの街に目を向け、機内に入っていった。

窓から差し込む光は透明感を帯びていた。

ジョン・オマーは窓辺に立ち、冬のマンハッタンを見下ろしていた。二十年この部屋に出入りしているが、こうして街を眺めたことはなかった。

これでよかったのだろうか。苦い思いが頭をよぎった。新しい時代は始まっている。自分は古い慣習を断ち切ったのだ。そう信じることにした。

すでに世界の石油業界は、新体制に入っている。自分はメジャー代表の地位を確立し、来週はＯＰＥＣ新事務総長のアブドゥルと会わなければならない。今後の共存について話し合うのだ。

「あの老人は心臓を病んでいると聞きます。あと、ひと押しすれば――」彼にこの話を持ちかけられた時、まさか自分にあんな大胆なことができるとは信じられなかった。しかし、あの時の老人の顔は――。すべてを悟った穏やかな顔をしていた。

今は石油価格も二十八ドル前後に落ち着いている。そのことが重要なのだ。

ドアを叩く音がして、秘書がインテリア・デザイナーを連れて入ってきた。思い切り派手な部屋にして、あの老人の色すべてを一掃しよう。

机の電話が鳴り、会議の開始五分前であることを告げた。

オマーはもう一度、窓からビルの連なりを眺め、ドアのほうに歩いた。

山之内は車を止めた。

遥か蒼穹《そうきゅう》の中に、ゴールデン・ゲイト・ブリッジが霞んでいる。

由美子が生まれ、幼年期を過ごした町だ。

山之内は由美子のことを思い出そうとしたが、何も浮かんでこない。自分が彼女について知っていることは――。五年間ほぼ毎日顔を合わせながら、個人的な話はほとんどしていない。二人の結びつきは研究上のことだけだった。

「あれでよかったんだ」

キャンベルが低い声で言った。

たった今、由美子の遺体を冷凍保存してきたばかりだった。マイナス百九十六度の液体窒素で凍らせ、保存するのだ。細胞は凍ったまま生き続ける。

キャンベルからこの申し出を受けた時、山之内は迷った。

「由美子はペトロバグに感染している。私はペトロバグをメジャーのやつらや、二階堂には渡したくない。今、ペトロバグが人類の前に現われるのは危険すぎる。もちろん、彼女の身体は絶対に彼らに渡さない」

キャンベルは、いつもの陽気さからは信じられないほどの真剣な顔で言った。

「そして将来、医学が十分に発達した時、彼女は治療され生き返る。我々にまた笑顔を見せてくれる」

そのキャンベルの言葉に、山之内は同意したのだ。

アメリカ国籍の由美子の遺体は、すぐにサンフランシスコに送られた。

両親の同意を得た後、遺体はキャンベルの計らいによって直ちに遺体保存の専門会社に送られ、処理して冷凍された。脳細胞を含めて全身の細胞の損傷を最小限にとどめて保存される。アメリカにはこの種の企業がいくつかある。本来なら血液は抜かれ特殊な液と交換されるが、由美子はそのまま装置に入れられた。由美子とともにペトロバグは凍結され、永い眠りについた。

今はサンフランシスコの海の見える遺体保存会社の施設で、他の五十七体とともに眠っている。

「いつか、彼女と会えることがあるかな」

山之内は呟くように言った。

「会わなきゃならんだろう。俺が必ず蘇生させる。クローンという手もあるしな」

キャンベルが本来の陽気な声を出した。

山之内はキャンベルの顔を見た。この男のエネルギーには、ほとほと感心させられる。タフなスポーツ選手か強欲な企業経営者としても十分成功する。

「ペトロバグを人類にとって真に有効なバクテリアに変えるための研究は、続けなければならんだろう」

山之内は海のほうに目を向けたままだった。

「データはどうした。まさかあの狂った殺し屋と一緒に燃えてしまったんじゃないだろうな」

「研究員たちが論文にまとめている」

キャンベルの顔に、ほっとした表情が表われた。

「学会は騒然とするな。一躍時の人だ」

「トップネームは相原由美子だ」

キャンベルが呆れたような顔で山之内を見た。

「私は最後だ。五十音順。アメリカで言うアルファベット順だ」

「勝手にしろ。おまえのやり方だ。俺はノーベル賞に向けて全力を尽くす。今度は本気だ」

キャンベルが自分自身に言い聞かせるように言う。

山之内は苦笑した。この男にとって、この言葉は研究に没頭するよりは政治的に動くことを意味しているのだ。研究をゲームのように楽しんでいる。

「ところで、大丈夫だったらしいな」

キャンベルがあらためて山之内に目を向けた。

えっ？　と山之内は聞き返した。

「今日で一週間だ。どうやら感染はしていないようだ」

山之内は頷いた。そうだ、生きている。自分がペトロバグに汚染された由美子の血液に触れたことは覚えていたが、それからのことは忘れていた。何の症状も現われないところを見ると、感染は免れたのだろう。しかし、それもわかり切っていたことのような気がした。ペトロバグは変化したのだ。どう変わったかは調べる必要がある。いつになるかわからないが、遠い将来ではないような気もしたし、そんな時期は永遠に来ないような気もした。

「これからどうする」

「まだ考えていない」

「俺の研究所に来ないか。また一緒にやろう。俺とおまえが組めば、キャンベル研究所を世界一にできる。副所長の肩書きだ。何の義務もない。好きなことをやればいい。報告の義務もない。金も必要なだけ集めてやる。ただし論文は共同執筆だ。俺とおまえ、五十音順でいこう」

キャンベルが言った。完全に元の陽気さを取り戻している。

「私のことはまだ考えてないが、三人ばかりお願いする。みんな優秀で、情熱に溢れた研究者だ」

山之内は海のほうに目を移した。

その時突然、山之内の胸に由美子の姿が強烈に蘇った。

由美子の白すぎる顔が目蓋に浮かんだ。笑い顔、声、言葉の一つひとつが鮮明に蘇ってくる。海の見えるレストランで山之内を見つめた顔、車を運転している真面目くさった横顔、顕微鏡を見る科学者の顔、何かを訴えるような眼差し、息遣いまで聞こえてくる。まるで隣にいて語りかけてくるようだ。

「どうした」

キャンベルが不思議そうな顔を向けた。

「何でもない」

「ゴースト《幽霊》でも見たような顔をしている」

「そうかもしれない。私は幻《ゴースト》を見ていたのかもしれない」

あの山荘で見た夢は——。あれは夢ではなかった。

信じられないくらい蒼《あお》い海が、彼方まで続いている。

その中を黄色いウインドサーフィンの帆が走り抜けていく。

解説

吉野　仁

いったい地球上にあとどのくらいの量の石油が埋蔵されているのか。

これは、一九七〇年代に起こったオイルショック以降、つねに問われてきたことだ。とくに二〇世紀以降、資源として大量の石油が使われてきた。石炭、天然ガス、もしくはウランなど、エネルギー源となるさまざまな天然資源があるなかで、いまだ石油の需要は圧倒的な量をほこり、衰えることはない。世界で一日に一億バレルをこえる量が消費されているという。近年は、中国やインドなど、新興国の著しい経済成長により、世界的にエネルギー需要が増加している。石油の埋蔵量が有限ならば、いつか必ず枯渇する日が訪れるだろう。

だが、もし人工的な方法で石油を生成することが可能になれば世界は一変する。単にエネルギー源供給の問題をこえ、国際政治や経済に多大な影響を与えることは間違いない。これまで、石油をめぐり、どれほどの争いが繰りひろげられてきたことか。

本作『バクテリア・ハザード』は、そんな可能性および危険性を示した国際的エンターテインメント小説だ。『M8』『TSUNAMI　津波』『東京大洪水』『首都感染』など、これまで高嶋哲夫作品を手にしてきた読者であれば、国家を揺るがすほどの大災害や大事件の発生に対して、科学的知識や豊富な情報をふまえ、確かな現実の可能性をおさえたうえで、大がかりなサスペンスが繰りひろげられていくことは予想できよう。ところが本作は、その読みを越えた展開が待ち受けている。

物語は、一九九一年からはじまる。場所はニューヨークのGEビル、七〇階の特別室。そこにイラクのクウェート侵攻に端を発した湾岸戦争が激化していく様子をテレビ画面で観《み》る男たちがいた。ロックフェラー家の実権をにぎり、米四大石油メジャー陰の実力者であるジェラルド・リクターをはじめ、各メジャーの大物たちが集まっていた。

場面は変わり、次に登場するのはムハマッド・アル・ファラルというアラブの若者だ。同じく湾岸戦争が繰りひろげられる映像を部屋のテレビで注視していた。ケンブリッジ大学を卒業した彼は、明日、ロンドンを離れ帰国しようとしていた。

そしてプロローグの最後に登場するのは、日本人の学者で、東京大学理学部助教授・山之内明だ。場所はアルミエア洞窟。助手の村岡健一と大学院博士課程の学生、近藤鮎美とともに、イラク、イラン、トルコの三国の国境を走るザグロス山脈にある洞窟で、硬い岩肌から土壌を集めていた。

それから十年後の二〇〇一年。林野微生物研究所・第七セクター室長の山之内明は、石油生成菌ペトロバグを開発した。その情報はたちまちジェラルド・リクターのもとに届けられた。やがてアラブ首長国連邦石油省大臣およびOPEC事務総長をつとめるムハマッド・アル・ファラルもそれを知ることになる……。

エネルギー資源のほとんどを輸入に頼る日本にとって、このペトロバグは願ってもない細菌である。石油は、生物の死骸などの有機物が何億年という歳月をかけて化学変化を起こし出来上がったとされている。ところがペトロバグを使えば、炭素系物質をわずかな期間でほぼ石油と同じ物質に変化させることができるのだ。まさに奇跡のバクテリアである。だが、同時にそれは、石油メジャーやOPECにとり、自分たちの存在を揺るがすほどの脅威となる存在である。かくして、山之内明は、ペトロバグの略奪を目的とするふたつの組織から狙われ、恐るべき暗殺者に追われる身となった。

そして『バクテリア・ハザード』で展開されていくのは、こうした国際的な組織との闘いだけではない。主人公の山之内明は、かつて東大の助教授だったとき、実験室の事故で教え子を死なせ、大学の職を追われたばかりか、家族までをも失ったという過去を持つ男だ。それを救ったのが、現在の職場である林野微生物研究所の会長・林野史郎だった。また研究員である相原由美子が山之内の活動を献身的に支えていた。すなわち過去の負い目を背負った主人公が復活をめざす物語でもある。こうして語られていく個のドラマも大きな読みどころだ。

さらに、ペトロバグが抱える、もうひとつの問題が浮上してくる。ペトロバグは、恐るべき脅威をはらんだ危険なバクテリアだったのだ。

いうまでもなく二〇二〇年は、新型コロナウィルスの世界的流行により歴史に刻まれる年となった。感染拡大を封じるために多くの国や都市で外出および移動が禁じられ、実質的に経済活動の一時停止を余儀なくされた。それにより、石油の消費が世界的に激減し、原油価格の暴落までが起こってしまったのだ。ちょうど本作ではペトロバグが誕生したとの情報が出回ったことによる石油価格崩壊の様子が描かれている。原因はまったく異なるものだが、興味深い暗合といえる。

なによりウィルスの大流行と都市のロックダウンといえば、高嶋哲夫が二〇一〇年に発表した『首都感染』との共通点が挙げられる。すでにこの小説を読んだ方も多いだろう。中国の雲南省で出現した強毒性インフルエンザが日本にも入り込み、都内で感染者が出たことから、さらなる感染拡大を防ぐため、東京封鎖に踏み切ったという物語だ。致死率など異なる部分はあるものの、まるで新型コロナウィルスによる世界的パンデミックを予見し、現実を先取りしたかのような小説である。未読であれば、ぜひ本書の次に『首都感染』を手に取るよう薦めたい。

じつは、『首都感染』を書くきっかけとなったのは、本作『バクテリア・ハザード』（最初の題名は『ペトロバクテリアを追え！』）を執筆するときに読んだバクテリアやウィルスに関する資料だという。そこで「感染」や「パンデミック」を知ったことにはじまるのだ。強毒性のウィルスの感染が世界的にひろがったらどうなるかを考えた結果、『首都感染』は生まれたという。（詳しくは講談社現代新書Ｗｅｂサイトでの連載「現実となった『首都感染』」の第一回「10年前の予言書『首都感染』著者が振り返る「新型コロナ騒動」前夜」や日刊ゲンダイDIGITAL 注目の人 直撃インタビュー「高嶋哲夫氏「首都感染」は予言の書ではなく予測できたこと」をお読みいただきたい）

インフルエンザ自体は、毎年、形を変えて流行しているわけだが、これまで以上に強毒性の新型ウィルスが発現する可能性は以前から指摘されていた。実際に、エボラ出血熱やSARSなどで多くの命が奪われてきた。だが、今回の新型コロナの流行に対して、多くの国が対応に遅れをとり、混乱するばかりだった。いまだ不明の点も多く、単純に「なにがもっとも正しい対策か」を語ることはできないし、国や地域、推移する状況によっても異なるだろう。徹底したロックダウンにより感染拡大を一時的に食い止め、医療崩壊を防いだとしても、人の交流や経済活動を停止することで生じるマイナス面も考慮しなくてはならない。『首都感染』からは、あらためて人口が密集する大都市で強毒性のウィルスと闘うことの厳しさを感じさせられたものだ。

話を本作に戻すと、もちろん遺伝子操作による石油生成菌は現在のところ実際に誕生しておらず、あくまでフィクションの産物である。しかし、近年、ある油田の中から見つかった細菌に石油を合成する能力のあることが分かったという。もしくは土壌中の古細菌や藻類のなかにも同様の働きを持つ種のあることが発見され、研究が続けられている。実用化はいまだ困難でも、けっして絵空事ではないのだ。また、こうしたバクテリアが注目されるひとつの要因として、プラスティックごみの問題も大きい。すなわち石油生成物を分解してくれる細菌があれば、世界的に問題となっているプラごみ汚染の解決策となる。この『バクテリア・ハザード』は、いささか時代を先取りしすぎた面があるのかもしれない。

もっとも本作には、そうした面白さのほか、内部スパイの暗躍、暗殺者の登場など、活劇サスペンスの要素がふんだんに盛り込まれている。とくに後半、ハリウッドのアクション映画ばりの派手な場面も多い。山之内明と相原由美子という男女が交わすロマンスの行方も含め、国際的エンターテインメント小説の形をしっかりとつくっているのだ。

作者の高嶋哲夫は、元日本原子力研究所研究員で、とくに初期作品には原発や原子力問題を扱った小説を数多く発表していた。一九九九年刊のデビュー作『イントゥルーダー』は原発建設に絡んだハイテク犯罪を描いたサスペンスである。また、二〇〇四年に発表された『M8』は、首都直下型大地震を予測した、一種のシミュレーション小説だ。その後も二〇〇五年には『TSUNAMI 津波』、二〇一五年には『富士山噴火』など、自然がもたらす大災害をテーマにした作品をいくつも書いている。

原発とはすなわちエネルギー問題のひとつであり、バクテリアやウィルスの脅威も自然災害のひとつと考えるならば、この『バクテリア・ハザード』や『首都感染』のなかに、他の高嶋哲夫作品とつながる要素がいくつも見てとれる。そこに描かれているのは、百年に一度起こる異変や大災害に対して、いかに立ち向かえばいいのか、という物語だ。前例に乏しく、予測が困難なうえ、国家や企業などのトップの思惑、パニックに陥った一般の人々の行動など、不確定要素が複雑に絡んでくる。一刻一刻で事態は変化するし、人の能力には限界がある。それでもどうにか生き残る道を選ばなければならないのだ。また、専門の研究者や災害の担当者が最前線で味わう苦労をはじめ、不幸にして犠牲になる者が出てくるなど、さまざまな人間模様とそのドラマの行方も見逃せない。本作にも、そうした展開が思わぬ形で描かれている。それが、単なる想定のシミュレーションにとどまらない、小説の醍醐味《だいごみ》なのである。

（よしの・じん　書評家）

※この作品はフィクションであり、実在の個人・団体・事件などとは一切関係ありません。

本書は、二〇〇二年五月、宝島社文庫として、二〇〇七年十一月、文春文庫として刊行された『ペトロバグ　禁断の石油生成菌』を改題し、再編集しました。

単行本　二〇〇一年五月、宝島社刊

高嶋哲夫の本

トルーマン・レター

元新聞記者の峰先は33代米大統領トルーマンの私信を入手した！　それは広島・長崎の原爆投下に関する内容だった。手紙を巡り、峰先は国際諜報戦に巻き込まれる。歴史の闇に迫るサスペンス。

M8　エムエイト

阪神・淡路大震災を体験した若手研究者がマグニチュード8規模の東京大地震を予知した。もう、あの過ちはくり返してはならない！　研究成果とデータを基にリアルに地震の恐ろしさを描く。

集英社文庫

高嶋哲夫の本

TSUNAMI 津波

東海・東南海・南海地震、連発の危機が迫る！20mの津波が太平洋沿岸を襲う。そのとき都市は、港湾は、原発は。自然災害が大規模化する今、読んでおきたい、防災サスペンス大作。

原発クライシス

日本海側に建設されたばかりの世界最大の原子力発電所が、謎のテロリスト集団に占拠された。汚染ガス放出の予告を前に、日本は何ができるのか？　最新知識を盛り込み世に問う衝撃作。

集英社文庫

高嶋哲夫の本

東京大洪水

大型の台風23号と24号が合体、空前の巨大台風が首都圏を直撃！　都民は、家族は東京水没の危機を乗り越えられるのか。『ミッドナイトイーグル』『M8』の著者が放つ災害小説。

震災キャラバン

2011年3月11日、東北を地震と津波が襲った。家族の消息を求めて、神戸から東北を目指す女性とその同行者たち。避難所を巡り、彼らが見たものとは？　復興への願いを込めて贈る感動の物語。

集英社文庫

高嶋哲夫の本

いじめへの反旗

アメリカで育った小野田雄一郎は、帰国し中学2年に編入した。日米の教育の違いに戸惑う日々に、親友が校舎屋上から転落死。いじめによる自殺と見た雄一郎は、正義の闘いを起こす!!

富士山噴火

死者数最大1万3千人、被害総額2兆5千億円と予測される富士山噴火。過去最大の災害危機に真っ向から挑む父娘の絆の再生を描き出すノンストップ防災エンターテインメント。

集英社文庫

高嶋哲夫の本

沖縄コンフィデンシャル
交錯捜査

青い海、白い砂浜が広がる楽園・沖縄で、殺人事件と米軍用地を巡る事件が同時発生！　捜査を進めると裏には巨大な権力の影が……。著者初の警察小説シリーズ第1弾。

沖縄コンフィデンシャル
ブルードラゴン

沖縄発の危険ドラッグの蔓延を防げ！　二十年以上前に突然姿を消したノエルの父・元海兵隊員のベイルが捜査線上に……。舞台である沖縄でも大反響の県警シリーズ第2弾。

集英社文庫

高嶋哲夫の本

沖縄コンフィデンシャル
楽園の涙
重傷の強盗被害者は、「あの」殺人事件、米軍用地取引事件のどちらにも関係する人物だった。因縁の事件の真相に、そして絶対に表に出てはいけない衝撃事実に辿り着くシリーズ第３弾！

沖縄コンフィデンシャル
レキオスの生きる道
普天間基地問題に揺れる辺野古で水死体発見。県警捜査一課の反町らが捜査を進める中、知事が急逝。事態はやがて日本を転覆させるほどのタブーに近づく。沖縄県警シリーズ完結！

集英社文庫

バクテリア・ハザード

2020年8月25日　第1刷　　定価はカバーに表示してあります。

著　者　高嶋哲夫《たかしまてつお》
発行者　徳永　真
発行所　株式会社　集英社
東京都千代田区一ツ橋2-5-10　〒101-8050
電話　【編集部】03-3230-6095
【読者係】03-3230-6080
【販売部】03-3230-6393（書店専用）
印　刷　凸版印刷株式会社
製　本　加藤製本株式会社

フォーマットデザイン　アリヤマデザインストア　　マークデザイン　居山浩二

ISBN978-4-08-744144-4 C0193